HAYMON taschenbuch **314**

W0075875

Ellen Dunne
Unfollow Stella

Ein neuer Fall für Patsy Logan

Ellen Dunne
Unfollow Stella

*Meiner Mutter gewidmet,
und den Menschen, die für uns alle hinsehen*

Auf den ersten Blick ist das Mädchen auf dem Laptop-bildschirm um die 18. Auf den zweiten Blick ist sie 13, vielleicht auch ein femininer Junge. Zwei zu einem X überkreuzte schwarze Klebestreifen ersetzen ein Oberteil und verdecken die kaum entwickelten Brust-knospen. Schmale Hüften in goldenen Hotpants wie-gen sich zum Reggaeton Beat, der vor ein paar Wochen viral ging. Das Make-up ist dick aufgetragen, künst-liche Wimpernkränze flattern, Lippen spitzen sich.

Noch 28 Sekunden bis zum Target.

Ihr Twerking ist ungelenk, die Laszivität bemüht. Falsch. Sie lächelt, und es sieht aus wie eine verrut-schende Maske. Dahinter – Angst? Gefallsucht? Ver-achtung?

Nicht mehr auszumachen. Die Kamera entfernt sich vom Bildschirm und wechselt in die Totale.

Noch 23 Sekunden.

Der Laptop steht auf einem Schreibtisch direkt vor einem zweiteiligen Fenster mit Oberlicht, durch das die Nacht hereinstarrt wie ein Voyeur. Nur der Bildschirm spendet Licht in wechselnden Schattie-rungen. Kurz spiegelt sich die filmende Person in der Scheibe, ein geisterhaftes, konzentriertes Gesicht ohne sofort erkennbares Geschlecht. Der Rest ein Schatten in Schwarz, der zur Seite tritt, bevor sich die Kamera endgültig vom Laptop ab- und einer zweiten Person zuwendet, die am Boden kniet, die Hände hinter dem Rücken. Über dem Kopf eine Kapuze, oder ein schwar-zer Plastiksack, schwer zu sagen im Gegenlicht. Ein Verurteilter.

Der Reggaeton stampft noch lauter, nicht mehr aus dem Laptop, sondern aus unsichtbaren Boxen im Raum.

Noch 14 Sekunden bis zum Target.

Der Kopf des Verurteilten, höchstwahrscheinlich ein Mann, dreht sich mal hin, mal her, als wolle er sich orientieren, oder mit jemandem außerhalb des Bildes sprechen, aber da fallen sie schon über ihn her. Gestalten in Schwarz, vielleicht drei, nein, doch zwei. Sie schlagen, sie zerren, sie treten den Verurteilten unter dem mitleidlosen Auge der Kamera, während sich der Beat mit dumpfen, gerade noch als menschlich erkennbaren Lauten mischt. Ein Mensch wird zum Sandsack, bis er in sich zusammenfällt und krampfhaft zu den Füßen der Gestalten zuckt, die jetzt scheinbar von ihm ablassen und sich zum Gehen wenden. Da holt einer von ihnen noch einmal aus wie für einen Elfmeter, ein richtiger Hammerschuss wird das, aber anstatt eines Balles liegt da der Kopf des Verurteilten und – die Kamera schwenkt zurück auf den Laptopbildschirm.

Er ist schwarz.

Target um 12 Sekunden überschritten.

BrianMcK: *Hey. Könnt ihr euch den Stream mal ansehen? Wurde wegen Kindersex gemeldet, hats aber in sich.*

PolicyHelp: *Live?*

BrianMcK: *Nein, war aber ziemlich lang online. Habs jetzt runtergenommen und schon eskaliert.*

PolicyHelp: *Wofür?*

BrianMcK: *Wofür nicht, ist die Frage. Das Mädchen ist doch sicher minderjährig. Aber das eigentliche Problem kommt ab 1:24. Eine Art Easter Egg.*

PolicyHelp: *Okay. Ich sehs jetzt.*

BrianMcK: *Und was meinst du? Schwer verletzt oder tot?*

PolicyHelp: *Gewalt mit Körperverletzung, würde ich sagen.*

BrianMcK: *Ich meine den Schluss. Wie der gegen den Kopf tritt, das kann doch keiner überleben.*

PolicyHelp: *Wahrscheinlich nicht, aber die Kamera dreht ab. Vielleicht kam es gar nicht zu dem Tritt.*

BrianMcK: *Es sieht aber nicht so aus. Wie der Schwung holt?*

PolicyHelp: *Schon klar. Trotzdem zählt für die Labels nicht, was wir vermuten, sondern was wir sehen.*

BrianMcK: *Also keine Körperverletzung mit Todesfolge.*

PolicyHelp: *Nein. Noch sind wir nicht die Polizei, wir kategorisieren nur Inhalte.*

PolicyHelp: *Brauchst du sonst noch was?*

PolicyHelp: *Bist du noch da? Kann ich den Chat schließen oder brauchst du noch Hilfe?*

BrianMcK: *Nein, sorry, war schon wieder an was anderem dran, danke.*

PolicyHelp: *Kein Problem! Aber mach lieber Pause. Oder ruf die Hotline an. Nach solchen krassen Sachen ist das besser. Hab diesen Job lang genug selbst gemacht.*

BrianMcK: *Später, bin schon ziemlich hinter Target heute.*

PolicyHelp: *I feel you.*

(Chat geschlossen)

@KitCat an @LaStella:

Liebes – warum hör ich nichts von dir? Melde dich bitte asap. Keine Angst, wir werden alles regeln. Okay?

Sonntag,
13. September

„All diese Blicke, die mich auffressen ... Ha! Ihr seid nur zwei? Ich dachte, ihr wäret mehr. Also das ist die Hölle. Ich hätte es nie geglaubt ... Wisst ihr noch: Schwefel, Scheiterhaufen, Rost ... was für Albernheiten. Ein Rost ist gar nicht nötig, die Hölle, das sind die andern."

(aus: „Geschlossene Gesellschaft"
von Jean-Paul Sartre, Übers. Traugott König)

Verlorene Töchter

1

Die Frau der Stunde hielt sich stets fern von der Irischen See. Zu viel Unberechenbares unter ihrer glatten, stahlgrauen Oberfläche. Zu viele Untiefen und Strömungen. Zu viele schlechte Erinnerungen an ihren Dad.

Arthur Logan hatte sich eines Nachts im September 1993 von einer Klippe auf der Halbinsel Howth in ihre nasskalten Arme geworfen. Hinterließ nichts außer ein paar Schuhen am Abgrund und einem unter die Sohle geklemmten Abschiedsbrief. Früher oder später würde das Wasser ihn zurückgeben, trösteten die Nachbarn, die Freunde, und sogar die Polizei, nach einer zügig durchgeführten Untersuchung. Dann hätte seine Familie Gewissheit. Frieden. Aber die Irische See behielt Arthur Logan. Der Familie blieb nur die Sintflut.

Die Frau der Stunde wurde damals noch Patsy genannt. Sie war 15 und bis zum Überlaufen voll mit Wut. Auf das Meer. Auf sich selbst. Auf ihren Dad und seinen Brief. Wütend sein war aber nicht angesagt in den frühen 1990ern, schon gar nicht in Irland, und grundsätzlich undenkbar für Mädchen. Apathie war das Gefühl der Stunde. *Here we are now, entertain us!* Also schluckte sie die Wut runter, und sie schmeckte salzig.

Sie zog sich zurück vom Meer und von Irland als zweitem Zuhause. Zurück an den Rand der Alpen, wo sie abseits der Ferien lebte, zu ihrer Mutter und ihrer alteingesessenen Familie im stadtgewordenen Grenzübergang Freilassing. Als sie auch dort unterzugehen drohte, flüchtete sie sich zur Polizei. Stülpte sich Struktur, Regeln und Prozesse über, verschrieb sich bei der

Kripo der Suche nach Gewissheit. Gewissheit war der kleinste gemeinsame Nenner. Für die Hinterbliebenen von Ermordeten oder Totgeschlagenen und auch für die Täter. Erstaunlich viele von ihnen gestanden, nur um endlich Klarheit zu schaffen. Wenige ahnten, dass die Frau, die ihnen im Vernehmungsraum gegenübersaß, nicht viel mehr von ihnen trennte als eine Kunststofftischplatte und ein, zwei Entscheidungen, die im rosigen Licht der Rückschau vernünftig und klug aussahen.

Aus der wütenden Patsy war Kriminalhauptkommissarin Patrizia Logan geworden, ihres Zeichens Frau der Stunde. Die mit dem Pokerface, dem Instinkt und den schwindelerregenden Aufklärungsraten. Die mit dem promovierten Psychologen als Ehemann, in dessen abgewetzten Jeanstaschen altes hanseatisches Geld klimperte. Und dann wollte er noch ein Kind von ihr! Die To-do-Liste eines als gelungen definierten Frauenlebens, check, check, check und check. Und das mit Mitte 30, nach einer Jugend auf der sozialen Achterbahn. Hell, yeah!

Inzwischen war ich 40. Eine Menge war passiert. Irland und die Vergangenheit hatten sich zurück in mein Leben geschlichen, zuerst mit einem Fall, dann mit noch einem, und noch einem. Alles brav gelöst, aber am Ende war auch die Frau der Stunde entlarvt. Als Kunstfigur, eine Hochstaplerin.

Übrig blieb: Patsy Logan. Eine Kriminalhauptkommissarin, ja, aber nicht mehr die, für die ich mich so lange gehalten hatte. Eine, deren Vorgesetzter ihren Bildungsurlaub etwas zu problemlos durchgewunken hatte. Eine, die anstatt in München bei der Kripo nun in Dublin bei ihrer Cousine rumsaß. Eine ohne Kind, und – jetzt neu! – ohne Mann, denn der hatte sich eine

Ältere gesucht. Alle meine Gewissheiten waren mir abgerissen worden wie Orden. Degradiert zur Ex-Frau der Stunde.

Warum also nicht auch die Mörderin meines Dads zum Duell herausfordern?, hatte ich mich vor ein paar Monaten gefragt und es einfach getan. Im Badeanzug, eingehüllt in flauschige Gänsehaut an einer verkrüppelten Einstiegsleiter in der kalten Januarluft stehen. Springen.

Die Irische See empfing mich mit eisigem Lächeln. Ein paar Minuten hatte sie mit mir gespielt, nicht so richtig gewusst, was anfangen mit dieser verlorenen Tochter, und mich dann ziehen lassen, schlotternd und mit am Felsen blutig geschlagenem Knie.

Seitdem kam ich immer wieder zurück. Als Patsy Logan, nicht mehr. Als eine, die auf nichts mehr eine Antwort hatte. Was okay war. War man erst einmal in der Irischen See, spielten auch die Fragen keine Rolle mehr. Zumindest für ein paar Minuten. Zumindest bis zur Sache mit Stella Schatz.

2

Es fing so wie die meisten Dinge in meinem Leben an, die ich später bereue: harmlos, wenn nicht gar erfreulich. Mit einer neuen Nachricht frühmorgens von Sam Feurstein.

Er war Polizeiattaché und arbeitete seit Anfang des Jahres in der Österreichischen Botschaft in Dublin. Eine ruhige Kugel von einem Job, so hatte er sich das vorgestellt, mit ein bisschen Sicherheitsnetzwerk spinnen und sich auf diversen diplomatischen Empfängen guten Wein und Häppchen zuführen. Tatsächlich war aber gleich bei seinem ersten Empfang eine junge Deutsche vergiftet worden. Die Ermittlungen führten uns beide zusammen und zogen ziemlich weite Kreise, einige eher undiplomatische Konfrontationen und Eskalationen mit der irischen Polizei inklusive. Lag vor allem an mir, zugegeben, aber Sam nahm es sportlich, und eventuell verdanke ich ihm sogar mein Leben. Dafür verzieh ich ihm seinen Hang zum Schwimmen in lebensfeindlichen Gewässern, mit dem er mich infiziert hatte. Und wenn er mir Nachrichten schickte, weil er mich kurzfristig treffen wollte, dann traf ich ihn. Meinetwegen auch spontan an einem Sonntagmorgen und im Badeanzug.

Auf dem Weg nach draußen stolperte ich über Sinéad. Bademantel über dem Pyjama, eine Tasse Tee in den Händen, saß sie auf der Betontreppe vor dem Eingang ihres Hauses. Sah ihrem Corgi Fritz dabei zu, wie er nach und nach sämtliche Straßenlampen, Poller und Mauervorsprünge der Nachbarschaft zuerst beschnüffelte, dann sein Bein hob und sie zu seinem Eigentum erklärte. Außer uns zeigte sich nur die Sonne schon auf der Synge Street. Umschmeichelte die alten Backsteinhäuser mit ihrem Septemberlicht.

Eigentlich ließ sich meine Cousine auch unter der Woche kaum vor zehn außerhalb ihres Schlafzimmers blicken. Wenn doch, gab es nur zwei mögliche Erklärungen. Erstens, sie witterte Neuigkeiten. Zweitens, ein Mann lag länger in ihrem Bett, als er darin willkommen war.

„Happy Sunday." Meine frisch gebutterte Scheibe Toast zwischen den Zähnen, setzte ich mich zu ihr auf die Treppe, stellte meinen Rucksack mit den Schwimmsachen neben mir ab. „Hat dein Date das Memo noch nicht bekommen?"

Sinéad seufzte leidgeprüft.

„Übernachten gut und schön, aber nicht zu lange. Und schon gar kein Frühstück. Was daran ist so schwer zu verstehen?"

Seit dem Ende ihrer Ehe fuhr Sinéad eine strikte Wow-und-Ciao-Politik. Am langlebigsten an ihren Männergeschichten waren die absurden Stories, die sich aufgrund ihrer Vorliebe für Frösche, Nerds und Arschgeigen entspannen. Mit jeder Schilderung wurden ihre Ausflüge in die Tinder-Hölle amüsanter.

Es sei denn, es hatte wehgetan.

Dann schwieg sie sich aus. So wie über Sam. Mit dem hatte sie eine Beziehung mir nicht näher bekannter Natur gehabt. Vier Wochen, die ihr jetzt noch in den Knochen steckten.

Der Lockdown kam und sie erwähnte Sam nie mehr, reagierte mit vorgetäuschtem Desinteresse, wenn ich es tat, und war stets verhindert, wenn ich eine gemeinsame Unternehmung vorschlug. Irgendwann hatte ich verstanden und aufgegeben.

Das bedeutete aber nicht, dass ihr Sam-Detektor nicht mehr funktionierte. Besser, ich gestand gleich, dass ich mit ihm verabredet war.

„Um neun?" Sinéad senkte den Becher mit ihrem Tee, machte ein Gesicht, als hätte sie sich die Zunge daran verbrannt. „An einem Sonntag? Spinnt der?"

„Angeblich ist das die beste Zeit. Mit der Flut und so. Wie du weißt, Meerschwimmen wurde offiziell zur Wissenschaft erklärt."

Niemand verdrehte so schön theatralisch die Augen wie Sinéad.

„Aber auch nur von den Wichtigtuern und Bobos dieser Welt. Das Meer ist voll mit Abwasser und radioaktivem Abfall von den Briten drüben. Da waren wir 1992 auf der Demo gegen Sellafield, nur damit du jetzt bei diesem Hype mitmachst."

„Sagt die Queen of TikTok."

Ich lachte, schluckte den letzten Bissen Toast, während Sinéad mir den Mittelfinger zeigte. Aber liebevoll.

Der Lockdown und die nach Ruhe und Zerstreuung suchenden Menschen hatten ihr einen unverhofften Aufschwung beschert. Als @DublinKarmaBitch gab sie schmalzige Lebensweisheiten von sich, peppte sie mit sorgsam eingestreuten Schimpfworten und rauem Norddubliner Charme auf. Dazu meditative Bilder vom schlummernden Fritz oder aus ihrem Garten. Der war nicht mehr als ein größenwahnsinniger Hinterhof, den Sinéad im Frühling mit meiner Hilfe in ein psychedelisches Blumenmeer verwandelt hatte. Seitdem liebten ihn die Leute. Sie liebten Fritz, und sie liebten vor allem Sinéad. Weltweit.

„200.000 Follower seit gestern." Sinéad lachte ungläubig und nahm ihren Corgi in Empfang, der inzwischen von seinem Rundgang angewackelt kam. „Freitagabend hat sich außerdem die Marketingabteilung von YogaMama gemeldet. Die verkaufen dieses Zeugs für Leute mit zu viel Geld. Nachhaltig, vegan, weiß der Kuckuck." Sie kraulte den hechelnden Fritz unter dem Kinn, rümpfte die Nase über seinen schlechten Atem. „Sie wollen eine bezahlte Kooperation machen, für mehr, als ich im letzten Quartal verdient habe."

„Und hast du zugesagt?"

„Fuck, natürlich nicht." Sinéad schaute noch ungläubiger. „Euch Leute vom öffentlichen Dienst hab ich gern. Wer das erste Angebot annimmt, ist verdammt nochmal wirklich selbst schuld."

Dafür liebte ich meine Cousine. Dass es mit ihr oft noch so wie damals war. Sie 17, ich fast 14, in unserem letzten gemeinsamen Sommer in Irland. Betrunken vom Buckfast-Starkwein. Die Logan Sisters, nannten sie uns alle. Obwohl wir außer den dunklen Haaren äußerlich nichts gemeinsam hatten. Dafür sah ich zu irisch aus, sie zu spanisch. Aber wir waren die einzigen Mädchen, die der Logan-Clan neben einem Bataillon von Jungs hervorgebracht hatte. Mit uns hatte man zu rechnen, und viele Jungs waren entsprechend eingeschüchtert.

Jetzt sah ich in Sinéads schmales Gesicht, in das sich ihr kompromisslos gelebtes Leben gemeißelt hatte, und dachte, wie wenig sich seit damals verändert hatte. Vielleicht waren wir dabei, einen Kreis zu schließen. Vielleicht war ich aber auch nur ein bisschen zu New Age drauf für so einen Sonntagmorgen.

„Ich muss. Das Meer ruft."

„Na dann viel Spaß", sagte Sinéad. Und Sekunden später, in ihrer heiseren Groupie-Stimme: „Aber wenn du radioaktiv verseucht wieder auftauchst, beschwer dich nicht bei mir!"

3

Sam hatte als Treffpunkt das *Forty-Foot*-Bad am südlichen Rockzipfel der Dublin Bay vorgeschlagen. Hier konnte man dank vieler Felsen und Buchten bei fast jedem Wetter relativ gefahrlos ins Wasser. Sams Dienstwohnung lag gleich um die Ecke in Sandycove, und ich hatte sowieso alle Zeit der Welt.

Ich war froh, mal rauszukommen aus der Stadt. Dublin war vom Lockdown gefällt worden wie ein Kokser von einer Herzattacke. Nach Monaten im künstlichen Tiefschlaf kam es nur langsam wieder zu sich. Noch immer hatte so ziemlich alles geschlossen, was Spaß machte. Wer konnte, drängte an die frische Luft. Und ans Meer.

Sandycove war für Dublin geworden, was Haidhausen für München schon lange war: eine schillernde Seifenblase voll gut situierter Menschen. Das *Forty-Foot* war ihr Planschbecken.

Schon um neun Uhr morgens war es entsprechend lebhaft. Früher ein Reservat für Hardcore-Meerschwimmer und allerlei kauzige Gestalten, hatten Tech-Boom und Lockdown eine Flut fit aussehender, gut verdienender Menschen angespült. Eingewickelt in teure Umzieh-Bademäntel kauften sie Take-away-Kaffee aus dem Laderaum eines Lieferautos, bildeten korrekt distanzierte Grüppchen und plauderten.

Sam Feurstein und sein sorgfältig zurechtgeschnipselter Vollbart passten ins Bild, und fielen doch aus dem Rahmen. Der Einzige mit nahöstlichem Aussehen. Der Einzige mit nacktem Oberkörper zum Radleroutfit, einer Ray Ban und einer Oversize-Dose Red Bull. Eine dieser Macker-Tendenzen, die er sich leistete, die man ihm aber verzieh, unter anderem, weil sich das Hinsehen bei ihm auch lohnte. Er saß auf einem niedrigen Mäuerchen, das die Straße von einem winzigen Sandstrand trennte, und winkte mir mit seiner Getränkedose zu. Sein angekettetes Rennrad stand in Sichtweite. Das dritte in sechs Monaten, und sah schon wieder so teuer aus. Sam glaubte noch immer, den Kampf gegen die Windmühlen der Dubliner Kleinkriminalität zu gewinnen.

„Frau Hauptkommissarin."

„Herr Attaché."

Ich setzte mich neben ihn, machte eine kurze Bestandsaufnahme von Sams Gesicht: ein paar Fältchen mehr, eine zusätzliche Prise Grau in den schwarzen Haaren. Kam der nicht gerade aus dem Urlaub? Sogar sein Lächeln sah nach Arbeit aus.

Wahrscheinlich gab es einen unguten Grund für unser Treffen, Sam fehlte nur noch der Mut, ihn mir zu sagen. Noch vor ein paar Monaten hätte ich ihn wahrscheinlich sofort mit diesem Gedanken konfrontiert. Inzwischen war ich milder geworden. Vor allem aber müder. Also entledigte ich mich meines Sweatshirts, der Sandalen, der Jeans, knotete meinen Pferdeschwanz in einen schwimmfreundlichen Dutt, während Sam erzählte.

Von den letzten beiden Wochen in Wien. Von seiner Ex Manu. Und von ihrer Tochter Hannah, die jetzt eingeschult wurde. Hannah, in der zwar keine Gene von Sam steckten, aber offenbar sein ganzes Herz. Hannah, die von der Bonustochter zur Hieb- und Stichwaffe geworden war, wann immer Sam für seine Verfehlungen bluten sollte.

Welche Verfehlungen das waren, blieb unerwähnt. Ich hatte da so eine Ahnung. Schließlich hatte sich meine Cousine Sinéad noch immer nicht ganz von ihrem Flirt mit ihm erholt.

„Sei froh, dass es bei dir und deinem Ex nur um euch geht." Sam zerknüllte zum Abschluss seines Berichts seine Dose. „Es sind immer die Kinder, die einem das Herz brechen."

Ich wickelte mich fester in mein Handtuch, grub die Zehen in den feuchtkalten Sand, roch das Meer und verbrannte Kaffeebohnen, blinzelte in die Septembersonne. So ausgebrannt wie ich, die Arme.

„Keine Kinder brechen einem auch das Herz", sagte ich.

Sam betrachtete mich mit einem schwer definierbaren Blick. Von Mitgefühl bis Fassungslosigkeit war alles drin. So ist das, wenn man selten über sein Innenleben spricht. Passiert es doch mal, wünschen sich alle, man hätte geschwiegen.

„Da sagst du was, Frau KHK." Sam rieb sich mit der Hand über Mund und Bart. Seine Füße patschten unruhig auf den Sand, während das Meer weiter in die kleine Bucht vorrückte, sich die Sonne hinter den frühherbstlichen Dunst zurückzog. „Es gibt da so eine Sache", gab er sich endlich einen Ruck, „da bräuchte ich deinen Rat."

„Meinen Rat?"

„Na gut, vielleicht ein bisschen mehr." Er zog sich Luft durch die Zähne. „Einen Gefallen."

„Einen, bei dem ich wieder Ärger bekomme?"

Jetzt lachte er, der Herr Attaché, und schüttelte den Kopf, widersprach aber nicht. Wozu auch? Er wusste, dass mich Ärger meist nicht davon abhielt, mich einzumischen.

Und er wusste, dass mein Bildungsurlaub in eine Art Lähmung übergegangen war. Meinen Plan, meine Familiengeschichte und vor allem die Zeit rund um den Selbstmord meines Dads näher unter die Lupe zu nehmen, hatte ich nicht umgesetzt. Um genau zu sein, noch nicht mal in Angriff genommen. Stattdessen war ich zur Expertin in Sachen Schlafen, Netflix-Serien und Doomscrolling geworden. Driftete durch meine

Tage wie durch eine unbekannte Stadt. Sams Nachricht war ein willkommener Wegweiser. Eine Richtung, in die ich gehen konnte.

Auch Sam hatte es nicht leicht gehabt auf seinem neuen Posten in Dublin. Zuerst ein Fall, in den er noch vor Antritt seiner Stelle verwickelt worden war. Dann keine Netzwerktreffen mehr, keine Vorstellungsrunden oder diplomatischen Events, in deren Rahmen er ein Netzwerk an Kontakten aufbauen konnte. Und Kontakte waren alles in diesem Job.

„Na gut", sagte ich. „Aber zuerst mal schwimmen. Bevor es noch Winter wird."

Und so gingen wir schwimmen. Pflügten und paddelten und schaukelten in den Wogen hin und her, kühlten uns bis tief in die Knochen, während mir Sam von einer jungen Frau namens Stella Schatz erzählte, die so wie ich einen Neuanfang in Dublin gesucht hatte und darin verschwunden war. Buchstäblich.

„Heeey Brudi, hier kommt dein persönlicher Stella-Podcast, live aus Dublin. Sorry, ich weiß, du digitaler Dino hasst ja Sprachnachrichten, aber was soll ich machen mit der blöden Zeitverschiebung? Immer bist du in irgendwelchen Calls oder du schläfst, oder ich glaub zumindest, du schläfst, irgendwann muss man ja mal damit anfangen. Und glaubs oder nicht, ich hab hier auch ein Leben. Also das heißt, ich arbeite wie ein Viech, haha, anders kann man das echt nicht nennen, außer dass man es einem Viech wahrscheinlich nicht zumuten kann, das, was ich hier jeden Tag sehe. Das Büro ist auch immer noch gesperrt. Wer weiß, wann wir wieder zurückdürfen. Du kennst das ja eh von euch in Singapur, aber ihr habt wenigstens ein bisschen mehr Platz in eurem Apartment. Du hast ja mein Zimmer auf den Bildern gesehen, eine Schuhschachtel hat mehr Platz. Wie man so einen Job den ganzen Tag da drin eingesperrt aushalten soll, das erklärt einem auch keiner. Breaking News: Weil es nicht geht, deshalb! Und meine WG ist auch nur so lala. Zumindest die, die noch da sind. Carlos, die treulose Tomate, ist zurück nach Spanien zu seinen Eltern und arbeitet von da. Kann das eh verstehen, da ist es warm und viel billiger, und wir zoomen ja auch manchmal, aber das war schon ein Schlag für mich. Floriane ist fast nur im Krankenhaus, die Leute da sind gerade wirklich die ärmsten Schweine, und wo Lorcan ist, weiß ich gar nicht. Ich hab ihn schon lang nicht mehr gesehen, vielleicht ist er ausgezogen. Wär mir eh egal, aber dafür wohnt jetzt Florianes Freund mit bei uns. Derek. Der hängt ungelogen den ganzen Tag auf der Couch und spielt

Call of Duty und raucht sich ein. Wie alt ist der, 16? Na ja, angeblich war er früher bei einem der Clubs in der Stadt Tonmischer, aber da läuft ja im Augenblick gar nix mehr und er lebt von der Notfallstütze wahrscheinlich besser als je zuvor, haha, der wird nie mehr arbeiten wollen. Na ja, eigentlich könnte ich ja ausziehen, aber es war so anstrengend, in dieser Stadt eine ordentliche Wohnung zu bekommen, und auch wenn es gerade angeblich leichter ist, ich hab keine Lust drauf. Ich mag die Gegend ja eigentlich sehr und ... wo war ich? Ich laber schon wieder so rum, oder? Aber ich war zu lange echt fucking einsam, kannst du dir wahrscheinlich eh vorstellen. Aber das sagst du jetzt nicht der Mama, gell? Sonst hat sie wieder alles von vornherein gewusst. Also, die alte Losung, wie immer: Alles super, alles g'schmeidig.

Aber eigentlich ist wirklich alles gut gerade, haha, oder sagen wirs mal so: viel besser, als es war. Mit ein paar Leuten von der Arbeit arbeite ich jetzt oft gemeinsam. Eigentlich dürften wir das ja nicht, aber who cares? Irgendwie muss man ja bei Verstand bleiben, oder? Eine Stadt ist eigentlich auch immer nur so gut wie die Leute, die man da kennt. Und Dublin hat was, muss ich sagen. Als Städtetrip, klar, da gefällt es allen, aber auch so als Ort zum Leben. Man beschwert sich und beschwert sich über alles Mögliche, und das stimmt eh, der öffentliche Verkehr kann überhaupt nix und alles sowas von überteuert, aber irgendwie schleicht sich die Stadt von hinten ran an einen, während man noch jammert, verstehst du? Und dann nimmt sie einen in den Schwitzkasten und lässt einen nicht mehr los. Haha, wahrscheinlich glaubst du, ich spinn. Na, kurz und gut, ich bleib hier jetzt einmal länger, egal was ist.

Apropos Zeit, ohgottohgott, ich laber ohne Ende,

wie viele Minuten sind es jetzt, waaas?! Schon über drei? Ich muss jetzt echt aufhören. Also, erzähl du. Wie gehts dir? Haltet ihr Mama noch aus, du und Priya? Oder habt ihr sie schon ins nächste Flugzeug gesetzt? Von Singapur kosten die Tickets gerade ein Vermögen, hab ich gehört, wenns überhaupt welche gibt. Pech gehabt, haha! Neeein, just kidding, sag liebe Grüße, okay? Also, ich wünsch dir was. War schön, mit dir zu plaudern, bist ein so guter Zuhörer geworden in letzter Zeit, haha. Bis bald und Bussi! Babaaa!"

Nachricht von Stella Schatz an Lino Schatz,
am 8. Juni, 21:16 Uhr

Danke, geht eh gut! Grad recht stressig. Wie ist es bei euch?

Nachricht von Stella Schatz an Lino Schatz,
am 23. Juli, 00:59 Uhr

Hab deinen Anruf verpasst, entschuldige. War geil, das Video, oder? Sonst alles gut, keine Sorge. Meld mich bald, grad viel los. xxx

Nachricht von Stella Schatz an Lino Schatz,
am 5. September, 23:03 Uhr

Diese Nachricht wurde gelöscht.

Diese Nachricht wurde gelöscht

1

Was bisher geschah: Stella Schatz, 27 Jahre alt, abgeschlossenes Studium der Sozialwissenschaften und Journalistik. Zuerst Volontärin, dann Redaktionsassistenz bei einem monatlich erscheinenden Wirtschaftsmagazin namens BusinessClass. Sie hatte selbst Redakteurin werden wollen, wurde aber wie eine Sekretärin behandelt. Zwei Jahre lang ermunterte man sie, noch mehr zu lernen, noch mehr fürs etabliertere Redaktionskollegium zu recherchieren, die nächste freie Opportunity wäre die ihre. Nach zwei Jahren kündigte sie, zum Entsetzen ihrer Mutter.

Trat die Flucht nach vorne an. In Dublin hatte sie ein Semester lang am Trinity College studiert und noch ein paar Kontakte. Die boomende Online-Branche gierte nach Leuten mit Deutschkenntnissen, so war ein neuer Job schnell gefunden, als zweisprachige Content-Managerin in einer Online-Agentur. Neustart. Dann kam der Lockdown. Stella musste ihr Büro ins eigene Schlafzimmer verlegen.

Zuerst hatte Stella sich in die Situation gestürzt wie in ein Abenteuer. Hatte ihre Familie und den Freundeskreis in Wien über ihre Abenteuer in Form von Videos auf dem Laufenden gehalten. Brotbacken und Kochen mit ihrer WG, lange Spaziergänge durchs dystopisch menschenleere Dublin. Dazu launige Berichte zu den Online-Meetings mit digital weniger bewanderten Kunden der Agentur. Im Laufe des Frühlings verließ sie jedoch ihr Enthusiasmus. Immer seltener hielt sie Kontakt. Telefonate mit ihrer Mutter blieben freundlich, aber unverbindlich. Nur ihr älterer Bruder Lino, der mit seiner Familie in Singapur lebte, hörte noch regelmäßig von ihr. Meist in Form von Links zu Kurzvideos, Memes oder Artikeln, die er lesen sollte. Und manchmal in Form von Sprachnachrichten, in denen sie Lino mehr oder weniger tiefe Einblicke in ihren Alltag und ihr Innenleben bot. Weil sie dabei gerne ausuferte und von einem Gedanken zum nächsten sprang, hatte Lino sie Podcasts getauft. Der letzte davon war im Mai. Danach erzählte Stella kaum noch Längeres, beschränkte sich auf Links zu lustigen Videos, hin und wieder ein Foto aus Dublin und Deklarationen, wie beschäftigt sie war. Ihre letzte Nachricht an ihn war über eine Woche alt. Samstagabend, nach elf Uhr abends. Gelöscht. Danach nichts mehr. Linos Nachfragen gingen ins Leere. Die wenigen von Stellas langjährigen Freundinnen, von denen Lino noch wusste, hatten ebenfalls nichts von ihr gehört, die meisten schon seit längerem. Man war mit dem eigenen Leben beschäftigt.

Bei der österreichischen Polizei war er mit seiner Sorge an die irischen Kollegen verwiesen worden, bei der irischen Polizei geriet er sofort in Verlegenheit, weil er nicht einmal die Adresse seiner Schwester wusste. Man verwies ihn weiter an die österreichische Botschaft, die dank der pandemischen Zeiten vor allem von einem Tonband besetzt war. Das informierte über das derzeit nicht besetzte Konsulat, verwies auf eine Notrufnummer für dringende Fälle. Ein Reigen aus fehlender Zuständigkeit, der auf Sam Feursteins Schreibtisch endete. Oder besser gesagt, auf seinem Küchentisch.

2

„Und?"

„Und was?"

„Die Sprachnachricht." Sam sah mich an, dann wieder auf sein Handy. Es lag zwischen uns auf dem Tisch, über den wir uns beugten wie zwei Operateure. „Was hörst du?"

„Ich höre eine junge Frau, die gut drauf ist."

„Ein bisschen zu gut drauf, oder?"

„Wie meinst du das?"

Ich liebte Sams Augenbrauen. Die verrieten ihn immer. Zwei buschige Grüße aus seinem Leben vor der Diplomatie. In dem ging es weniger um Fingerspitzengefühl, mehr um den effizienten Umgang mit Waffen und den kurzen Prozess mit Gewaltbereiten aller Arten.

„Die klingt doch total überdreht", erklärte er mir das Offensichtliche. „Und hast du gehört, wie sie schnieft die ganze Zeit?"

Hatte ich gehört. Eine Nase im Dauerlauf. Stella Schatz, die ihrer Einsamkeit in der neuen Stadt mit Kokain beizukommen versuchte. Vielleicht einer Überdosis von irgendetwas zum Opfer gefallen war. Oder ihrer schlechten Gesellschaft. Die wird bei Drogen sehr schnell ein Teil des Deals. Eine verführerische Theorie. Aber.

„Da würde ich nicht zu viel reininterpretieren. Vielleicht hat sie irgendwas genommen, vielleicht ist es auch nur das irische Klima. Man rotzt hier doch das halbe Jahr lang vor sich hin, wenn man es nicht gewohnt ist." Ich trat vom Tisch zurück, bog meinen vom Nichtstun verspannten Rücken nach links, nach rechts. Vorsichtig, in der Küche von Sams Apartment konnte man sich kaum umdrehen, ohne an irgendetwas oder irgendjemanden zu stoßen. Aber die Aussicht war grandios. Vierter Stock. Gleich drei Leuchttürme auf einen Blick, und im Augenwinkel noch Dalkey Island. Sam hatte das staatlich finanzierte Mietbudget sichtbar ausgereizt. „Außerdem ist Stella Mitte 20", sagte ich. „Da quillt man an den guten Tagen über vor Energie und Sexiness, auch ohne Drogen."

„Warst du jemals ohne Drogen so gut drauf?"

„Nie."

Ich schnitt Sam eine Grimasse. Er schnitt eine zurück. Gemeinsam betrachteten wir noch einmal das Handy auf dem Tisch. Es hatte uns alles gesagt, was es wusste, das Display erloschen.

Zeit für Kaffee (Sam), Tee (ich) und eine große Papiertüte voll süßem Gebäck, die Sam auf dem Rückweg vom *Forty-Foot* in einer Bäckerei um die Ecke besorgt hatte. Man begrüßte ihn da schon wie einen stillen Teilhaber. Sam schnappte sich eins der Mandelcroissants, bot mir auch eines an. Ich lehnte ab. Kam selten genug vor in den letzten Monaten. Der Hunger quengelte ständig an meinem Rockzipfel, seit ihn meine Arbeit nicht mehr stillte. Body positivity gut und schön, aber die endete für mich an der Grenze meiner gewohnten Kleidergröße. Jetzt waren wir beide jenseits der 40. Höchste Zeit für einen Fall, dann würde mir der Appetit schon wieder vergehen. Die Frage war nur: Auch wenn Stella Schatz' Verschwinden sich zu einem Fall auswachsen sollte – was hatte meine Nase darin zu suchen? Für Vermisste gab es schließlich die Iren und ihre Garda Síochána.

Sam hörte meine unausgesprochene Frage, ließ sein zweites Frühstück sinken.

„Ich weiß schon, Frau Schatz ist Österreicherin, und du gehörst zu den Bayern und eigentlich hast du ja Auszeit." Jetzt klang er richtig besorgt. „Mein Problem ist: Ich bin selbst kein Ermittler, und bei den Iren habe ich noch keinen Kontakt bei den Kriminalern, der gut genug ist, um mir so einen Gefallen zu tun. Und auch wenn, die hätten kurzfristig gar keine Zeit, die haben genug zu tun, auch ohne irgendwelche besorgten Österreicher, die in Singapur sitzen."

Dagegen hatte ich kein Argument. Offiziell war ich im K11 in München bis zum Jahresende im Bildungsurlaub. Seit dem unverhofften Fall gleich im Januar hatte ich schon länger nichts mehr aus meiner Abteilung gehört. Nicht von meinem Dezernatsleiter Konstantin, nicht von den Kollegen. Endlich Ruhe, hatte ich gedacht. Anfangs, zumindest. Inzwischen erschien sie mir verdächtig, diese Ruhe. Etwas Munition hatte ich trotzdem noch.

„Wozu brauchst du überhaupt Kriminaler? Bisher deutet doch nichts auf ein Verbrechen hin."

„Lino versucht Stella seit Tagen zu erreichen. Und jetzt kommt er überhaupt nicht mehr durch. Wahrscheinlich ist der Akku von ihrem Handy leer. Sie könnte weiß Gott wo sein." Er bemerkte meinen Blick, kriegte sich wieder ein. „Lino stand Stella ziemlich nahe."

„Er lebt aber in Singapur, oder? Und er weiß nicht mal ihre Adresse."

„Na und?" Sam schnaufte sich genervt Puderzucker auf sein T-Shirt. Eines dieser Touristen-Teile mit Guinness-Logo, aber der Mann konnte ja alles tragen.

„Lino ist eben nervös und hat sie vergessen in dem Augenblick. Du hättest ihn hören sollen. Er geht vom Schlimmsten aus."

„Ich habe Lino aber nicht gehört, das ist das Problem. Alles, was ich von der Familie Schatz weiß, kommt von dir, oder von dieser Sprachnachricht, die vielleicht Stellas letzte ist, so wie er behauptet, vielleicht aber auch nicht."

Sam schluckte den letzten Bissen, wischte sich die Zuckerspuren von der Brust. Sein Lächeln war versalzen.

„Du bist richtig beliebt bei deinen Kollegen in München, oder?"

Autsch.

„Nur wegen der Aufklärungsquoten."

Sam lachte und ich warf den Wasserkocher an. Angriff abgewehrt, wir waren wieder auf Kurs. Trotzdem. Er hatte mein Zögern gehört, die Delle in meiner Rüstung gesehen. Mir war immer egal gewesen, was man von mir hielt. Eine leichte Übung, solange alles halbwegs glattlief im Leben. Solange man lieferte. Und jetzt?

„Du wolltest meine professionelle Meinung", sagte ich, während das Wasser im Kocher in Wallung kam, „und hier ist sie: Vielleicht hat Lino Schatz einen guten Grund, besorgt zu sein, und Stella ist was Schlimmes zugestoßen. Aber allein von dieser, nennen wir sie mal vorsichtig unstrukturierten, Nachricht und deiner Erinnerung an Linos Aussage bei eurem Telefonat kann ich das unmöglich seriös beurteilen. Stella könnte einen sehr guten Grund haben, den Kontakt zu ihrer Familie abzubrechen. Ihre angeblich letzte Nachricht könnte älter sein, oder er könnte uns andere, weniger harmlose Nachrichten vorenthalten. Vielleicht ist sie einfach eine gute Schauspielerin, oder Linos große Sorge ist nur vorgetäuscht. Immerhin ist er noch immer in Singapur, anstatt hier in Dublin Vermisstenanzeigen zu verteilen."

Größtmöglicher Becher, Barry's Gold Blend, genug Milch für ein helles Karamell. Aaah, schon besser. Nur Sam schaute beleidigt.

„Auch einen Tee?"

„Soll das ein Witz sein?" Sam lebte von dunkelschwarzem Espresso. Tee misstraute er, vor allem, wenn er Milch enthielt. „Erstens", sagte er: „Lino Schatz kann im Augenblick nicht weg aus Singapur. Wer in der aktuellen Situation das Land verlässt, riskiert seine Arbeitserlaubnis und kann nicht mehr zurück. Er hat eine junge Familie, sein Sohn ist erst ein paar Monate alt. Da verstehe ich, dass er lieber inoffizielle Mittel ausschöpft."

Inoffizielle Mittel. Mein Instinkt für Ungereimtheiten unterbrach seinen Winterschlaf, öffnete ein Auge, schlummerte dann weiter. Draußen im Vorzimmer meldete sich mein Handy aus meiner Tasche, die ich dort abgestellt hatte. Verstummte wieder. Vielleicht Sinéad. Ich war länger bei Sam geblieben als gedacht, und sie spielte gerne die überbesorgte Mutter, die ich nie gehabt hatte.

„Was ist mit Stellas Eltern?", fragte ich. „Von Österreich aus könnten sie zumindest über Amsterdam ..."

„Dazu komme ich gerade. Also, zweitens: Der Vater ist vor zwei Jahren gestorben. Er war 85, Lino und Stella sind die Kinder aus dritter Ehe." Sam schlüpfte an mir vorbei zu seiner Kaffeemaschine. Eines dieser Teile, die eine mehrwöchige Ausbildung zum Barista notwendig machten, und eine Zwangsstörung, um sie auf Dauer sauber zu halten. „Stellas Mutter hängt auch in Singapur fest. Sie ist Ende Februar hingeflogen, um Lino und Priya nach der Geburt von Noa zu helfen. Erstes Enkelkind, du weißt schon."

Wusste ich nicht. Aber Sams Recherche war gründlicher gewesen als gedacht, das musste ich ihm lassen.

„Jetzt sind sie zigtausende Kilometer von Irland entfernt und werden verrückt vor Sorge", sagte er, während die Bohnen in der Kaffeemühle knirschten. „Diese Ungewissheit ist doch schrecklich, erst recht, wenn man am anderen Ende der Welt sitzt. Das muss ich doch gerade dir nicht erklären, oder?"

Sam sah mich an, seine Augenbrauen zwei Fragezeichen. Ein schlauer Move, mir mit dem Leiden der Familie von Verschwundenen zu kommen. Unfair vielleicht, aber schlau.

Natürlich kannte ich diese spezielle Art von Verrücktwerden. Die unbeantworteten Fragen, die sich Tag und Nacht in jeden anderen Gedanken brennen. Irgendwo gloste es noch, das Fegefeuer der Ungewissheit, als jede Nachfrage über meinen abgängigen Dad mit Kopfschütteln beantwortet wurde, jedes Klingeln des Telefons, jeder Passant vor dem Haus, ein Scharren vor der Tür einen Paukenschlag im Brustkorb auslöste, auf den nichts folgte, außer Enttäuschung und noch mehr Angst.

Sogar Dads dürftiger Abschiedsbrief hatte uns erleichtert. Jeden kleinen Hinweis auf seinen Selbstmord hatten wir uns gegriffen und daraus eine Erklärung gezimmert. Wackelig vielleicht, aber immer noch besser, als im Treibsand der Ohnmacht unterzugehen. Niemand verdiente das. Nicht die Familie Schatz, nicht ihre verlorene Tochter Stella.

„Hier gehts nicht nur um meinen Rat, oder?", fragte ich.

Mit Nachdruck presste Sam das Kaffeepulver ins Sieb. Er schaute zufrieden mit sich aus. Lief alles nach Plan für ihn.

„Alles, was ich wissen will, ist: Geht es Stella Schatz gut und sie hat nur mal keine Lust auf Familie? Oder hat Lino Recht und es gibt genug Anlass zur Sorge, dass die irischen Kollegen aktiv werden müssen? Ohne viel Wind, wenn du weißt, was ich meine. Und ich wäre dir über die Maßen dankbar, wenn ich da auf deine Erfahrung zählen könnte. Oder muss ich noch auf die Knie gehen und betteln?"

Ich lachte durch die Nase. Sam und seine drei Klassiker. Schmeichelei, Charme, Schuldgefühle. Und dann war da noch mein Leben, das ich ihm wahrscheinlich verdankte.

Draußen hatte mein Handy wieder zu klingeln begonnen. Und mir fiel ein: Sinéad rief nie an, verschickte nur Instant-Nachrichten. Kam also nur das Dezernat infrage. Oder mein Ex-Mann. Auf beide konnte ich verzichten.

„Na gut", sagte ich, als mein Telefon endlich die Klappe hielt. „Erstmal brauche ich ein Notizbuch, dann einen Stift, dann noch einen Tee, und dann nochmal Linos Geschichte. Alles, was er dir gesagt hat. Bringen wir mal auf den Tisch, was wir über Stella Schatz wissen, und dann sehen wir weiter."

Tweet von @LaStella, am 5. April

Highlights von heute: keine Milch mehr im Kühl-schrank. Im Corner Shop eine gekauft. The End.

Tweet von @LaStella, am 7. April

Sonst noch jemand süchtig nach diesen Videos, in denen sie in Super-Mikro-Nahaufnahme Pickel ausdrü-cken?

Tweet von @LaStella, am 8. April

Beneide gerade hart den fucking Kater der Nachbarn. Darf sich seit dem Lockdown offiziell weiter von seinem Zuhause wegbewegen als ich. Das Biest.

Tweet von @LaStella, am 8. April

Jaja, regt euch ab. Hab einen absolut tadellosen Track-Record als Katzenliebhaberin.

Tweet von @LaStella, am 9. April

Weil die Leute jetzt ständig mit Theorien um sich werfen, was und warum. Hab da noch eine: Gott hat das Schreiben unserer Geschichtsbücher an David Lynch ausgelagert.

Tweet von @LaStella, am 10. April

Hell is other people. Hell, yeah.

Die Hölle, das sind die anderen

Wir klemmten uns hinter Sams Küchentisch. Oder besser gesagt, vor allem ich klemmte. Sam dachte nicht gern im Sitzen. Selten blieb er länger als ein paar Minuten am selben Platz, telefonierte im Gehen noch einmal mit Lino Schatz, ließ ihn seine Geschichte von Stella und den letzten Kontakten mit ihr wiederholen, zog ihm alles aus der Nase, was es aus Sicht eines älteren Bruders zu wissen gab, von Stellas Adresse, die er sich inzwischen unter einem Vorwand von Stellas ahnungsloser Mutter besorgt hatte, bis zum Namen ihres neuen Arbeitgebers in Dublin, eine Werbeagentur namens *Carat Interactive*. Währenddessen warf ich mich ins Getümmel der sozialen Medien.

So tippten wir und scrollten, sortierten und gruppierten, konsumierten eine üble Menge an Süßgebäck (Sam) und Tee (ich), schauten hinaus auf die Dublin Bay. Ein riesiges Aquarium, in dem Containerschiffe ankerten, ein Schwarm Segeljollen eine Regatta veranstaltete, Fähren im Schneckentempo ein- und ausliefen. Bei jedem Hinsehen wechselte die Irische See ihr Outfit. Petrol wurde zu Aquamarin, verschwommenes Grau zur dunklen Androhung eines Schauers, der sich dann prompt abreagierte, bevor er unter dem Spott der Möwen wieder abzog in Richtung Isle of Man, den Fähren hinterher.

Dann war plötzlich Nachmittag, und vor uns auf dem Tisch lag Stella Schatz. Eine öffentliche Person, ausgeleuchtet von sich selbst, zusammengebastelt zu einem Profil, das wir halbwegs einschätzen konnten. Gar nicht so einfach. Stella Schatz hatte mehrere Gesichter. Auf jedem ihrer verfügbaren Kanäle zeigte sie ein anderes, und jedes wirkte bei näherem Hinsehen streng kuratiert.

Hier gab sie sich als originelle und scharfzüngige Beobachterin ihres Alltags, Königin der One-Liner. Dort als uneitle Dokumentarin der Welt, in der wir leben. Kleine Dramen und Hässlichkeiten des Wiener Alltages, später von dem in Dublin. Überquellende Mülltonnen, ein verlorenes Kuscheltier auf einem Fenstersims oder verkrüppelt am Straßenrand liegende Regenschirmleichen. Stella bezog Stellung in ihren Texten. Modepuppen in Auslagen illustrierten Botschaften gegen Bodyshaming. Werbeplakate als Anschauungsobjekte patriarchaler Machtstrukturen.

Kein Herumgeeiere zwischen Grautönen, aber auch keine Verletzlichkeit, die echt wirkte. Gegensätzliche Meinungen argumentierte sie kühl und fundiert aus, wer ihr blöd kam oder persönlich wurde, wurde kurzerhand blockiert, ihr Selbstwert auf den ersten Blick stabil. Außerdem auffallend: keine Selfies. Man betrachtete Stella durch die Linse anderer, meist in Statement-T-Shirts. Botschaften gegen Nazis, gegen Gewalt an Frauen und gegen den Raubtierkapitalismus. Interessant für eine, die der Wirtschaft so nah stand.

Die größte Überraschung war ihr Aussehen. Mein Schubladendenken hatte Stella Schatz' mondänen Namen sofort in die Kategorie Filmstar oder Model gesteckt. Aber nein. Es regierte der Durchschnitt. Wie alle ihre Altersgenossinnen sah Stella erschreckend jung aus in meinen ü40-Augen und kleidete sich, wie sich junge Frauen kleideten, die etwas auf ihren Intellekt hielten. Sie mochte die Farbe Schwarz, weite Hosen und die 90er Jahre. Ihre haselnussbraunen Haare wechselten weder Schnitt noch Farbe, steckten meist in einem Dutt, die Stirnfransen von links nach rechts frisiert. Dazu eine goldumrandete Brille, die – das behauptete zumindest Sam – auf jeder zweiten Nase der Wiener Kreativszene saß. Ein kühler Blick, der alles gleichzeitig auffassen und analysieren wollte. Selten ein Lächeln. Stella Schatz suchte ihre Bestätigung über Inhalte und Statements anstatt mit Filtern und Posen. Sie wollte die Welt zu einem besseren Ort machen.

„Eine bessere Welt? Hätte ich auch gern." Sam hatte seine Runden durch die Wohnung beendet, saß wieder neben mir am Tisch. Nur sein wippender Fuß verriet seine nervöse Energie.

„Die Jungen engagieren sich wieder mehr als wir damals. Gut so." Er hörte, wie ich nichts sagte. Studierte mich über sein Handy hinweg mit einem dieser Blicke, die ein Grinsen in sich trugen. „Du warst wahrscheinlich so eine No-Future-Frau, oder?"

„Na klar. Der Weltverdruss war das einzig Wahre. Naive Weltveränderer, oje. Noch schlimmer waren nur die Yuppies."

Allein das Wort klang irgendwie von gestern. Brachte mich zum Lachen, und Sam auch.

„Und schau, was aus dir geworden ist."

„Eine mittelalte geschiedene Frau ohne Karriere? Meine No-Future-Freunde wären so stolz."

Sams unverschämtes Prusten riss einen mit, ob man wollte oder nicht.

„Sagt die Frau mit dem jugendlichen Lover."

Jugendlicher Lover. Zwischen Ben und mir lagen gerade mal fünf Jahre.

„Wie viele Jahre älter als deine Ex warst eigentlich du nochmal, Sam?"

Elf. Wussten wir beide. Manu war stets ein zuverlässiges Stichwort, das Sam zurück zur Sache brachte.

„Stella war ziemlich streitbar", sagte er nach einem Räuspern, „das hat Lino mir jedenfalls erzählt. Ihr Vater war lange Universitätslektor für Politikwissenschaft in Wien. Bernhard Schatz. Intelligent, selbstgerecht und stur, so hat Lino ihn mir beschrieben, und Stella war ganz der Papa. Bei jedem Treffen sind sie sich wegen irgendwas in die Haare geraten."

„Und worüber?"

„Alles. Soziales, Politik, Gleichberechtigung, Stellas Lebensentwurf. Sie konnten sich eigentlich nur über Oberflächliches friedlich unterhalten."

Dysfunktionale Familien. Man musste sie einfach lieben.

„Also ein klassischer Generationenkonflikt. Kein Wunder, wenn Herr Schatz schon Mitte 50 war, als Stella geboren wurde. In zweiter Ehe, oder?"

„Dritter." Sam klang fast ehrfürchtig. „Es gibt noch vier ältere Halbgeschwister, die haben aber nicht viel Kontakt, vor allem, seit Bernhard Schatz gestorben ist. Stellas Mutter hat meist für den Vater Partei ergriffen, und das hat die Beziehung offenbar nachhaltig belastet."

Neigt zum Groll, schrieb ich in mein Notizbuch. Auch das ein Gesicht der quirligen Stella.

„Lino stand immer dazwischen, hat er mir erzählt. Sogar von Singapur aus war er immer das Bindeglied, über das Stella und ihre Eltern sich halbwegs gefahrlos austauschen konnten. Ihre Mutter weiß auch noch nicht, dass Lino sich Sorgen macht. Das Enkelkind lenkt sie ab." Sam driftete ab in irgendwelche unlesbaren Gedanken, kam mit einem Schlag wieder zurück. „Was ist mit dir, Frau KHK? Hast du was Neues über Stella?"

„Zwei Dinge." Ich weckte Sams Laptop auf, den ich für die Recherche benutzt hatte, arbeitete mich durch meine geöffneten Tabs. „Sie ist auf so ziemlich jeder Plattform der gängigen Sozialen Medien zu finden. Nicht überall aktiv, und nicht überall gleich viel, aber regelmäßig, und auf manchen sogar täglich."

„Wieso *war* sie aktiv?" Sam Feurstein konnte gut zuhören, wenn er wollte.

„Seit 10. April sind alle Kanäle stumm. In den Wochen davor ist sie auch von ihren üblichen Themen abgekommen. Sie hat menschenleere Straßen fotografiert, Brot gebacken und über gehypte Serien diskutiert, ein paar Bonmots rausgefeuert. Dann wars plötzlich vorbei."

„So ganz ohne Anlass?"

„Zumindest nichts wie ein Shitstorm, und die paar Neunmalklugen und Trolle hatte sie im Griff. Auch keiner dieser melodramatischen Abgänge oder Verabschiedungen. Ihr letzter Tweet ist aber durchaus offen für Interpretation."

Ich schob Sam den Laptop rüber. Er las sich durch den Stream von Stellas letzten Posts wie durch eine mathematische Aufgabe. Wirkte irritiert.

„In den Posts hört sie sich ganz anders an als in Linos Erzählungen", sagte er. „Ich hatte sie mir nicht so grantig vorgestellt. Du etwa?"

„Vielleicht war sie deprimiert. Sie wäre sicher nicht die Einzige, der sich der Lockdown aufs Gemüt geschlagen hat."

In ganz Irland war es wochenlang verboten gewesen, sich weiter als zwei Kilometer von zuhause zu entfernen. Deshalb wohl auch Stellas Kommentar mit der Nachbarskatze.

„Hell is other people?" Sam war noch nicht am Ende mit seinen Beobachtungen. „Was soll das heißen?"

„Die Hölle, das sind die anderen."

„Versteh ich schon." Ein Anflug von Ungeduld. „Ich meine, was steht dahinter? Wenn es Stellas letzte Botschaft ist, dann wird sie doch sicher einen tieferen Sinn haben. Alles andere wäre einer wie Stella zu banal. Oder nicht?"

Doch, Sam Feurstein hatte Recht. Hätte ich die Wahl, ich würde ihn den meisten meiner Kollegen im K11 vorziehen.

„Das ist ein Zitat aus einem Theaterstück von Jean-Paul Sartre", sagte ich. „Drei Leute kommen nach ihrem Tod in die Hölle. Und anstatt in siedendem Öl zu schwimmen und vom Teufel mit dem Schürhaken gepiesackt zu werden, sperrt man sie einfach zu dritt in einen Raum. Sie haben keine Augenlider mehr und sind einander die ganze Zeit ausgesetzt, beobachten und beurteilen sich ständig. Und das ist die wahre Hölle. Die Bewertung durch die anderen, der wir unser ganzes Leben lang nicht entkommen."

Sam machte große Augen.

„Das hast du aus dem Internet, oder?"

„Na klar, woher sonst."

Ein paar Sekunden lang schwiegen wir. Nur der Wind strich um Sams Küchenfenster, unter dem sich Segelbootstaffeln zum Ufer zurückzogen. Bald war Sperrstunde in der Dublin Bay.

Das Zitat könnte also Stellas Form von Kritik an der Welt der Sozialen Medien gewesen sein, in der Bewertung, Likes, Teilen die wichtigste Währung waren, für die Menschen ihre Privatsphäre und Würde verkauften. Ein letztes Statement an die glotzenden Massen, bevor sie ihnen den Rücken kehrte. Es sei denn, wir interpretierten gerade mehr in diesen Satz als notwendig. Sie war einfach niedergeschlagen und pessimistisch gewesen, so wie viele in der Zeit. Oder hatte ihrem Ärger über einen WG-Kollegen Luft verschafft.

„Dieser Post ist jetzt fünf Monate alt", sagte ich. „Da hatte sie noch länger Kontakt mit Lino. Hat er irgendwas davon erwähnt, dass sie nicht mehr online war und warum?"

Heftiges Kopfschütteln. „Lino ist Controller im Logistikwesen", sagte Sam, als würde das jede Ignoranz den neuen Medien gegenüber erklären. Er notierte den 10. April mit einem Fragezeichen. „Zu Stella hält er vor allem über Messenger-Dienste oder das Telefon Kontakt. Wahrscheinlich nennt sie ihn deshalb einen Dino."

Stellas Fossil von einem Bruder hatte nicht Unrecht. Diese Social-Media-Apps erinnerten mich an die Kolonie fleischfressender Pflanzen, die wir auf den Fensterbrettern des K11 München züchteten, und die einem langsam den Lebenssaft aussaugten. Bei Ermittlungen waren sie aber wertvoller als zehn neugierige Nachbarn. Und schon war man gefangen. Scrollte weiter und weiter, auch nach Dienstschluss.

„Hätte ich nicht gedacht, dass Stella ihre Mitmenschen so hasst." Sam klang enttäuscht. Fühlte sich wahrscheinlich um seinen guten ersten Eindruck betrogen.

„Vor allem hat sie ihren Job gehasst, denke ich."

„Ist das deine zweite Erkenntnis?"

„Ja."

„Und woher kommt die?" Ein Anruf rüttelte Sams Handy aus dem Schlaf. Ein Gesicht, das ich kannte. Er wischte es weg, wandte sich wieder mir zu. *Sprich weiter*, ermunterte mich seine Miene.

„Ich hab mir Stellas Podcast an Lino nochmal genau angehört. Ihr Job kommt dabei nicht gut weg. Ich zitiere: *arbeite wie ein Viech,* anscheinend aber etwas, was man einem Tier gar nicht zumuten könnte. Dann sagt sie wieder, ihren Job könnte man nicht aushalten in ihrem Zimmer. Ist sie nicht in einer Werbeagentur angestellt? Was kann an einem Job da so schlimm sein?"

„Vielleicht die Kollegen." Sam wirkte jetzt nachdenklich. „Aber ist eigentlich auch egal, weil Stella nicht mehr bei *Carat Interactive* arbeitet. Hab ich gerade vorhin erfahren."

„Aha. Von Lino?"

„Von ihrer Chefin. Also, Ex-Chefin."

„Heute ist doch Sonntag."

Wieder grummelte Sams Handy. Wieder dieselbe Anruferin. Manu. Die böse Ex, mit der er angeblich kaum mehr Kontakt hatte. Düster hackte Sam eine Nachricht aufs Display. Drehte es um, legte es weg. Sein Blick verbat sich jeden Kommentar. Aber ich hatte ohnehin keinen Bedarf. Arbeit und Privates mischten sich heute schon viel mehr, als mir lieb war.

„Ich hab vorhin auf gut Glück dort angerufen. Am Wochenende wird automatisch an die Agenturleiterin durchgestellt. Carol Monahan. Sie hat mir gesagt, dass Stella als", er las das Wort von einem Zettel ab, „Content-Producerin für *Carat Interactive* gearbeitet hat. Sie hat Videos und Posts für Unternehmen aus dem Tourismusbereich produziert. Aber nur sehr kurz. Ab Anfang Februar bis Ende März. Danach brach das Geschäft mit dem Tourismus völlig zusammen, weil alle zu viel Angst vorm Reisen hatten."

„Das heißt, sie hat Stella rausgeschmissen?"

„Höhere Gewalt." Sam sah zur Zimmerdecke. „Aber ehrlich gesagt klang es wie ein Vorwand. Stella hat ihren Kopf oft woanders gehabt und nicht bei ihrer

Arbeit, hat die Chefin behauptet. Und mit den Kollegen hat es angeblich auch Probleme gegeben."

„Meinst du, es war Mobbing?"

Sam hob die Schultern. Wir schwiegen. Dachten eine Weile darüber nach, wie es gewesen sein musste für Stella. Zweiter Jobverlust innerhalb weniger Monate, Außenseiterin im Team, allein in einem neuen Land und nur wenige Möglichkeiten, neue Kontakte zu knüpfen.

Die Hölle, das waren die anderen.

„Hat sie Lino von diesen Schwierigkeiten erzählt?"

Sams Blick beantwortete die Frage schon. Stellas Bruder hatte weder Ahnung von der Kündigung, noch von dem, was wirklich im Leben seiner Schwester passierte.

Sollte mich nicht wundern. Wann hatte ich mich zum letzten Mal einem meiner drei jüngeren Brüder anvertraut? Sie wussten, dass Stefan und ich uns getrennt hatten, dass ich derzeit bei Sinéad in Dublin lebte, mehr nicht. Im Fall von Robbie, dem ältesten, mir am nächsten stehenden und unerträglichsten von ihnen, war auch das noch zu viel. Jedes Wissen über mich nutzte er gnadenlos aus, früher oder später.

„Okay, rekapitulieren wir." Sams Geduld war hörbar angezählt. „Von Stellas Job wissen wir nur, dass sie ihn hasst. Von ihrem Privatleben, dass sie keinen echten Rückhalt in der Familie hatte. Das heißt, wir sind so klug wie am Anfang."

Ich holte Luft, um einzuhaken, aber zu spät. Schon wieder begann das Handy des Kollegen missmutig zu brummen. Er wischte es noch missmutiger zur Seite. Sam war ganz schön emotional für einen Diplomaten. Das gefiel mir an ihm. Meistens.

„Immerhin wissen wir, dass Stella einen Job hat und sie nicht ganz ohne Anschluss ist", sagte ich, bevor das Schweigen die Oberhand gewann. „In ihrer Nachricht an Lino spricht sie von Leuten, die angeblich auf ihrer Linie sind, was immer das bedeutet."

So weit, so gut. Sam nickte.

„Wir verstehen auch besser, wie sie tickt. Eine junge Frau mit Prinzipien, die ihren Weg geht, auch wenn es sie ihren Job kostet oder ein inniges Verhältnis mit ihrer Familie oder eine Partnerschaft." Solche Frauen lebten potenziell gefährlich. Oft genug war ich ihnen begegnet: erwürgt, erstochen, erschossen, erschlagen von glühenden Verehrern, besten Freunden, liebenden Ehemännern, die sich von ihnen verschmäht und gedemütigt fühlten. Lino Schatz machte sich vielleicht doch nicht umsonst Sorgen.

Und da war sie wieder. Diese Unruhe in mir, die ich von früheren Fällen kannte. Eine kalte Strömung tief unter der glatten Oberfläche. Spürbar, aber noch zu vage, um Sam mit reinzuziehen. Der war jetzt aufgesprungen auf meinen optimistischeren Zug.

„Wir wissen außerdem, wo Stella wohnt", sagte er. „Lino hat mir ihre Adresse gegeben." Er strich sich nachdenklich über den Bart. Das Temperament dieses Mannes kam und ging wie das irische Wetter. „Was schlägst du vor, Frau KHK?", fragte er.

„Ja?"

„Garda Thomas Barry hier. Sorry, Detective Inspector, dass ich Sie rausklingeln muss, und das bei dem Wetterchen ..."

„Was soll das heißen, ‚Sorry'? Ich hab Bereitschaft, welche Rolle spielt da die Sonne?"

„Ja ... ähm ... haha, da haben Sie natürlich Recht, sorry, nichts für ungut, DI."

„Okay, und was gibts?"

„Wir haben einen Toten. Wurde, ähm, in einem Apartmentblock drüben in Irishtown gefunden. Die Adresse ist, ähm, Sea Lock Apartments am Ende der Thorncastle Road. Die Zollbrücke ist in der Nähe und ..."

„Ich weiß, wo das ist. Ich kann in einer Stunde da sein."

„Keine Eile, also, ähm, Sie können sich ruhig Zeit lassen, DI. Der Kriminaltechnische Dienst ist noch vor Ort, und die Wohnung eine größere Schuhschachtel. Sie wollen die Leiche so bald wie möglich rausschaffen, die lag da schon ein paar Tage rum. Die Nachbarn haben erst wegen dem Gestank gemerkt, dass was nicht stimmt. Jetzt, wo man weiß, was dahintersteckt, will man den Toten natürlich noch schneller loswerden, Sie wissen ja, wie es ist."

„Na gut, verstehe. Was gibts sonst noch?"

„Sie meinen ... über den Toten?"

„Entweder das oder Sie erzählen mir, wies Ihrer Mutter so geht, Garda Barry. Ich überlasse Ihnen die Entscheidung."

„Oh natürlich, ja, sorry, DI. Also, ähm, männlich, weiß, zwischen 30 und 40 Jahre alt, übel zugerichtet,

Genick ist sehr eindeutig gebrochen, wenn Sie wissen, was ich meine."

„Okay. Gibts noch mehr?"

„Die Identität ist noch nicht bestätigt. Im Apartment wurde ein belgischer Reisepass aufgefunden, wir klären das gerade mit der Botschaft und versuchen Leute aufzutreiben, die ihn identifizieren können. Das Gesicht taugt dazu nicht mehr wirklich, wenn Sie wissen ... na, Sie wissen schon."

„Was ist mit –"

„Einsatzzentrale wird gerade organisiert, Sir. Detective Sergeant Lawlor kümmert sich drum."

„Noch besser. Sagen Sie dem Sergeant, ich bin auf dem Weg."

„Bis Sie hier ankommen, haben wir sicher auch die Raumnummer der Einsatzzentrale und ... Sir? ... sind Sie noch da, Detective Inspector?"

1

121 Palmerston Road war ein mittelgroßer, halb freistehender Backsteinbau inmitten einer langen Allee von mittelgroßen, halb freistehenden Backsteinbauten. Siamesische Zwillinge aus Stein, ein Pärchen nach dem anderen, dazwischen jeweils eine Lücke, die gerade breit genug war für eine Seitentür. Dahinter verbargen sich Mülltonnen und andere Unansehnlichkeiten. Rathmines war nicht so hip wie der benachbarte Stadtteil Ranelagh, dafür gepflegter. Die letzte Ausfahrt für alle, die den Grind und das Tohuwabohu der Dubliner Innenstadt nicht mehr ertrugen, sich aber noch nicht bereit fühlten fürs offizielle Vorstadtleben. In der parallel verlaufenden Rathmines Road wimmelte es von Bäckereien mit leicht verbranntem Sauerteigbrot in den Auslagen, in denen gepiercte Boho-Eltern handgedrehte Brotstängel und Zimtschnecken für ihren zerzausten Nachwuchs in Beige kauften. Buchsbaumhecken schmiegten sich an schmiedeeiserne Zäune, bunt gestrichene Türen suchten Schutz unter gemauerten Vordächern. Topfpflanzen vor Erkerfenstern, Trauerweiden und Palmenbäume, die sich über Fahrräder oder Gartenbänke neigten. Bei Sonnenschein sicher ein hübscher Anblick.

Gerade regnete es aber. *Nasser Regen*, so nannte man diesen übergewichtigen Bruder des irischen Nieselns. Ein Fall für den Schirm, wenn man einen dabeihatte. Hatte ich nicht, und sah entsprechend aus.

Ein Vorteil, behauptete Sam. „Dann schaust du nicht ganz so nach Polizei aus." Auf meine Frage, was das heißen solle, hatte er nur unverschämt gegrinst.

Noch am späten Nachmittag in Sams BMW-Kombi zu steigen und die gute halbe Stunde zu Stellas Adresse zu fahren, war mein Vorschlag gewesen. Was hatten wir zu verlieren? Entweder, sie war zuhause und die ganze Aufregung umsonst. Oder wir fanden weitere Hinweise, seit wann, wie und warum sie sich nicht meldete, die Sam dann weiterleiten konnte. Im schlimmsten Fall nicht nur an die Familie Schatz, sondern auch an die Guards.

Fünf Minuten vor der errechneten Ankunftszeit stellte sich außerdem heraus: Es würde kein „wir" geben. Sprich, ich sollte laut Sam alleine auf der Matte stehen und versuchen, Informationen aus Stellas Mitbewohnern zu kitzeln. Sein Hauptargument war wie üblich sein nahöstliches Aussehen. Das war noch immer selten in Dublin und würde Misstrauen erregen. Und dann noch sein starker Akzent. Also, nein. Das eignete sich nicht für verdeckte Vorabermittlungen. Und überhaupt:

„Wenn da ein Diplomat hochoffiziell vor der Tür steht, geraten die in Panik, oder erzählen das überall herum und wir kriegen den Deckel nie mehr auf die Geschichte."

„Wozu brauchen wir einen Deckel? Weil es doch falscher Alarm ist?"

„Lino hat von seiner Schwester vielleicht weniger Ahnung, als er glaubt. Wenn ich dann die irischen Kollegen umsonst bemüht habe, verscherze ichs mir nicht nur mit meinen Kontakten bei den irischen Behörden, sondern auch mit Martin." Ackermann, der österreichische Botschafter. Der hatte Sam die Stange gehalten nach seinem Eingreifen in die letzten Ermittlungen. Halten müssen. Und wer war dran schuld? Die Logan, mal wieder.

„Aha. Und was ist mit meinem Ärger mit unserer Botschafterin?"

„Bei der Hetzenau hast du doch einen Stein im Brett."

Das stimmte allerdings. Angelika von Hetzenau hatte mir sogar ihre Unterstützung angeboten, sollte ich einen Wechsel ins BKA und den ausländischen Dienst erwägen. Trotzdem. Mit dieser Frau war auch bei ihrer besten Laune nicht zu spaßen. So gut hatte ich sie kennengelernt.

„Patsy, bitte." Sam faltete die Hände vor den Lippen. „Du bist hier in Irland eine Privatperson und keine Vertreterin deines Staates. Du schaust irisch aus, du klingst irisch, und improvisieren kannst du auch. Lass einfach deinen Charme spielen, okay?"

Meinen *Charme*. Ich hatte gute Lust, Sam Bescheid zu geben, wohin er sich seine billigen Schmeicheleien stecken konnte. Andererseits. Die Iren waren trotz der starken Zuwanderung in den letzten Jahren noch immer Inselmenschen. Ihre Antennen dem Fremden gegenüber waren empfindlich, da hatte Sam Recht. Man würde ihm die Tür einen Spaltbreit öffnen, aber nicht weiter.

Ich hingegen passte ins Dubliner Bild wie Arsch auf Eimer. Dunkelbraune Haare und eine Haut, die nicht so richtig konnte mit der Sonne. Mein Englisch erzählte von der Dubliner Nordseite, wo mein Dad aufgewachsen war. Dazu die dem Wetter unangepasste Kleidung.

Durchnässtes T-Shirt, Dreiviertel-Jeans, windverblasene Haare und Flip-Flops, die heute Morgen bei Sonnenschein noch die logische Wahl gewesen waren, jetzt aber bei jedem Schritt quietschten. Patsy Logan, irisch wie der grüne Klee.

Gewonnen, Sam Feurstein.

Meine Erkenntnis nach nur wenigen Minuten: Meine Tarnung machte null Unterschied. Sam hätte ebenso gut in einem Gorillakostüm neben mir stehen können, es wäre nicht aufgefallen. Der junge Mann, der unendlich langsam an die Tür geschlurft kam, blickte durch mich hindurch in eine andere Welt, aus der ich ihn geklingelt hatte. Eine schlechtere Welt, in der nun seine Feuerkraft fehlte. In der linken Hand hielt er noch seinen Controller. *Call of Duty*, dachte ich, dann an die Sprachnachricht von Stella, in der sie mein Gegenüber erwähnt hatte. Und konnte mein Glück nicht fassen.

„Hey. Kann ich Ihnen helfen?"

„Hallo. Bist du nicht ... bist du nicht der Freund von Floriane? Oder irre ich mich?"

Stirnrunzeln. Zum ersten Mal fokussierte sein Blick auf mein Gesicht. Kurzer Abgleich mit dem inneren Personenregister: Kein Treffer. Trotzdem wirkte er nicht alarmiert.

„Derek. Stimmt schon." Seine Stimmbänder hingen in schlecht geölten Scharnieren. Passte zu seinem Teenager-Look. „Flo ist leider nicht da. Die hat nur noch Spätschichten in letzter Zeit. Sind Sie eine ..." Ich konnte seine Gedanken hören. *Eine Freundin meiner Freundin? Ist die nicht zu alt?*

„Woher kennen Sie Flo? Arbeiten Sie auch in St. Vincent's? Sind wir uns schon mal ...?"

„Nein, nein. Stella hat von euch erzählt." Alles wahr. Und doch meine erste Lüge. Klein, kaum der Rede wert, ebnete sie den Weg für ihre größeren Schwestern. Für alles, was danach kam.

„Haha, Stella, na okay." Dereks Lächeln wurde breiter, als sei Stella eine verschrobene Tante von ihm, dann fiel es ihm auf: „Wo treibt die sich eigentlich rum? Hab sie schon länger nicht mehr gesehen."

Wann war das genau? Können Sie sich noch an den Tag erinnern? Die Uhrzeit? Fragen wie ein Reflex. Ich unterdrückte ihn. Ich war heute nicht von der Kripo. Und Derek fast schon auf dem Weg zurück in seine nerdige Gedankenwelt. Besser für mich, wenn er da blieb.

„Also, ehrlich gesagt glaub ich nicht, dass sie zuhause ist." Er kratzte sich durch sein T-Shirt hindurch an der Brust, trat einen Schritt zurück in den Flur. Er sah die mit Sisalteppich bespannte Treppe hinauf, rief: „Stella?" Als wäre er ihr Vater und ich ihr unangekündigter Besuch.

Ich folgte ihm über die Schwelle. Registrierte seine kurzen Trainingshosen und die Tennissocken in Adiletten, ein abgestelltes Fahrrad, einen Haufen übereinandergeworfener Schuhe, fast ausschließlich verdreckte, weiße Sneakers, einen schmalen Tisch mit einer großen Glasschüssel randvoll mit Krimskrams, eine geschlossene Tür am Ende des Flurs, keine Spur von Stella Schatz. Roch ozeanblauen WC-Duft, feuchtes Mauerwerk, einen Hauch von Gras. Der kam von Derek. Offenbar seine Art zu entspannen, bevor es auf ging ins nächste Gemetzel.

Seine Gedanken waren auf dem Schlachtfeld, nicht bei mir und was ich hier drin eigentlich wollte. Noch.

Dereks Mund öffnete sich erneut.

„Bemüh dich nicht", kam ich ihm zuvor. „Stella ist nicht da. Wir haben uns für sechs Uhr verabredet, aber sie hat den Bus verpasst. Ich hab blöderweise meinen Schirm vergessen."

Lügen aus dem Stegreif, ein altes, nicht sehr ehrenwertes Naturtalent von mir.

Derek stutzte, sah hinter mich durch die noch immer geöffnete Tür nach draußen. Wie auf ein Kommando legte der Schauer um einen Gang zu. Prasselte auf Autodächer, bombardierte Blumentöpfe, tropfte von Regenrinnen, Mauervorsprüngen, Baumkronen.

Nicht zu viel nachdenken, Derek. Lass mich einfach rein.

„Ach so, ja", er zuckte mit den Achseln, lächelte gereizt. „Also, du kannst auch hier auf sie warten." Die Aussicht, einen ungebetenen Gast an der Backe zu haben, während er eigentlich nur Soldaten niederheizen und in Ruhe seinen Joint weiterrauchen wollte, drückte ihm aufs Gemüt.

„Lass dich nicht aufhalten", sagte ich. „Ich muss kurz ins Bad und bleibe dann einfach hier am Eingang."

„Bist du sicher?"

„Aber klar. Ich will dich nicht weiter stören. Und es dauert garantiert nicht lange."

Grenzenlose Erleichterung. Dereks Lächeln verbreiterte sich zu etwas Glaubwürdigem.

„Gar kein Problem." Er verschwand durch die halb geöffnete Tür ins Wohnzimmer und aus meinem Sichtfeld. Ein Körper, der sich auf eine Kunstledercouch fallen ließ. Knistern und Rascheln, als er sich aus einer Chipstüte bediente. Eine Glasflasche, die auf eine Glastischplatte traf.

Eine zweite Stimme murmelte etwas. Scheuchte mein Herz noch einmal auf. Ein Freund und Mitspieler. Die Stimme war tiefer als die von Derek, der sich entschuldigte:

„Nein, nein. Irgendjemand für meine Mitbewohnerin. Kann weitergehen."

Irgendjemand. Meinetwegen. Viel besser als *eine von der Polizei*.

Ich zog die Haustür hinter mir zu. Wartete ab, bis im Wohnzimmer wieder die Sturmgewehre zu knattern begannen. Die Pflicht rief.

2

Mein Leben lang habe ich nach Struktur gesucht. Weil ich gelernt hatte: Bin ich mir selbst überlassen, wird es gefährlich. Dann tun sich mein Instinkt und meine Impulsivität zusammen, überholen wie Thelma und Louise in ihrem Thunderbird meinen Verstand. Von rechts, versteht sich. Das ist kein Problem, solange man, so wie es mein Job meistens verlangt, an einem Schreibtisch sitzt und nach Widersprüchen und Zusammenhängen in Aufzeichnungen sucht, oder von Kameras überwacht in einem Vernehmungsraum sitzt. Kann aber durchaus zu einem Problem werden, wenn man draußen im freien Feld steht. Unbeobachtet, und ohne einen Wald von Entscheidungsbäumen als Orientierung. Zu einem guten Grund, lieber die Finger von verdeckten Ermittlungen zu lassen. Auf dem Weg über die Treppe in den ersten Stock von Stellas Haus fiel er mir wieder ein.

Im Augenblick gab es aber Wichtigeres. Ich stand am oberen Treppenabsatz, umringt von vier Türen. Alle identisch, cremefarben, geschlossen. Welche war die richtige?

Kurze Wahrscheinlichkeitsrechnung: Eine führte ins Bad, eine ins Zimmer von Stella, eine in das von Floriane und Derek. Und die vierte? Lorcan. Noch ein Name, den Stella erwähnt hatte. War der nicht auch verschwunden? Ausgezogen? Gab es noch weitere WG-Mitglieder? Keine Ahnung. Theoretisch konnte es im Untergeschoss noch ein zusätzliches Schlafzimmer geben. Da hatte ich sogar fünf Türen gezählt. Würde ich gleich in die Privatsphäre eines weiteren Menschen stolpern? Mit jemandem konfrontiert werden, der geistesgegenwärtiger war als Derek und mich als ungebetenen Gast entlarvte? Nur ein Weg, das rauszufinden.

Erste Tür.

Nichts. Eine Art Besenkammer mit Heißwassertank, Boiler, Staubsauger, Stapeln von schlampig zusammengelegten Handtüchern, Waschmittelflaschen.

Zweite Tür. Das Bad. Kühl und klamm, wie jedes irische Badezimmer zu jeder Jahreszeit, am geschlossenen Sichtschutzfenster und in vielen Fugen wucherte der Schwarzschimmel. Auffallend sauber geputzt, eine Armee an Shampooflaschen und Duschgels, die am Rand der Badewanne balancierten. Die meisten waren für Männer.

Zeit für meinen offiziellen WC-Besuch. Ich riss ein paar Blätter Klopapier von der Rolle, drückte damit den Spülhebel nach unten, nutzte das Rauschen für eine kurze Untersuchung des Spiegelschranks. Nichts fehlte. Verwischte meine Fingerabdrücke mit dem Papier. Der Grat zwischen uns Polizisten und der Gegenseite war oft denkbar schmal.

Weiter zur nächsten Tür, während im Erdgeschoss der virtuelle Krieg tobte. Es wurde geschossen, gesprengt, gestorben. Mich hatte man schon wieder vergessen. Hoffte ich zumindest.

Ich öffnete die dritte Tür einen Spalt und wusste sofort: Hier drin war, wonach ich suchte. Das war weniger meinem Instinkt zu verdanken als der Wäsche, die auf einem Kleiderständer unter dem Fenster zum Trocknen aufgehängt war. Eines der Oberteile erkannte ich von Stellas Fotos wieder. Schlicht. Schwarz. Darauf stand in Weiß geschrieben: *Die Zukunft ist weiblich*. Das war Hinweis genug, oder zumindest einen Blick wert. Also rein und Tür zu.

3

Stellas Zimmer war so wie die meisten irischen Schlafzimmer: eng und chaotisch, weil das ganze Leben einer 27-Jährigen reinpassen musste. Die Rückseite der Tür fungierte als Garderobe. Ein kegelförmiger Wust aus diversen Mänteln und Jacken, dazu Stoffbeutel voll mit Schals verschiedener Wärmegrade. Eine sinnvolle Investition, der irische Herbst dauerte von Oktober bis Mai. Aus den Beuteln stieg mir ein Hauch von Stella in die Nase: Make-up-Geruch und irgendeine natürliche Seife. Der Muff nach tagelang geschlossenem Fenster kombinierte sich mit dem von zu trocknender Baumwolle, in der langsam der Moder Fuß fasste. Kannte ich leider von Sinéads Haus. Zumindest kein Hochflorteppichboden, so wie in meinem eigenen Schlafzimmer.

Das Doppelbett stand an der Wand, eine schlampig darüber geworfene, graue Tagesdecke verschleierte die Unordnung darunter nur unzureichend. Es war vermutlich Schlafstätte, Couch und Arbeitsplatz in einem. Sonst gab es nirgendwo genug Platz. Die Türen des Einbauschrankes daneben ließen sich nur in einem 80-Grad-Winkel öffnen, bevor sie an ihre Grenzen stießen. Die Oberteile waren nach Farben sortiert, rangierten zwischen Schwarz, Weiß und allen Graustufen dazwischen. Neben dem voll beladenen Wäscheständer noch eine Kommode aus lackiertem Holz, darauf stand ein Spiegel gegen die Wand gelehnt, dessen barocken Rahmen Stella mit zartgliedrigen Ketten, Armreifen und Haarbändern dekoriert hatte. Obendrauf ein Stapel Wollmützen. Der Rest der verfügbaren Zimmerfläche war gerade groß genug, um die Tür zum angeschlossenen Mini-Badezimmer mit Dusche zu öffnen, das Stella offenbar allein benutzte.

Sie quietschte wehleidig beim Öffnen. Elektrische Zahnbürste, Stückseifen, ein Kulturbeutel voll veganer Schminksachen, Gesichtscremen für die Haut ab 30. Ausnahmslos Marken aus deutschen Drogeriemarktketten. Ich ertappte mich bei einem Lächeln. Ja, die vermisste ich auch.

Apropos. Nirgendwo in diesem Zimmer schien etwas zu fehlen. Alle Schubladen quollen über mit Stellas Sachen. Unter dem Bett sammelte ein großer Koffer Staub, daneben noch ein kleiner.

Als hätte sich Stella Schatz einfach in Luft aufgelöst.

Andererseits hatte ich bisher weder eine Handtasche entdeckt noch einen Computer, Laptop oder Ähnliches. Aber vielleicht lag der irgendwo im Haus, wo mehr Platz zum Arbeiten war?

Über mir brauste die Entlüftung auf, schickte mein Herz in einen kurzen Galopp. Ich knipste das Licht aus, schloss die Tür ins Bad wieder. Lauschte. Unter mir fluchte Derek im Wohnzimmer, sein Spielkamerad brüllte vor Lachen. Verdammt hellhörig, dieses Haus. Besser, ich spazierte nicht zu viel im Zimmer hin und her.

Oder noch besser: Hau ab. Was hast du hier zu suchen?

In meinem Hals wieder diese Enge. Ich kannte sie gut. Von all den Schlafzimmern, Wohnzimmern, Treppenhäusern, Hobbykellern, die zu Tatorten geworden waren. All die Hinterlassenschaften der Toten, durch die ich mich mit behandschuhten Fingern gewühlt hatte. War Stella Schatz eine von ihnen? Nicht nur vermisst, sondern schon Opfer? Lag sie irgendwo in einem Graben, trieb sie in einem Gewässer, wartete sie unter einer dünnen Erdschicht, um entdeckt zu werden?

Ich schloss die Augen, befragte mein Gefühl. Das schwieg sich aus, enttäuscht von mir. Irgendwas übersah ich.

Na gut, du stummes Miststück, aber was?

Augen schließen, warten, horchen, Kehle freiatmen, Augen öffnen. Ich schaute aus Stellas Fenster und hinunter auf die Palmerston Road. Der Regen war abgeflaut, von den Dachrinnen tropfte es noch. Singvögel verkündeten bessere Zeiten. Eine junge Mutter mit ihrem wütend strampelnden Kleinkind im Buggy hetzte den Gehsteig entlang und über eine rote Fußgängerampel, vorbei an einem Mann mit über den Kopf gezogenem Hoodie, der sich kurz in ihre Richtung wandte, dann wieder herüber zu Stellas Haus sah. Durchs Fenster. Zu mir. Bildete ich mir zumindest ein. Groß und schmal gebaut. War das Sam? Er hatte seinen BMW-Kombi schräg gegenüber geparkt. Vielleicht war er ausgestiegen. Ich blinzelte. Blödsinn. Sam war größer. V-förmiger. Und er trug keine Sneaker wie diese. Riesig, schwarz, mit neongelber Sohle. Die Fußgängerampel war inzwischen auf Grün gesprungen, der Mann weitergegangen, ohne mich weiter zu beachten.

Die Abendsonne hatte inzwischen ein Loch in die Wolkendecke gebrannt und flutete Stellas Zimmer mit glühendem Orange. Die Tagesdecke warf darin Schatten, die zerknautschten Kissen und Decken wie eine Hügellandschaft im Abendlicht.

Wenn es denn Kissen und Decken waren.

Na also, maulte mein Gefühl. *Warum nicht gleich?*

Ich ließ mich auf Stellas Bett nieder und begann es abzuklopfen. Ignorierte mein Handy, das in meiner Gesäßtasche aus dem Schlaf hochschreckte. Wie erwartet ertastete ich Kissen und Decken, Decken und Kissen. Und dann etwas Hartes.

4

„Ihre *Handtasche*?"

Sam wirkte wie festgefroren hinter dem Lenkrad. Keine Spur mehr vom lässigen Lächeln, mit dem er mich bei meiner Rückkehr im Wagen erwartet und ein paar Blocks weiter aus der Sichtweite von Stellas Haus gefahren hatte. Da hatte er noch geglaubt, ich würde ihm gleich Entwarnung geben. Eine launige Geschichte über ein großes Missverständnis erzählen. Mein Gesichtsausdruck, mal wieder. Der scheint sich auch im Ernstfall zu amüsieren. Mein Gesichtsausdruck hat mir schon viel Ärger eingebracht.

„Okay." Sam fasste sich wieder. „Was sucht Stellas Handtasche unter ihrer Bettdecke?"

„Keine Ahnung."

„Meinst du, die wollte sie vor jemandem verstecken?"

„Wenn, dann nicht sehr gut."

„Bist du sicher, dass sie nicht noch andere ..."

„Vielleicht, aber da drin war auch Stellas Brieftasche. Kein Bargeld, aber alle Bankkarten, soweit ich das sagen kann. Bibliotheksausweise, Kundenkarte für den

Supermarkt. Diese alltäglichen Sachen. Und ein Schlüsselband mit einer Magnetkarte dran, wahrscheinlich für den Zugang zu einem Bürogebäude."

„Ein neuer Job?"

„Sieht so aus. Aber frag mich nicht, welcher. Da ist nirgendwo ein Firmenlogo. Wahrscheinlich eine Vorsichtsmaßnahme, falls die Karte verloren geht oder gestohlen wird. Aber sie gehört garantiert Stella."

Ich zeigte Sam das Foto, das ich von dem Ausweis gemacht hatte. Um seine Nasenwurzel zuckte es. Im Schwarz-Weiß-Siebdruck wurden sogar Stellas nichtssagende Züge zur Verbrechervisage.

„Sie schaut … angespannt aus", sagte er. Nachdenkpause. Prüfender Blick in mein Gesicht. „Du übrigens auch."

Das konnte er verdammt nochmal laut sagen. Ich war angespannt, und das aus gutem Grund.

„War sonst noch was, das für uns interessant sein könnte?", fragte Sam, der es offenbar schon ahnte.

In Gedanken wühlte ich noch einmal durch Stellas Handtasche. Ein formloser Beutel aus schwarzem Kunstleder, das an manchen Stellen schon bröckelte. Ein Lieblingsstück. Oft gebraucht, jetzt zurückgelassen, so wie das ganze Zimmer. Alles da, nur keine Stella. Und auch nicht ihr Laptop.

Stattdessen banale Zeugen ihres Alltags. Eine Dose mit Kaugummipellets für weißere Zähne, zerknüllte Belege von Tesco-Supermärkten, eine Design-Mehrwegtrinkflasche aus Aluminium, ein Proteinball in seiner ungeöffneten Verpackung, vergessen und flach gedrückt ganz unten.

„Stellas Handy war auch drin", sagte ich. Wartete auf eine Reaktion von Sam, die nicht kam. Reglos, wie ich es mir von Scharfschützen vorstellte, fixierte er mich. Schien auf einen Schießbefehl von mir zu warten. „Der Akku ist leer, oder es ist abgeschaltet, ich hatte keine Zeit mehr, das zu prüfen. Ladegerät hab ich auf die Schnelle auch keines gefunden."

Die Furche an Sams Nasenwurzel tauchte wieder auf. Er schien sich zu fragen, was das heißen sollte, *„keine Zeit"*.

„Außerdem hab ich noch ein Notizbuch in der Tasche gefunden."

„Ein Tagebuch?"

„Eher ein Taschenkalender mit Terminplaner. Listen, Telefonnummern und Notizen, solche Sachen. Sie kritzelt auch gern beim Telefonieren."

Die Furche vertiefte sich.

„Ganz schön altmodisch für eine so junge Frau. Stella ist doch keine 30, oder?"

Sam trennte sich kaum einmal von seinem Handy, vermaß und kartierte damit alles von seinem Schlaf bis zu den täglich zurückgelegten Höhenmetern.

„Das nennt sich retro, Inspector Gadget. Leute unter 30 sticken auch wieder Kreuzstichbilder."

Ein überfordertes Schnaufen. „Ich werde alt."

„Jedenfalls nutzt Stella das Notizbuch regelmäßig, sogar als Ablage für irgendwelche Papiere."

„Was für Papiere?"

„Papiere eben. Für längere Analysen hatte ich keine Zeit, sorry."

Das war ein bisschen sarkastisch, aber vor allem wahr. Gerade als ich begonnen hatte, in Stellas Notizbuch zu blättern, war es mit einem Mal still geworden unter mir im Wohnzimmer. Derek und sein Spielkamerad feierten einen Waffenstillstand, lachten, scherzten, schlurften auf und ab. Und ich war, ich musste es zugeben, in Panik geraten. Fehlte noch, dass mich einer von ihnen durchs Haus geistern sah, oder – noch schlimmer – in Stellas Zimmer erwischte. Auf ihrem Bett, umgeben vom Inhalt ihrer Handtasche. Kein Joint der Welt hätte die Situation besser aussehen lassen.

Also verwischte ich so schnell wie möglich meine Spuren und machte mich aus dem Staub. Meinen Rucksack über der Schulter, Flip-Flops in der Hand, Notlüge über Stellas geänderte Pläne im Kopf. Zum Glück nicht notwendig. Niemand bemerkte meinen Rückzug. Derek bestellte gerade ein indisches Take-out, und sein Gast legte eine rauschende Pinkelpause ein. Und dann war ich draußen. Erleichtert, aber mit viel schlechtem Gewissen auf den Schultern.

„Was mir noch immer nicht klar ist", Sams Finger spielten mit dem Anhänger seines Autostarters. „Einerseits hört es sich so an, als hätte Stella nicht geplant, zu verschwinden. Aber wenn ihr etwas zugestoßen wäre, dann hätte sie doch zumindest ihre Handtasche bei sich gehabt, oder nicht?"

„Vielleicht war sie nur kurz draußen und dachte, sie braucht ihre Tasche nicht. Oder sie hat wie jede vernünftige Frau mindestens eine zweite Tasche. Oder einen Jutebeutel."

Schon traf mich der nächste zweifelnde Blick.

„Und wieso versteckt sie dann diese Tasche unter der Bettdecke?" Merkwürdig, wusste ich selbst. Sam massierte sich die Lücke zwischen den Augenbrauen, schloss die Augen wie unter Schmerzen. „Mit Stellas Terminplaner in der Hand wären wir jetzt garantiert schlauer."

„Denke ich auch", sagte ich. „Deshalb hab ich ihn mitgebracht." Ich hob den Rucksack zwischen meinen Füßen am Henkel hoch. „Und Stellas Handy auch."

Im Auto wurde es sehr schnell sehr still.

Sam öffnete halb den Mund, schloss ihn wieder.

Er sagte nicht: Das ist de facto Diebstahl.

Er sagte nicht: Was hast du dir dabei gedacht, du Wahnsinnige?

Er sagte nicht: Wenn sich diese Sache jemals als Angelegenheit für die Polizei entpuppen sollte, und das ist derzeit wahrscheinlicher denn je, dann kommen du oder ich oder wir beide sowas von dran für diese unrechtmäßige Entfernung von möglichen Beweismitteln von ihrem Fundort, dass unsere Botschafter uns weder die Stange halten noch uns jemals wieder grüßen werden, und das nur, weil du die Ungewissheit so hasst, dass dir jedes Mittel recht wird, nur um sie zu beenden, ist dir das klar?!

Ja, war mir klar. Und trotzdem war es passiert. Thelma und Louise gaben Gas in den Sonnenuntergang, und ich fraß ihren Staub.

Aber Sam blieb cool. Zumindest an der Oberfläche. So wie meine Mutter früher. Die war leise geworden anstatt laut, wenn ich was ausgefressen hatte, nur weil ihr eines ihrer Erziehungsbücher davon abgeraten hatte, das zu tun, was ich zweifellos verdient hätte.

Entweder übte sich Sam in dieser Kunst der Selbstbeherrschung. Oder, und das war viel wahrscheinlicher, er hatte nicht viel Ahnung von Beweisrecht und damit auch keine Vorstellung, welche Konsequenzen eine Übertretung im Ernstfall für eine Ermittlung bedeuten konnte.

Aber jetzt war nicht der Zeitpunkt, ihn darauf hinzuweisen.

„Na gut", sagte er schließlich und nickte auf diese zackige Art, die man ihm im Bootcamp seiner Wiener Spezialeinheit eingetrichtert hatte. Startete den Motor. „Dann schauen wir es uns mal an, dieses Notizbuch."

Ich wohnte keine zehn Autominuten von Stella entfernt, also einigten wir uns auf Sinéads Haus in der
Synge Street als nächste Einsatzzentrale. Da hatten
wir freie Bahn. Meine Cousine verbrachte den Tag mit
ihrem Corgi Fritz und einem nicht näher erläuterten
„Date" irgendwo „auf der Nordseite". Seltsam, diese
Nachrichtensperre. Wahrscheinlich wegen Sam. Sollte
er nach ihr fragen, hatte ich ihm zu vermitteln, wie egal
er ihr war. Nachdem im Frühling ein paar Verabredun-
gen in einen „betrunkenen Kuss" mündeten, den Sinéad
noch am Morgen danach als eine „glatte 10" bewertete,
hatte er sie ziemlich rasch danach angeblich „geghos-
tet". Ich hatte meine Zweifel an dieser Version. Erstens, weil Sam nur diplomatisch unbedingt notwendige
Mengen an Alkohol trank. Zweitens kannte ich Sinéad
und ihr inneres Feuer, das sie durchaus auch speien
konnte, wenn ihre Gefühle nicht so erwidert wurden
wie erwartet. Sie war aber auch meine liebste Cousine.
Das hieß was, denn von denen gab es ein 48-köpfiges
Heer. Alle ersten Grades. Mein Dad war die Nummer
Was-weiß-ich-wie-viel von elf Geschwistern. Sinéad
war schon als Kind meine ältere Ersatzschwester gewesen und hatte als Teenagerin ihren schlechten Einfluss
auf mich geltend gemacht. Seit wir beide zum illustren
Zirkel der noch nicht, aber bald geschiedenen Frauen
ohne Kinder gehörten, waren wir noch näher zusam-
mengerückt. Also stellte ich keine Fragen.

Sam übrigens auch nicht. Er schien fest entschlossen, das Thema Sinéad nicht zwischen uns kommen
zu lassen, nicht einmal vor ihrem Haus.

Stattdessen nahm er die bröckelige Betontreppe
hinauf zum Eingang in halb so vielen Schritten wie

ich, lobte im Vorübergehen die Allee von Topfpflanzen entlang der Treppenränder. Wie malerisch sie den authentisch viktorianischen Stil des Backsteinhauses betonten. *Die schreien nach Instagram*, sagte er, und ich musste ihm Recht geben. Sinéad hatte ein Händchen fürs schönere Wohnen. Zumindest im Außenbereich. Im Haus schienen die viktorianischen Zeiten und vor allem die 1980er weniger lang her, als einem lieb sein konnte. Ein Worst-Case-Szenario aus einfachverglasten Fenstern und Möbeln im englischen Landhausstil. Sinéad machte das Bestmögliche draus, für eine Renovierung und energiesparendere Fenster fehlten seit ihrer Trennung Geld und Geduld.

Sam war voller Energie von den Aufregungen der letzten Stunde, vielleicht auch nervös. Mir kreiste ebenfalls noch das Adrenalin durchs System, alle Sinne auf *go*. Sowas erlebte ich derzeit nur beim Schwimmen im Meer. Ich hatte all das vermisst, fiel mir jetzt auf. Und dass ich noch kein Frühstück gehabt hatte.

„Willst du was essen?"

Sam schien in seiner Ehre verletzt.

„Ich bin Mitglied des Diplomatischen Corps. Ich bin allzeit und immer bereit für Essen."

„Du hast die Wahl: Take-out oder mein Paradegericht."

„Und das wäre?"

„Eier auf Toast."

„Da muss ich nicht zweimal überlegen", strahlte der Herr Attaché. Er hatte schon was, Sams österreichischer Charme mit iranischem Hintergrund.

Nach den Eiern ließen wir uns an dem großen Küchentisch aus Kirschholz nieder und nahmen uns meine Mitbringsel aus Stellas Zimmer vor. Auf meinen Wunsch hin mit Einweghandschuhen und Pinzette. So viel Vorschrift musste sein.

Chat zwischen @Nutter97 und @KitCat

KitCat: *Hey, was gibts Neues? Was rausgefunden?*

Nutter97: *Hey. Wir müssen dringend nochmal reden. Etwas stinkt hier AF.*

KitCat: *??*

Nutter97: *Jemand schnüffelt bei Stella rum. Eine Frau.*

KitCat: *Was für eine Frau?*

Nutter97: *Keine Ahnung. Ich glaub, von den Bullen.*

KitCat: *Was? Eine in Uniform?*

Nutter97: *Ohne. Aber sie hatte diese Bullenart. Die erkennt man.*

KitCat: *Woran?*

Nutter97: *Keine Ahnung. Schau, ich kanns nicht beweisen, okay? Nur so ein Gefühl. Aber ich hab einen Riecher für Bullen, das weißt du.*

KitCat: *Okay. Reden wir lieber persönlich. Bin im Herbert Park, beim Kiosk. Wie schnell kannst du da sein?*

Nutter97: *30 Minuten. Gehe los.*

KitCat: *Bis gleich.*

Ein kurzer Ausflug in den inneren Frieden

1

Nachricht von Ben Ferguson an Patrizia Logan

Hey, ich hab nichts mehr gehört von dir. Sehen wir uns noch zum Dinner heute? Ich wills hoffen. Aoife hat den halben Nachmittag mit ihrem Stew verbraten. Sie wäre enttäuscht, wenn du nicht auftauchst. Und Ted natürlich auch.

2

Immer dasselbe Spiel. Kaum ruft jemand nach der Polizei, knipst mein Gehirn diesen Scheinwerfer an. Der richtet sich dann exklusiv auf meinen Fall. Auf die Toten und ihre Geschichte. Gemeinsam überschatten sie die Menschen in meinem privaten Umfeld, die sich ausgeblendet fühlen und übersehen. Vor allem mein Ex, Stefan.

Unsere Trennung lag kein Jahr zurück. Dr. Fuchs, Psychotherapeut, war Monate im Voraus ausgebucht von Münchens erfolgreicher, aber ausgebrannter Manager-Elite. Die begleitete er auf der Suche nach dem wahren Sinn des Lebens, weg von der Arbeit, durch die diese Unglücklichen sich Stefans Stundensätze erst leisten konnten. Dass er mit dieser Ironie so gut leben konnte, sagte mehr über meinen Ex-Mann aus, als ich mir lange Zeit eingestehen wollte.

Ich jedenfalls kam während unserer gemeinsamen

Zeit gratis und jederzeit in den Genuss seiner fach-
männischen Analysen. Schon im ersten Jahr unserer
Beziehung hatte er mir den Grund für meinen Wor-
kaholismus diagnostiziert. Beruhigend: Mein Dad war
nicht an allem schuld. Nein, auch meine Mutter hatte
ihre Hand im Spiel. Ruth Wieland, die sich stets gewei-
gert hatte, eine Ruth Logan zu werden, war nämlich gar
nicht aufgefallen, wie ihr die vom Verschwinden des
Vaters traumatisierten Kinder entglitten. Damit meinte
Stefan mich und meinen ältesten jüngeren Bruder Robbie – Mikey und Kev gingen für ihn als halbwegs normal durch. Und als ich gegen mein Ersatzmamadasein
für die drei Jungs rebellierte, schob sie mich ab in die
sogenannte sozialpädagogische Betreuung. Dahinter
steckte eine Art überwachte WG für Jugendliche, die
kurz davor waren, ihr Leben in die Tonne zu treten.
Wir in der WG nannten es die Strafkolonie. In der verbrachte ich zwei Jahre, an die ich mich heute nur noch
ungern erinnere, wenn ich mich überhaupt erinnern
kann. Und meine Mutter? Zu beschäftigt, um sich mir
zuzuwenden. War es dann ein Wunder, dass ich Menschen, die mich liebten, ebenfalls nicht genug Beach-
tung schenkte?

Ich widersprach Stefans Erklärungen damals nicht.
Er war schließlich der promovierte Psychologe. Und ich
verliebt. Wozu sich darüber streiten, wie verzweifelt
Ruth Wieland um das gleichnamige Speditionsunter-
nehmen gekämpft hatte? Gegründet vom Urgroßvater,
gewachsen über zwei weitere Generationen, begraben unter einem Schuldenberg, den mein Vater ohne
Wissen meiner Mutter angehäuft hatte, bevor er verschwunden war. Meine Mutter hatte alles gegeben, alles
verloren. Das Familienunternehmen. Unser Haus. Was
übrig blieb, steckte sie in eine gerade noch erschwing-

liche Wohnung, die zu klein war für eine 16-jährige aufmüpfige Tochter und drei Jungs im Alter von 15, elf und sechs. Ich war der Preis dafür, dass sie meine Brüder bei sich behalten konnte. Und sie bezahlte ihn.

Ben Ferguson verstand das. Vielleicht führten wir unsere verquere Quasi-Beziehung deshalb noch immer. Ben war kein promovierter Psychologe. Schlimmer noch: Er war Polizist. Aber Ben wusste auch, was es bedeutete, sich in dem dunklen Raum zu verlieren, der sich mit einer neuen Akte öffnet. So wie ich hatte er gelernt, dass gerade den Menschen, die man am besten kannte, manchmal am wenigsten zu trauen war. Und so wie ich war er beschädigte Ware. Zwei Scherben, die sich wahrscheinlich nie zu einem runden Ganzen zusammensetzen lassen würden. Was nicht hieß, dass wir es nicht versuchten. Sehr oft im Bett. Unsere gegenseitige Anziehungskraft war uns beiden ein Rätsel, und dadurch ein kleines Wunder. Eines, das mich vergessen ließ, was ich vergessen wollte. Unter anderem die Frage, warum ich mir noch vor wenigen Monaten geschworen hatte, diesem Mann und seinem Halblächeln nicht über den Weg zu trauen, und doch immer wieder an der Schwelle zu seinem Häuschen nahe des Dubliner Hafens stand und klingelte.

Aber was kümmerten mich meine Schwüre von gestern? Heute Abend konnte ich ein kleines Wunder ganz gut brauchen. Und das Halblächeln, mit dem Ben Ferguson mir öffnete.

„Hey.“
„Hey.“
Seine Umarmung war halb Aschenbecher und halb Duschgel, seine frisch gewaschenen Locken pressten

sich an meine Wange, seine Nase an meinen Scheitel. Er schnupperte.

„Warst du im Meer?"

Für einen Raucher hatte er eine ziemlich feine Nase.

„Am Vormittag. Bin nicht zum Duschen gekommen." Mein Lächeln in sein fragendes Gesicht geriet kümmerlich. „Mein Tag lief nicht ganz so wie geplant."

Kurz prüfte sein Blick den meinen, ließ ihn dann laufen.

„Da haben wir was gemeinsam", sagte er, ohne ins Detail zu gehen. Ich wusste genug über seine Arbeit, auch wenn er nicht von ihr erzählte. Der Kampf gegen die organisierte Drogenkriminalität hatte noch jeden zerstört, den ich kannte. Eine Welt, in der es unendlichen Nachschub gab an Mitspielern, Tätern, Opfern. Die echten Strippenzieher selbst stets zum Greifen nah, aber unantastbar. Warum Ben Ferguson sich freiwillig in diesem Fegefeuer verbrennen ließ? Vielleicht sollte ich mal Stefan danach fragen. Der wusste doch immer alles.

Ben hingegen nahm mir bloß stumm den Rucksack von der Schulter, stellte ihn auf den Fliesenboden. Dort wartete schon Ted. Der graue Tigerkater unbestimmten Alters und rätselhafter Herkunft streunte seit Jahren bei Ben vorbei, um sich Futter oder eine Übernachtung zu erschnorren. Im Sommer sah man ihn so gut wie nie. Außer, wenn ich zu Besuch kam, behauptete Ben. Dann materialisierte sich Ted wie aus dem Nichts.

Sein Interesse galt vor allem meinem Rucksack. Der Kater rieb sich ausgiebig daran, vor allem an der obersten Beule, hinter der Stellas Mobiltelefon steckte.

So wie Stellas Terminplaner hatten wir es zum Schutz vor allzu vielen fremden Spuren in einen Gefrierbeutel mit Zip-Verschluss gesteckt. Keine Asservatentasche, aber besser als nichts. Das Notizbuch hatte Sam mit sich nach Sandycove genommen.

Das tote Mobiltelefon war an mich gegangen. Es war ein chinesisches Modell, keines der vier Ladekabel, die wir aus diversen Schubladen gekramt und ausprobiert hatten, passte. Die Läden hatten schon alle zu, jede Stunde, die verstrich, eine weitere der ungeklärten Umstände.

Dann war mir eingefallen, wer das Handy noch heute Abend wieder zum Leben erwecken konnte. Und auch sonst hatte ich so einige Fragen an Aoife Ferguson.

3

Zwischen Ben und seiner einzigen Schwester lagen 17 Jahre und ganze Welten. Zumindest von außen. Vor drei Generationen hatten sizilianische Einwanderer in die Belfaster Arbeiterfamilie Ferguson eingeheiratet und den meisten ihrer Nachkommen ein äußerst mediterranes Aussehen, inklusive wenig beeindruckender Körpergröße beschert. Nur Aoife trug das schottische Erbe der Fergusons weiter.

An ihr war all das hell, rund und weich, was an Ben dunkel, scharf und kantig war. Ihre 1,75 überragten mich um einige Zentimeter und brachten sie buchstäblich auf Augenhöhe mit Ben. Sie sah weder einen Grund, ihre Größe zu verstecken, noch ihren robusten Körperbau.

Was typisch für Aoife sei, hatte Ben bemerkt, nachdem er uns einander vorgestellt hatte. Inzwischen war mir klarer, was er damit meinte. Unter ihrer herzlichen Wärme und Offenheit für Neues verbarg Aoife eine Eigenständigkeit und Reife, die nicht so recht passen wollte zu meiner Vorstellung von einer knapp 20-Jährigen.

Sie studierte als Erste in ihrer Familie, noch dazu etwas Unbegreifliches wie Digitalisierung und Computerwissenschaften. Zu ihren E-Zigaretten trank sie am liebsten Whiskey, und ließ sich allgemein wenig in ihre Angelegenheiten reinreden. Im Gegensatz zu mir hatte sie ihren Eigensinn nur mit viel flauschiger Umgänglichkeit ummantelt.

Wir hatten einander auf Anhieb gemocht. Ben verfolgte das mit einem wachsamen Auge. Lange Zeit war er als Vorbild für seinen vom Nordirlandkonflikt versehrten Vater eingesprungen. Und schaffte nun den Absprung nicht. Dass Aoife seit zwei Jahren bei ihm wohnte, weil es ihr bei den Eltern *zu stressig* geworden war, machte es nicht besser.

Sie ist der wichtigste Mensch in meinem Leben, hatte er mir nach einem Drink zu viel anvertraut, ein feuchtes Schlingern in der Stimme. Nur um Aoife am nächsten Tag trockenen Auges zu erklären, sie solle mal darüber nachdenken, entweder Miete zu zahlen oder sich eine WG zu suchen, mit ihrem Nebenjob und dem Stipendium verdiene sie wirklich genug Geld. Leere Worte, durch die Aoife entspannt wie mit einem Steakmesser geschnitten hatte: *Ach, ziehen deine Aktenordner endlich zu dir? Kochen die so gut wie ich?*

Dass ich Zeugin dieses K. o. in der ersten Runde geworden war, steckte Ben noch immer in den Knochen.

Um Aoife musste man sich jedenfalls keine Sorgen machen.

Außerdem servierte sie die fucking besten in Guinness geschmorten Rinderbacken. Ever. Ihre Worte, nicht meine.

Nach dem Dinner. Aoife und ich saßen im Wohnzimmer, verdauten Rinderbacken und tranken Rotwein zum Soundtrack von Ben, der in der Küche aufräumte. Aoife fixierte das Display ihres Handys, ihre Daumen arbeiteten in Lichtgeschwindigkeit.

Berufskrankheit, nahm ich an. Neben dem Studium arbeitete sie drei Tage die Woche in einem Serviceladen für Handys und Computer in der Stadt. Sie kannte sich aus mit Endgeräten aller Art und unterhielt einen Fundus an Kabeln. Ein Blick auf Stellas Handy genügte, und mein Problem war gelöst. Sicher verstaut in meiner Tasche, saugte es sich gerade mit Strom voll.

Zum ersten Mal an diesem Tag lehnte ich mich zurück, ließ mich von der tiefen Polsterung von Bens Eckcouch umarmen. Sie war einer der Gründe, warum ich mich gern in diesem Wohnzimmer aufhielt. Aoife war der andere. Sie wärmte Bens karge Junggesellen-einrichtung mit einem selbst bemalten Bücherregal schwedischer Herkunft, brennenden Kerzen im offenen Kamin und hatte eine Lichterkette quer über das UFO von Bens nerdigem *I-want-to-believe*-Poster gespannt. Seiner Schwester ließ er wirklich alles durchgehen. So wie Ted. Der hatte sich das Abteil des Regals mit der besten Aussicht gekrallt und überblickte mit schmalen Augen sein Reich.

Etwas zupfte an meinem Herz, das ich schon länger nicht gespürt hatte. Irgendwas Sentimentales, das ich noch vor einem Jahr umgehend in mein emotionales Kellerverlies gesperrt hätte. Jetzt erlaubte ich ihm einen kurzen Hofgang.

Genoss die Aussicht durch die verglaste Doppel-
tür auf Ben. Seine Tattoos schlüpften bei der Arbeit
immer wieder aus den Ärmeln seines T-Shirts. Sta-
cheldraht um beide Oberarme. Wenn er sich streckte,
ringelte sich ein Drachenschwanz aus dem Bund seiner Jeans und seine rechte Seite hinauf, die klingenar-
tige Schwanzspitze endete in der Nierengegend. Schön
gemacht, minimalistisch und ohne Farben, aber etwas
an dem Bild fand ich beunruhigend. Als wolle die Klinge
zustechen.

Als hätte Ben meine Gedanken gehört, unterbrach
er seine Arbeit, das T-Shirt rutschte wieder an seinen
Platz. Er entsperrte sein Handy, prüfte seine Nachrichten, steckte es weg, wischte den Esstisch sauber. Warten auf Neues aus dem Dezernat. Nächste Woche war
das Begräbnis eines bekannten Mitglieds einer Dubliner Drogengang angesetzt. Alle waren in Alarmbereit-
schaft, jede Nachricht ein Adrenalinstoß. Ich kannte
das. Von früher. *Und jetzt?* Das Zupfen wurde zum Stechen, zog vom Herz weiter hinter meinen Solarplexus.
Dort, wo mein Ego lauerte.

*Du hast deine Ruhe gehabt. Aber jetzt melde dich
endlich wieder mal bei Konstantin. Frag, was so läuft
im K11 in München. Bring dich in Erinnerung. Ja, man
brennt in diesem Job an beiden Enden, aber du siehst
ja selbst: Du brauchst dieses Brennen. Was bleibt sonst
übrig außer Asche? Frage für eine Freundin.*

Die Frau der Stunde. Sie hatte Blut geleckt heute.
Nun wollte sie mehr. Sich beweisen. Gebraucht werden.

„Wusste gar nicht, dass du ein neues Mobiltelefon
hast", unterbrach Aoife meine Gedanken. Sie hatte ihr
Handy gesenkt, lächelte. „Bist du zufrieden damit?"

Hätte ich mir denken können. Vor dem Essen hatte

sie mir das Ladekabel mit einem knappen *Klar, kein Problem* übergeben, ohne weiter Fragen zu stellen. Jetzt war ihre Neugier zurück. Und ich plötzlich im Dilemma.

Eigentlich der perfekte Augenblick für eine kleine Notlüge. Message Control. Den Deckel draufhalten, wie Sam sich gerne ausdrückte. Aoife konnte mir weiterhelfen helfen, nicht nur mit einem Ladekabel. Aber konnte sie auch Dinge für sich behalten? Erstaunlich wenige Menschen schaffen das, wie eine Welt voll von anonymen Quellen, Whistleblowern, Datenlecks und stiller Post beweist.

„Ich lade es für einen Freund auf", sagte ich ausweichend.

„Oh, ach so." Sie lachte, wickelte sich eine Strähne ihrer langen Haare um den Finger. Einen Moment lang fiel ich auf ihre unbekümmerte Tour rein. Dachte, das Thema wäre erledigt. Aber nein. Aoife legte ihr Handy in den Schoß. Grinste.

„Ist dein Freund bei der CSI? Oder warum trägst dus in diesem Plastikdingens durch die Gegend? Dafür gibts Schutzhüllen, weißt du?"

Ich grinste zurück. Vorlautes Biest.

„CSI? Was für ein Freund?" Ben, gerade auf der Durchreise hinaus in den kleinen Hinterhof, blieb stehen. Zog sich die After-Dinner-Zigarette wieder aus dem Mund. Betrachtete mich aus Augen, fast so schmal wie die von Ted auf seinem Buchregal. *Widerstand und Ausflüchte sind zwar möglich,* sagte einem dieser Blick, *aber du und ich, wir wissen beide, dass du mir letzten Endes die Wahrheit erzählen wirst. Also warum tust du uns nicht den Gefallen und redest gleich?*

Ich seufzte, löste mich aus der Umarmung der

Couch, mein kurzer Ausflug in den inneren Frieden war beendet. Stattdessen begann ich Ben und Aoife von meinem aus den Fugen geratenen Tag zu erzählen. Von Stella Schatz, ihrem Terminkalender, der Sam und mir ein paar wertvolle Hinweise, aber noch viel mehr Fragen beschert hatte. Fragen nach dem ominösen „Projekt X", das Stella jeden Tag dieses Frühlings zu beschäftigen schien, nur um dann im Juni sang- und klanglos zu verschwinden und von einem ebenso ominösen „Squad" abgelöst zu werden.

Und nicht zuletzt Fragen nach ihrem neuen Job, den Stella ohne das Wissen ihrer Familie angenommen hatte.

*Aus der Geheimhaltungsvereinbarung zwischen Stra-
tegiCo Digital (Arbeitgeber) und Stella Schatz (Arbeit-
nehmerin) vom 16. März*

*„Die Kandidatin versteht und akzeptiert, dass sie in
ihrer Position möglicherweise mit extremen, verstören-
den und sensiblen Inhalten konfrontiert wird, und bestätigt, dass sie mit diesen umzugehen weiß.*

*Die Kandidatin versteht und akzeptiert, dass die
Arbeit mit den oben genannten Inhalten das Risiko einer
PTBS (Posttraumatischen Belastungsstörung) mit sich
bringt.*

*Die Kandidatin versteht und akzeptiert, dass die
vom Arbeitgeber bereitgestellten Wellness-Coaches über
keine medizinische Ausbildung bzw. Diagnosekompe-
tenz bezüglich PTBS oder anderer psychischer Krank-
heiten verfügen und gegebenenfalls die Betreuung von
adäquatem medizinisch geschultem Personal nicht ersetzen können."*

Digital unterfertigt am 16. März von: Stella Schatz

1

Der erste dienstliche Schusswaffengebrauch. Der Anblick der ersten Leiche. *Zwei Dinge, die du nicht vergisst,* sagte man uns schon bei der Ausbildung in Dachau. Was man uns nicht sagte: Auch den Anblick der nächsten Leiche vergisst du nicht. Nicht den der übernächsten, und keinen derjenigen, die danach folgen. Im K11 nannten wir sie immer *Momente für die Ewigkeit.* Weil sie bleiben. Alle. Sorgfältig gelagert in einem tief temperierten Winkel des Bewusstseins, warten sie, um sich wieder daraus zu erheben. Bei manchen dauert es Jahre. Aber irgendwann begegnest du ihnen wieder. Bevorzugt nachts und, so wie in meinem Fall, manchmal auch am Tag. Und das sind die, die nur mit dem gewaltsamen Tod zu tun haben, und nicht mit dem gewaltsamen Sterben.

Dieses Pech hatte ich nur einmal. Vor ein paar Jahren, hier in Dublin. Da hatte ich vergeblich den Selbstmord eines Mannes zu verhindern versucht, den ich tags zuvor als Zeugen befragt hatte. In manchen Nächten versuchte ich es immer noch. Sah mir jedes Mal beim Scheitern zu.

Traumatisierung, nannte es Stefan.

Teil des Jobs, nennt es Ben.

Stimmt, hätte ich bis vor kurzem gesagt. Man weiß, worauf man sich mit der Polizei einlässt, erst recht bei den Gewaltverbrechen. Inzwischen war ich mir da nicht mehr so sicher. Wie in eine Ehe stürzt man sich in diesen Job aus Leidenschaft. Man glaubt die Macken zu kennen und die Schattenseiten, damit umgehen zu können. Erst viel später ahnt man, was sie mit einem anstellen können, die Zeit und der stete Tropfen. Erkennt, dass aus dem menschlichen Abgrund, in den man täglich blickt, auch etwas zurückstarrt. Meistens erst dann, wenn es schon nach einem greift.

2

Mit genau diesem Abgrund machte die StrategiCo Digital eine Menge Geld. Das Unternehmen war nur ein Seitenarm eines internationalen Aktienkonzerns, der sich im Bereich der Unternehmensberatung einen respektablen Namen gemacht hatte. Während des irischen Wirtschaftsaufschwungs in den frühen 2000ern, die man immer noch die „Jahre des keltischen Tigers" nannte, hatte sich StrategiCo in Dublin niedergelassen. Restrukturierte, entließ, vereinfachte, sparte ein für andere Player der vor allem englischsprachigen Unternehmenswelt. Die dadurch verdienten Milliarden versteuerte man zu einem zwar unmoralischen, aber legalen Zinssatz. Hielt gleichzeitig Ausschau nach neuen Geschäftszweigen.

Im explosiven Wachstum der Sozialen Medien und ihrer Betreiber erkannten die Entscheider bei StrategiCo schon bald eine lukrative Chance. Denn die Menschen hatten die Nase voll von der Realität. Ablenkung war gefragt, eine lichterfüllte Insel der Seligen inmitten von Chaos und Ungewissheit.

Die Sozialen Medien versprachen eine Welt voller bildhübscher Motive, Reiseziele, drolliger Haustiere und Tanzeinlagen für die ganze Familie.

Dieses Paradies galt es zu verteidigen gegen Kinderpornografen, Tierquäler, Terrorgruppen, verbrecherische Regime oder sensationsgeile Schaulustige und ihr Sendungsbewusstsein. Wie Tretminen lauerten Tod, Grausamkeiten, Desinformation, sexueller Missbrauch und Hass zwischen all dem harmlosen Zeitvertreib, bis nichtsahnende Bürger und ihre Kinder über sie stolperten.

Sensible Inhalte, nannte man sie bei den großen Social-Media-Plattformen. Sie aufzuspüren und zu entschärfen war Drecksarbeit. Mit der wollte man weder das eigene Image beschmutzen noch die gehätschelten Mitarbeiter oder Werbekunden vergraulen. Stattdessen lagerte man das sogenannte Content-Management an spezialisierte Dienstleister wie StrategiCo aus.

Weltweit arbeiteten zigtausende Menschen in der Content-Moderation. Die meisten davon in aufstrebenden Nationen mit billigen Arbeitskräften. Marokko, Brasilien, oder die Philippinen. Aber auch in Dublin, einem europäischen Knotenpunkt für Tech-Unternehmen. Sie saßen in gesichtslosen Gebäuden, die in jeder Hinsicht weit entfernt waren von den zentral gelegenen, mit zeitgeistigem Schnickschnack ausgestatteten Büros ihrer Auftraggeber. Sichteten, sortierten, blockierten und löschten dort im Schichtbetrieb alles, was verstören, traumatisieren, radikalisieren, deprimieren konnte.

Aoife Ferguson war eine von ihnen gewesen. Um sich das Studium zu finanzieren, hatte sie vor zwei Jahren gemeinsam mit Freunden bei PLC angeheuert, einem Mitbewerber der StrategiCo.

Wie lange sie durchgehalten hatte?

„Fast zweieinhalb Monate." Sie lachte wie über einen üblen Scherz, nahm einen Zug von ihrer E-Zigarette. Mit dem Dampf waberte künstlich süßes Mango-Aroma zu mir herüber. „Shauna und Ros haben sich schon nach ein paar Wochen wieder vom Acker gemacht, aber ich glaube, ich wollte mir was beweisen. Oder Ben ärgern, weil er gegen den Job war."

Mit einem Seitenblick streifte sie ihren Bruder neben mir auf der Couch. Der machte dieses Gesicht, das meist vor dem *Ich-habs-dir-ja-gleich-gesagt* kam. Hielt sich ansonsten zurück. Seit ich mit Stellas Arbeitsvertrag rausgerückt war und Aoife Fragen über ihre eigene Erfahrung stellte, hatte er im Hinterhof geraucht, uns allen einen Tee und Pistazien hingestellt und eine Weile so getan, als sei er in sein Handy vertieft, während er uns belauschte. Sogar die Terrassentür hatte er beim Rauchen einen Spalt offen gelassen, um nur ja nichts zu verpassen. Inzwischen hatte er das Schauspiel aufgegeben und hörte offiziell zu.

„Waren die Inhalte so schlimm?"

„Ging so", sagte sie. „Ich hab fast nur Kommentare moderiert. Dieses ständige Gegeifer wird irgendwann langweilig. Außer, wen sie aller zu Tode ficken werden, fällt den meisten dieser Loser doch gar nicht viel ein." Über ihr Gesicht zog der Schatten einer Erinnerung. Sie schüttelte nachdenklich den Kopf.

„Außerdem ist es ein Job, bei dem es kein Problem ist, wenn man wenig Berufserfahrung hat. Die nehmen da fast jeden, weil die Leute so schnell hinschmeißen, dass sie mit der Rekrutierung nicht mal nachkommen."

Perfekt, wenn man rasch einen neuen Job braucht und wenig Kontakte hat, dachte ich. Perfekt für Stella Schatz.

„Ein paar Wochen lang fand ich es noch auf so eine crazy Art und Weise lustig. Man entwickelt einen ziemlich schwarzen Humor. Mit der Zeit wird es dann aber trotzdem zu viel. Immer nur Hass und Drohungen ... an den guten Tagen packt man es, aber an den schlechten? Und man kriegt auch mit, welchen kranken Scheiß sich die anderen geben müssen. Spätestens dann in der Pause. Da kursieren die schlimmsten Stories, die willst du echt nicht hören." Kurze Nachdenkpause, ob sie weitersprechen sollte. Aoife entschied sich dafür, blies noch mehr Mangodampf aus, schaltete die Zigarette aus und legte sie zur Seite. „Eigentlich sollte ich das gar nicht erzählen. Ich hab ja damals auch so einen Geheimhaltungs-Wisch unterschrieben wie Stella, aber was solls. Du erzählst das doch nicht weiter, oder?" Ihr klarer Blick begegnete meinem. Fand die Antwort, die sie suchte.

„Irgendwann hat mal ein Moderator zwei Reihen vor mir direkt vor dem Bildschirm die Nerven weggeschmissen", sagte Aoife. „Also er ist jetzt nicht weinend zusammengebrochen oder so. Der ist vollkommen ausgerastet. Hat getobt wie ein Tier. Alle Kabel aus seinem Monitor gefetzt, auf sein Equipment eingetreten, seinen Stuhl umgeschmissen und rumgeschrien."

Sie griff sich eine Pistazie aus der Schale, ließ sie in ihrer hohlen Hand klimpern wie eine Münze, bevor sie sie schälte. „Das Unheimliche dran war, dass ihn niemand zurückgehalten hat oder versucht, ihn zu beruhigen. Die meisten Leute haben ihm bloß zugesehen, als wär das auch nur ein Stück Content, das sie analysieren und labeln müssen. Manche haben nicht mal von ihrem Bildschirm aufgesehen. Ich hab dann die Security gerufen, und sie haben das arme Schwein ins

Krankenhaus gebracht. Tagelang haben sie im Raucherhof spekuliert, was genau er gesehen hat, dass er so ausgeflippt ist, aber es gab dann keine endgültige Version. Jedenfalls kam er nicht zurück. Glaube ich zumindest. Ich hab ein paar Tage später gekündigt. Bevor ich noch irgendwann auch durchknalle." Aoife hatte während ihrer Erzählung ihre langen blonden Haare hinter dem Rücken hervorgeholt, wrang sie mit den Händen wie ein Handtuch. Sie klang weit entfernt von verrückt. Aber wer wusste schon, wann sie diese Bilder von damals wieder heimsuchen würden? Und das würden sie. Spätestens, wenn der Panzer ihrer Jugend sich aufzulösen begann. Kein Wunder, dass Ben versucht hatte, sie zu einem anderen Nebenjob zu überreden.

„Warum müssen sich eigentlich noch immer Menschen diesen Müll ansehen?", fragte ich. „Ich dachte, dafür gibt es Computer und Algorithmen? Können die solche Inhalte nicht schon aus dem Verkehr ziehen, bevor sie live gehen?"

Aoife Ferguson musste lächeln über meine naive Ausdrucksweise.

„Klar, es gibt auch eine automatische Analyse, aber die schafft nur einen ganz kleinen Teil. Es würde viel zu lange dauern, alles vorab zu prüfen. Es kommt einfach viel zu viel Content gleichzeitig rein, und die Leute wollen kontrollieren können, wann ihre Inhalte zu sehen sind. Am besten gleich." Sie knabberte an ihrer Pistazie wie ein Eichhörnchen. „Außerdem sind die Feinheiten von Sprache und kulturellen Zusammenhängen viel zu komplex für eine weitreichende Automatisierung. Die KI muss von den Content-Moderatoren lernen, was den Richtlinien entspricht und was nicht. Dafür braucht sie uns Menschen. Noch."

„KI?"

„Künstliche Intelligenz."

Sie lächelte entspannt. Der Gedanke daran, dass uns Software irgendwann nicht einmal mehr für die einfachsten Fingerzeige brauchen könnte, schien ihr weit weniger Unbehagen zu bereiten als mir.

Eine Pause entstand. Ben beendete sie mit einem Räuspern.

„Was meinst du, Pat? Hat sich das Mädchen was angetan?" Er holte sich eine Handvoll Pistazien aus der Schale. Schälte gleich mehrere, bevor er sich alle auf einmal einwarf.

Ich hob bloß die Schultern. Wenn ich das wüsste.

„Sie hat ihre Stelle laut Vertrag am 16. März angetreten. Sollte sie immer noch für StrategiCo arbeiten, ist das ein halbes Jahr als Content-Moderatorin. Das kann auch einem stabilen Gemüt zu viel werden."

Aoife summte zustimmend.

„Stella war außerdem in einer neuen Stadt und hatte schon ihren zweiten Job in kurzer Zeit verloren. Wahrscheinlich war sie finanziell unter Druck, und ihre Familie stand dem Umzug nach Dublin sowieso skeptisch gegenüber. Der hat sie nicht mal erzählt, dass ihr Job in der Werbeagentur schon wieder futsch war. Dann noch der Lockdown. Ihr bester Freund hat Irland verlassen, und soweit wir wissen, hatte sie auch keinen Partner, der ihr Rückhalt hätte geben können, wenn sie von ihrer Arbeit überfordert war."

„Wer weiß." Aoife schälte die nächste Pistazie, sorgfältig wie ein Ei. „Vielleicht hat Stella jemanden getötet."

„Kann sein. Hätten wir den Zugang zu Stellas Telefon, wären wir sicher schlauer."

„Das muss doch inzwischen aufgeladen sein, oder?"

War es. Und eingeschaltet. Auf dem Bildschirm-foto führte ein Kai aus Stein zu einem kleinen Leucht-turm. North Bull Island, wenn ich mich nicht täuschte.

„Und?"

„Passwort-Sperre."

Aoife lächelte überlegen.

„Gib mal her."

Ich überreichte ihr das Handy in seiner improvi-sierten Asservatentasche.

„Aber keine Abdrücke, ja?"

Während Aoifes Lächeln sich verbreitete, wurden die Kanten um Bens Kiefer noch kantiger. Mit einem seiner typischen passiv-aggressiven Schnaufer checkte er sein Handy. Ungemach war im Anzug.

Aoife nahm das Mobiltelefon entgegen, erhob sich von der Couch. Knipste eine Leselampe mit auszieh-barem Teleskoparm an, die auf eines der Regalbretter geschraubt war. Befreite das Handy aus seinem Plas-tikgefängnis und hielt es ins Licht. Drehte es sachte, besah es sich aus jedem möglichen Winkel, mal mit dunklem Display, mal mit Hintergrundbeleuchtung. Brummte missbilligend.

„Das Display ist vollkommen verschmiert. Da kann man kein Muster zur Entriegelung erkennen."

Ich versuchte, nicht zu besserwisserisch zu nicken. Auf die Idee mit den Fingerabdrücken war ich schon gekommen. Stellas Geburtsdatum hatte ich ebenfalls ausprobiert. Nichts, außer der Warnung, dass ich noch zwei weitere Versuche hatte, bevor die SIM-Karte gesperrt wurde. Passwörter eines Computers oder Handys errieten grundsätzlich nur die Ermittler im Fernsehen. In der echten Welt blieb uns meist nur die

Hoffnung auf die dauerüberlasteten Datenforensiker, von denen wir immer wieder vertröstet wurden, weil wichtigere Fälle zuerst dran waren.

„Kein Problem", behauptete Aoife. Glänzte in ihrer Rüstung jugendlicher Unverwundbarkeit. „Ich kenne genug Leute aus dem Studium. Oder Mick in dem Laden, in dem ich arbeite. Der knackt dir so ein Ding in ..."

„Tut er nicht", fuhr Ben dazwischen. Er hob selten seine Stimme. Aber dann mit Effekt. „Dieses Mobiltelefon gehört nicht zu irgendwelchen Hackern, Aoife, sondern in die Hände der Guards", sagte er, sah dabei aber mich an.

„Ist es doch schon, oder? Oder was seid ihr beiden?" Eine schnippische kleine Schwester, die auch eine schnippische Tochter hätte sein können. In diesem Augenblick mehr denn je. Ben ignorierte sie, wandte sich weiter an mich. Appellierte stumm an meine Vernunft. Besser, ich forderte seinen Beschützerinstinkt für Aoife nicht weiter heraus.

„Ben hat Recht. Ich habe keine Ermittlungsbefugnis in Irland." Mit ausgestreckter Hand forderte ich das Handy von ihr zurück. Bekam es, wenn auch mit betontem Zögern.

„Wenn Stella einfach nur ein paar Tage offline sein wollte, haben wir überhaupt kein Recht, es bei uns zu behalten. Geschweige denn, die Inhalte zu kopieren und auszulesen."

Ben nickte dazu, wenn auch nicht besonders enthusiastisch. Er ahnte mein „Aber" schon.

„Andererseits. Wenn Stella etwas passiert ist, dann ist ihr Handy das wichtigste Beweismittel, um die Hintergründe zu klären. Sollte jemand anderer die Hand im Spiel haben, erst recht. Dann hat vielleicht sogar jemand ein Interesse daran, die Daten darauf zu zerstören."

„Warum sperrt ihr es dann nicht in einen Safe in der Österreichischen Botschaft? Anstatt es in so eine zweifelhafte Gegend wie diese zu schleppen?" Ben kokettierte gerne mit seiner Adresse in Irishtown, einem der letzten alten Dockarbeiterviertel nahe des Dubliner Hafens. Seit Jahren wurden die niederen Backsteinbauten von allen Seiten durch die dystopischen Glas- und Stahlkonstruktionen der Multinationals bedrängt, starben alteingesessene Nachbarn und wurden durch junge Tech-Arbeiter und AirBnB-Reisende ersetzt. In der Pandemie hatten viele von ihnen die Flucht ergriffen. Seitdem eroberten sie die Grüppchen unbeaufsichtigter Kinder zurück, teilten sie sich mit Pegeltrinkern, gelangweilten Teenagern und anderen, die sich wenig um Regeln und Gebote scherten. Es stimmte schon. Der vielleicht sicherste Platz war die Österreichische Botschaft drüben in Ballsbridge. Aber Sam und ich waren uns einig gewesen.

„In einem Safe nützt mir das Ding nichts."

„Und was nützt es dir ohne Passwort?"

Dieses Halblächeln. Ben hatte es zur Perfektion kultiviert. Er zog es immer dann aus dem Hut, wenn ich die Geduld mit ihm verlor. Weil es wirkte. Auch jetzt.

„Wir sind damit auf Empfang", sagte ich etwas weniger gereizt, als ich hätte sein wollen. „Früher oder später ruft jemand an, der uns in der Sache weiterbringt. Wenn wir Glück haben, vielleicht sogar Stella."

Der Plan schien auch Ben halbwegs zu überzeugen. Nur Aoife schaute skeptisch.

„Wer ruft denn bitte heutzutage jemanden an, einfach so?" Sie kraulte Ted, der von seinem Platz auf ihren

Schoß gewechselt war, unterm Kinn. „Ich meine ... das machen doch nur noch die Boomer, oder?"

3

Zwei verpasste Anrufe

4

Drei Dinge, die ich an Ben Ferguson besonders mochte:
- sein lautes Lachen, das so rund und perfekt war wie eine Perle, und ebenso selten,
- dass er mich in sein Leben ließ, ohne mich darin einzusperren,
- seine Zunge.

Besonders die. Nicht nur wegen des Piercings darin. Bens Zunge hatte Gefühl. Sie drängte sich nicht auf. Und hatte jedem Teil von mir etwas zu sagen. Auch nach dem Sex. Dann erzählte er, manchmal sogar von sich selbst. Stützte den Kopf auf den Ellbogen, sein Gesicht nahe an meinem, und öffnete sich einen Spaltbreit. Erlaubte mir einen Blick auf den echten Bennett Ferguson. Nicht immer war es ein schöner Anblick. Aber ich war zu satt und zufrieden, um irgendetwas infrage zu stellen. Ben war das offenbar recht. Dann konnte er später so tun, als könne er sich gar nicht mehr an seinen „betrunkenen Schwachsinn" erinnern, von dem er gesprochen hatte.

Heute war er nicht betrunken. Und es ging um seinen Namen. Bennett, so vertraute er mir an, klang zum Glück nicht so lahm wie Benedict, von dem er sich ableitete. Noch wichtiger: Er war keiner Religion zugeordnet. Ein großer Vorteil im Belfast der 80er und 90er Jahre, wo so viele Vornamen die Last einer ganzen Identität zu tragen hatten. Pro oder kontra, irisch oder britisch, Papst oder Queen? Bei einem Ben Ferguson konnte sich keines der Lager so ganz sicher sein, wohin er gehörte. Übersetzt hieß er *Der gesegnete Sohn des zornigen Mannes*.

„Man kann über sie sagen, was man will, aber das haben meine Eltern ganz gut hingekriegt." Ben spielte mit dem Anhänger meiner Halskette. Presste das goldene P mit dem Finger in meine Haut über der Brust, betrachtete den Abdruck.

Er sprach nur selten von ihnen. Nannte sie nie beim Namen. Sie waren immer nur *Ma* und *Da*. Dabei lebten sie angeblich nur wenige Minuten entfernt in den Docklands. Aoife war das mal rausgerutscht und sie hatte von ihrem Bruder dafür einen Blick aus der Hölle kassiert.

Ben war seinen Eltern schon mit 19 Jahren passiert, weil sie nicht aufgepasst hatten, und außer zu heiraten kam danach nichts infrage.

„Diese Unglücksraben." Ben lachte tonlos, in seinem Atem die Kopfnote seines Absacker-Whiskeys.

Den Rest hatte ich mir schon aus diversen Fragmenten zusammengesetzt, die mir Ben immer wieder in Nebensätzen und beiläufigen Bemerkungen hingeworfen hatte.

Dass sein Da schon in einem nordirischen Gefängnis einsaß, als er geboren wurde, zum Beispiel, und ihn zum ersten Mal umarmt hatte, als er fünf Jahre alt gewesen war. Wie zu viele andere junge Männer seiner Generation habe er sich mit der IRA eingelassen. Das hatte weder etwas mit politischen Überzeugungen zu tun noch mit dem Wunsch nach einem vereinten Irland. Nur mit purer Dummheit. Bens Worte, nicht meine.

Erst die Erfahrungen während der Untersuchungshaft und Jahre auf engstem Raum mit „echten" Terroristen hätten seinen Da tiefer in den Konflikt gezogen. Wie tief genau, darüber schwieg Ben sich aus. Nach fünf Jahren Familienleben landete Ferguson senior jedenfalls wieder in Haft. Diesmal lebenslänglich.

Erst das Karfreitagsabkommen sieben Jahre später änderte alles. Bens Da war einer der ersten Häftlinge gewesen, die man im Rahmen des Abkommens zur Beendigung des 30 Jahre dauernden Nordirland-Konfliktes entlassen hatte. Weil er als vorbildlich und reformiert galt. Die unbelehrbaren und gefährlichen unter seinen Mitstreitern ließ man ein, zwei Jahre später frei. Ein Opfer, das man für die Chance auf Frieden nach 3.500 Toten hatte bringen müssen. Ein Schlag ins Gesicht für jene Familien, die der Konflikt gesprengt hatte. Familien wie die Fergusons.

Bens Da hatte sein halbes Leben an die „Troubles" verloren, sein jüngerer Bruder sein ganzes. Bens Patenonkel war oft Ersatzvater für ihn gewesen, wenn sein Da tagelang verschwand, um Beiträge mysteriöser Natur zum Kampf für ein vereintes Irland zu leisten. Seit 1993 war sein Onkel Seán tot. Nur noch ein verblassendes Motiv auf einem Familienfoto, das auf der Kommode in Bens Schlafzimmer stand. *Den hat die 'RA auf dem Gewissen,* war Bens einziger brauchbarer Kommentar zu dem Thema. Ich stellte keine weiteren Fragen. Die Aussicht auf seine Antwort war mir zu unheimlich.

„Kaum war Da draußen, sind wir nach Dublin gezogen. Er wollte weg von Belfast und den alten Geschichten, und Ma hat wie immer alles gemacht, was er wollte. Sie wurde außerdem sofort schwanger, kaum waren sie mal nicht durch Gitterstäbe getrennt." So viele Jahre waren vergangen. Noch immer klang Ben wie ein 16-jähriger mauliger Teenager, der keine Lust hatte auf eine kleine Schwester. „Ich war der Unfall, und Aoife der Neuanfang. Kann ich auch verstehen. Sie wollten daran glauben, dass man all das irgendwie hinter sich lassen kann. Und dann war Aoife eben da."

Er wirkte noch immer überrascht darüber. Zuckte mit der Schulter. Das Stacheldraht-Tattoo um seinen Bizeps geriet in Bewegung. „Ihren Namen durfte ich aussuchen. Ziemlich mutig von meinen Eltern. Ich hätte Aoifes Leben ruinieren können. Stell dir mal vor: Ethel Ferguson. Oder Harriet." Er grinste hinüber zu dem alten Foto auf der Kommode. Darauf feierten seine unfassbar jungen Eltern mit seinem jetzt toten Onkel irgendeine Party. Gänsehaut zog sich über meine Kopfhaut, den Nacken und weiter den Rücken hinunter. Da half auch die feuchtwarme Abendluft nichts, die durch das geöffnete Schlafzimmerfenster strömte, nicht Bens Haut an meiner, und auch nicht das Nachglühen meines Orgasmus. Mit den Fingern kämmte er durch meine offenen Haare, die sich am Hinterkopf zu einem Krähennest verfilzt hatten. Fingerspitzen. Kopfhaut. Noch mehr Schauer, überall.

„Aoife war übrigens eine Kriegerin aus den irischen Heldensagen." Seine Stimme war übervoll mit Stolz und Wärme. „Die hat sogar den großen Helden

Cú Chulainn ziemlich in den Arsch getreten. Er hat sie nur durch einen schmutzigen Trick besiegen können, weil er ihre Liebe zu ihren Pferden ausgenutzt hat. Wusstest du das?"

Wusste ich nicht. Die irischen Heldensagen kannte ich nur als Buchrücken im Wohnzimmer meiner Dublin-Nana, furchteinflößend und massiv wie die Bibel in ihren verschnörkelten Goldbuchstaben.

Was mir aber soeben klar wurde: Bens Ausflug in seine Familiengeschichte war kein Zufall. Er bereitete nur den Boden für ein ganz anderes Anliegen. Eines aus dem Hier und Jetzt.

„Bitte zieh Aoife nicht mit rein in deinen Schlamassel." Klang nicht ganz so harmlos und freundlich, wie er es wahrscheinlich geplant hatte. „Sie ist die Erste in unserer Familie, die eine echte Chance hat auf einen Absprung von diesem Clusterfuck." Damit war wohl der Nordirlandkonflikt gemeint, und das, was er aus Bens Familie gemacht hatte. „Fast hat sies geschafft, ich meine ... Sie will noch nicht mal zur Polizei." Wieder strich die warme Brise seines Lachens über mich. So viel, was es darauf zu sagen gäbe. Zu fragen.

„Mein Schlamassel?"

„Na gut, der Schlamassel von diesem Feurstein."

„Eine junge Frau ist verschwunden", sagte ich, stützte mich mit den Ellenbogen auf in eine respektablere Position. „Ihre Familie hat die Botschaft um Hilfe gebeten, und ich unterstütze Sam dabei. Was ist daran so schlimm?"

„Nichts." Ich kannte dieses Nichts. Es bedeutete Alles. „Sam soll ermitteln, was er will. Ich verstehe nur nicht, warum er dafür deine Hilfe braucht. Als Vertreter seines Landes hat er doch genug Autorität. Und jetzt will er noch ein fremdes Mobiltelefon auslesen? Ohne die Guards zu informieren?"

„Das war der Vorschlag deiner Schwester, nicht meiner. Ich habe abgelehnt."

„Nur weil ich zufällig danebensaß."

„Aha. Wenn du das sagst." Ich mochte mein eigenes Lachen nicht. Klang schuldiger, als ich mich fühlte. Ungeeignet, um anzutreten gegen Bens Überzeugung.

„Gott bewahre", sagte er, „aber wenn dem Mädchen wirklich was zugestoßen ist, dann wird das Telefon zum Beweismittel, und du wirst eine Menge rechtfertigen müssen. Ganz ohne die Immunität, die der feine Herr Diplomat genießt."

Ich stöhnte. Ben hatte Sam nur einmal getroffen. Sie waren gut miteinander ausgekommen, zumindest in meiner Erinnerung. Für sinnlose Hahnenkämpfe fehlte mir die Geduld, erst recht heute Abend.

„Danke für den Hinweis, Detective Sergeant. Aber sollte das Telefon zu einem Beweismittel werden, dann ist es bei mir vorerst besser aufgehoben als in einem unversperrten Zimmer in irgendeinem Haus, zu dem sich alle möglichen Leute einfach so Zutritt verschaffen können."

„So wie du."

„Ich habe mehr Ermittlungswissen als Sam. Er hatte auch Bedenken wegen seiner Hautfarbe."

Zwischen meinen Stimmbändern brannte es. Eine Lunte. Ben hörte sie auch.

„Ich mach mir nur Sorgen um dich, Patsy."

Sorge, die scheinheilige Tante des Befehls. Die ging mir seit jeher auf die Nerven. Warum nicht gleich *Tu, was ich dir sage*? Das wäre ehrlicher.

„Vielen Dank, aber ich bin alt genug."

„Aoife aber nicht. Sie kann das nicht überblicken."

„Sie ist 20, Ben. Bist du da nicht zur Polizei gegangen? Gegen den Willen deiner Eltern?"

Sein Schweigen daraufhin wurde tief und tiefer. Weckte mein schlechtes Gewissen.

„Vielleicht solltest du deiner Schwester etwas mehr vertrauen", sagte ich leiser. „Und mir auch."

„Vertrauen?" Aus Bens Mund klang das gefährlich. Etwas, wovor man Belfaster Kinder wie ihn immer gewarnt hatte. Und ich selbst hatte zu viel davon verloren, um es ihm nachträglich einzuflößen. Das war uns beiden bewusst. Nur leider selten zur selben Zeit. Dann konnten wir nicht mehr tun, als nicht mehr darüber zu reden, auf das Vergessen zu zählen, auf das Ignorieren und So-tun-als-ob.

Ich setzte mich auf. Entzog mich seiner Körperwärme und erhob mich aus dem Bett. Hörte ihn nach seinem silbernen Zigarettenetui fummeln, das noch in der Tasche seiner am Bettende zerknüllten Jeans steckte.

Meine Unterwäsche sammelte ich ein, ohne sie anzuziehen. Spürte, wie Ben mich dabei beobachtete, und erlaubte es. Unsere Art der Versöhnung.

Auf dem Weg ins kleine angeschlossene Bad warf ich einen Blick auf Stellas Handy, das auf der Kommode lag. Aufgeladen und mit vollem Empfang, aber ohne Anruf. Beim Einschalten hatte es in rascher Feuerfolge das Eintreffen alter Nachrichten gemeldet. Doch der erhoffte Durchbruch war an Stellas Handy-Einstellungen gescheitert. Die erlaubten zwar akustische Benachrichtigungen, entriegelten den Bildschirm aber nur für eingehende Anrufe. Anrufe, die sie als typische

Vertreterin ihrer digital nativen Generation nicht mehr erhielt. Seit einer Stunde schwieg es sich aus.

Dafür bettelte mein eigenes GenX-Handy schon wieder um Aufmerksamkeit. Zweimal hatte ich es heute Abend schon ignoriert. Diesmal konnte ich mir einen Blick auf das Display nicht verkneifen. Und bereute es sofort.

Im Profilbild eine Frau mit athletischen Schultern und magentafarbenem Fransenschnitt, wehmütigen dunklen Augen und einem steifen Lächeln, zu dem sie der Fotograf offenbar mehrfach aufgefordert hatte.

Kris K11 ruft an.

Die Kollegin Meyerhofer aus München. Sie war seit drei Jahren im Dezernat und war mir umgehend als Junior-Partnerin zugeschanzt worden. Eine gute Ermittlerin, nur ihr Selbstbewusstsein hinkte hinterher. Es aufzubauen, hatte gedauert. Sie hatte zuerst Angst vor mir gehabt, dann zu viel Respekt und schließlich so lange ihr Vertrauen in mich gesetzt, bis ich es ihr zurückgab.

An meinem letzten Arbeitstag vor der Auszeit hatte sie sich irritierend emotional von mir verabschiedet. Seitdem hatten wir nicht mehr miteinander gesprochen. Das lag vor allem an mir, zugegeben. Beruf und Privates vermischte ich ungern. Erstens, weil in meinem Leben sowieso fast alles Beruf war. Zweitens, weil man ja sehen konnte, was passierte, wenn ich meine eigenen Regeln brach. Da drüben, in Ben Fergusons Bett. Er hatte sich auf die Seite gedreht, die Decke über die Hüften gezogen, beobachtete mich beim tatenlosen Beobachten des Handydisplays, als sei ich ein seltener Vogel.

„Deine Mutter?" Sehr witzig. Ruth Wieland rief nie jemanden an. Sie wartete. Irgendwann tat das schlechte Gewissen schon seine Wirkung.

„Eine Kollegin aus München."

Er zog Luft durch die geschlossenen Zähne.

„Sie vermissen ihre Patsy."

„Unwahrscheinlich." Na, Kris vielleicht schon. Trotzdem. Wenn sie um diese Zeit an einem Sonntagabend anrief, dann hatte das was zu bedeuten. Egal was, ich fühlte mich nicht bereit dafür.

Zum Glück legte sie gerade auf und ich schloss die Badezimmertür hinter mir. Spritzte kaltes Wasser auf meine überhitzten Wangen. Duschte lange.

Zurück im Zimmer, lag Ben scheinbar unverändert auf dem Bett. Nur das Fenster war weiter geöffnet als davor, und es roch schwach nach Zigarettenrauch. Der flaue Abendwind bewegte sich im vorgezogenen Vorhang. Ich öffnete ihn, ließ das Licht der Straßenlampe vor dem Haus herein. Ben sah darin sehr blass aus unter seiner Körperbehaarung, und sehr verletzlich.

Er summte leise zu *My honest face* von Inhaler. Aoife hörte den Song in Dauerschleife, der Lautsprecher im Wohnzimmer auf höchster Stufe. Klang wie Bono, war aber sein Sohn. Wir lebten in einem Kartenhaus, in seltsamen Zeiten.

Ich griff nach meinem Nachthemd, aber Ben schüttelte den Kopf, streckte die Hand nach meiner aus. Warm bis in die Spitzen. Robuste Finger verflochten sich mit sehnigen, Handflächen pressten sich aneinander. Vielleicht eine Entschuldigung. Vielleicht Liebe. Vielleicht nichts von beidem. Und was für eine Rolle spielte es überhaupt?

In meinem Rücken klingelte es noch einmal von der Kommode her.

„Willst du nicht doch rangehen?"

Ich schüttelte den Kopf, hörte das Klicken seines Piercings. Schlecht für die Zähne, aber leider sexy.

„Ich will ins Bett, und du bleibst lieber auch, wo du bist."

Ben Ferguson lachte, endlich so richtig und mit Ton. Auf seiner Zunge glänzte das Versprechen auf all das, was uns beiden fehlte, wahrscheinlich für immer fehlen würde. Und ich nahm es ihm ab.

5

Sprachnachricht von Sam Feurstein an Patrizia Logan, am 13. September, 21:38 Uhr

„Guten Abend, Frau KHK. Ich nehme an, von Stellas Handy gibt es nichts Neues, sonst hättest du dich sicher schon von selbst gemeldet. Na ja, ich hab es trotzdem auch mal bei dir probiert. Ich hab nämlich zwei schnelle Updates für dich:

Erstens, StrategiCo hat schon auf meine Anfrage geantwortet. Diese Teamleiterin, deren Visitenkarte wir in Stellas Notizbuch gefunden haben, Katharina Molin, du erinnerst dich? Sie hat sehr schnell reagiert. Sie leitet die Spätschicht bei den Content-Moderatoren und ist Stellas direkte Vorgesetzte. Dem Namen nach ist sie doch Deutsche, oder? Würde mich nicht wundern, ihr seid ja überall am Ruder, haha. Na ja, die gute Nachricht zuerst: Stella arbeitet noch für die StrategiCo und auch für Frau Molins Team. Sie war die letzte Woche über auf Urlaub. Hoffen wir, dass sie wirklich nur mal unter dem Radar fliegen wollte und sich alles in Wohlgefallen auflöst. Sie ist morgen wieder für die Spätschicht eingeteilt. Wann genau, hat Frau Molin mir nicht verraten, weil das angeblich unter die betriebliche Geheimhaltung fällt. Na, jedenfalls, wenn Stella da auch nicht auftaucht, dann ist Feuer am Dach. Dann müssen die irischen Kollegen übernehmen. Aber bleiben wir mal optimistisch.

Mehr über Stella hab ich jedenfalls nicht aus ihr rausbekommen. Sie hat sich auch entschuldigt, aber das Unternehmen legt angeblich viel Wert auf Diskretion, und ohne ihren eigenen Vorgesetzten traut sie sich nichts zu sagen. Sie war aber ziemlich besorgt und hat mir einen Videocall für morgen Vormittag vorgeschlagen. Elf Uhr, wenn dir das passt. Wir müssen uns in der Botschaft treffen, ich bin da morgen allein auf dem Posten, wies ausschaut, dann stört uns zumindest niemand.

Meine Kontakte zum Österreich-Stammtisch hab ich auch angezapft. Kannst du dich noch erinnern? Das organisiert die österreichische Community hier in Dublin einmal im Monat. An Stella konnte sich der Obmann sogar noch erinnern. Sie war bei dem letzten Treffen, genau am Vorabend vor dem ersten Lockdown. Sie hat sich ihm vorgestellt, aber darüber hinaus haben sie nicht viel gesprochen. Anscheinend hat sich Stella aber viel mit dem Wirtschaftsdelegierten von der Außenhandelskammer unterhalten. Bei dem hab ich jetzt noch einmal angefragt, vielleicht weiß er was.

Ah, und dann: Lino hat noch einen Kontakt für uns ausgegraben. Carlos, du weißt schon, Stellas Mitbewohner, der jetzt wieder in Spanien lebt. Den hab ich auch angeschrieben, und ich hoffe, der meldet sich bald

bei mir. Der weiß wahrscheinlich am besten, was bei
Stella so los war hier in Dublin, sie waren auch nach
seiner Abreise in Kontakt.

Boah, jetzt produziere ich auch schon ganze Podcasts. Wird Zeit fürs Bett. Du brauchst auch nicht
zurückzurufen. Wir sehen uns dann morgen."

6

Sprachnachricht von Kris Meyerhofer an Patrizia
Logan, am 13. September, 22:06 Uhr

„Hallo Patsy, München calling! Wie schauts aus bei dir
in Dublin? Nicht erschrecken, ich ruf nicht an, weil
Konstantin dich wieder für einen Fall reinziehen will
... leider, muss ich sagen. Eigentlich wollte ich mich
auch schon lange bei dir melden, aber wir sind alle
ziemlich am Anschlag. Andauernd hab ich den Reitsamer an der Backe bei Ermittlungen, und der man-
splained sich an mir noch zu Tode. Danke für nichts,
haha! Im Ernst jetzt: Hoffe, du hast nicht mehr Ruhe
abbekommen, als du wolltest, mit dem ganzen Pande-
mie-Schmarrn in diesem Jahr.

Hier hat sich jedenfalls viel getan. Glaubs oder nicht,
der Sebi Kramer von der SpuSi ist unter die Autoren
gegangen. Anscheinend hat ihm ein großer Verlag aus
München zigtausende Euro auf den Tisch geblättert,
damit er über seine schwierigsten Fälle bei der Spurensicherung schreibt. Weil die Leute nicht genug von
True Crime kriegen, hat er mir gesagt. Jetzt spinnt er
komplett, haha. Aber im Ernst jetzt: Kannst dir sicher
vorstellen, was in der Kaffeeküche los ist seitdem. Die
zerreißen sich kollektiv das Maul. Außerdem wollen

sie alle Autoren werden, weil man da angeblich in einer ganz anderen Gehaltsklasse spielt.

Auf dich sind sie übrigens auch neidisch. Der Reitsamer hat letzte Woche verbreitet, dass du wahrscheinlich gar nicht mehr zurückkommst ins K11 und in Irland bleibst. Ich hab ihm ins Gesicht gelacht über den Blödsinn, aber gestern saß dann auf einmal einer an deinem Schreibtisch. So ein Typ aus dem BKA Wiesbaden. Kann sein, dass es ein Zufall war. Seltsam fand ichs aber schon, weil auch niemand wirklich was über den weiß. Du bist mir echt keine Antwort schuldig, aber ich hab mir gedacht ... na ja, es wäre schade, wenn du ... wenn wir noch weniger Frauen werden in diesem Männerzirkus. Wer hält die denn in Schach, wenn nicht du? Also, ja ... tut mir leid, wenn ich mit diesen blöden Gerüchten daherkomme, aber ich hab gedacht, es ist vielleicht gut, wenn du es weißt, was hier geredet wird. Also, wenn du mal Zeit hast, mich zurückzurufen ... Schönen Sonntagabend noch. Und übrigens – von mir hast du das nicht, okay? Nur, falls Konstantin sich bei dir melden sollte."

Montag,
14. September

„What a beautiful fuckin' day."

Sergeant Gerry Boyle, „The Guard" (2011)

Chat zwischen QualiP und StellaS, vom 2. Mai

QualiP: *Hey, wie läufts bei dir? Vier Wochen mit dabei und noch am Leben, gratuliere!*

StellaS: *Haha, danke! Kann es selbst kaum glauben.*

QualiP: *Sorry, dass ich mich so wenig bei dir gemeldet habe. Du hättest einen besseren Mentor verdient. Aber ich fahre gerade verschärfte Schichten seit 10 Tagen. Lin aus meinem Team hat das Virus erwischt.*

StellaS: *Oh nein.*

QualiP: *Morgen fängt sie angeblich wieder an. Ich glaub, sie war ganz froh um ein bisschen Isolation.* 😂 *Die lebt mit ihrem Mann und zwei Kindern in einem 2-Zimmer-Apartment.*

StellaS: *Tell me about it. Die meisten Tage arbeite ich im Schlafzimmer.*

QualiP: *Auch so wenig Platz?*

StellaS: *Nein, aber in meiner WG sind wir zu fünft. Einer ist im Online-Vertrieb und läuft den ganzen Tag durchs Haus und telefoniert. Der andere spielt ständig irgendwelche Ego-Shooter bis zum Anschlag. Und die Hauptmieterin arbeitet im Krankenhaus. Der ist jetzt natürlich alles egal.*

QualiP: 💩 💩 💩

StellaS: *Ja, ich hab die Nase voll. Überlege, einfach ins Büro einzubrechen, damit ich es zumindest einmal sehe, bevor man mich rausschmeißt, haha.*

QualiP: *Gibt es Probleme? Kann ich helfen?*

StellaS: *Kleiner Scherz.*

QualiP: *Alles cool. Ich dachte auch am Anfang, dass ichs nicht lang schaffen würde. Schon gar nicht ins Qualitäts-Audit. Und jetzt sinds zwei Jahre.* 😨

StellaS: *Wow. Wie schafft man das?*

QualiP: *Wahrscheinlich stimmt was nicht mit mir.* 😈 *Aber im Ernst. Mit der Zeit wird es einfacher. Auch für dich, ganz sicher. Das Büro bleibt sicher noch länger zu. Aber du verpasst nichts, keine Sorge.*

StellaS: *Na ja. Menschen zum Beispiel. Vermisst du das nicht? Hast du Familie hier?*

QualiP: *Beides nein.*

StellaS: *Haha, vielleicht stimmt wirklich was nicht mit dir.*

QualiP: *Ich verrat dir ein Geheimnis: Ich bin nicht allein. Ein paar Leute aus der Schicht kommen immer wieder mal bei mir vorbei. Darragh und Lisianne sind mit dabei, falls du die kennst. Aber das wechselt. Das funktioniert nicht schlecht.*

StellaS: *Ist aber nicht erlaubt, oder? Mehr als zwei in einem Raum.*

QualiP: 😇 *Sieh es als Beitrag zur geistigen Gesundheit. Wir werden hier sonst alle verrückt. Du sagst es ja selbst.*

QualiP: *Warum kommst du nicht vorbei? Morgen sind wir wieder verabredet.*

StellaS: *Darragh war Trainer bei meiner Einführung, glaub ich. Lisianne kenne ich nur vom Namen. Bist du sicher, dass die kein Problem mit mir hätten?*

QualiP: *Machst du Witze? Wir müssen alle zusammenhalten. Hätte ich Dummy schon lang vorschlagen können. Dann sehen wir uns mal in echt, so zum Anfassen.* 😊 *Aber, no pressure. Wenn du Lust hast, gerne. Ansonsten aber auch kein Problem.*

StellaS: *Nein. Keine schlechte Idee. Wenn du nicht zu weit weg wohnst. Ich bin in Rathmines.*

QualiP: *Ich bin in der Nähe vom Büro.*

StellaS: *Wo ist das nochmal? Ich war da noch nie, ist*

doch alles zu, seit ich angefangen habe.

QualiP: 😂 *Ich vergaß, sorry. Das ist gleich in der Nähe vom Grand Canal Dock. Adresse hier im Link.*

StellaS: *Okay. Danke!*

QualiP: *Gar kein Problem.*

Hirngespinste

1

Konstantin Aigner war kein schlechter Kerl. Er hatte sich in der Polizeischule wacker geschlagen, obwohl er sich nur knapp über die erforderlichen 1,65 Meter der Zulassungsgrenze für männliche Polizisten geschoben hatte. Er schoss schlechter als ich. Rannte schneller. Schnitt schlechter in Kriminalistik und Ermittlungsrecht ab, besser in Verhandlungstaktik. Er machte vor allem keine blöden Bemerkungen über zu viele Weiber in der Polizei, und lachte auch nicht über die der anderen. Zumindest nicht, wenn ich mit dabei war. Als Polizeianwärter wurde er in seiner Beurteilung als „dynamisch und kommunikativ" beschrieben, eine ebenso zweischneidige Aussage wie mein „entschlossen und unkonventionell".

Offenbar hatte man irgendwo über unseren Köpfen entschieden, dass sowas gut zusammenpasste. Wir landeten oft gemeinsam auf Streife in der Maxvorstadt, und es lief gut. Sein Charme glättete meine Direktheit, meine Ruhe kühlte seine Neigung zur Überreaktion. Ließ sogar seinen Spitznamen aus der Polizeischule mit der Zeit in Vergessenheit geraten. Zeitversetzt wechselten wir ins K11. Patsy und der ehemalige Panik-Stani. Oft ermittelten wir gemeinsam. Privat trafen wir uns nie. Weil wir kaum ein Privatleben hatten, und weil Stani noch vor mir heiratete. Trotzdem waren wir so etwas wie befreundet. Bis vor vier Jahren meine Bewerbung als neue Dezernatsleiterin erfolglos blieb. Und Stani mein Boss wurde. Von seiner Bewerbung erfuhr ich erst, als man ihm schon reihum auf die Schulter klopfte. Der jüngste Dezernatsleiter, den das K11 jemals gesehen hatte.

Gratuliere, Stani.

Für dich immer noch Konstantin, hatte er bei unserem ersten Gespräch unter vier Augen als Vorgesetzter und Untergebene gefeixt und dann gelacht. Ich hatte Jahre gebraucht, um zu verstehen, wie ernst es ihm war.

„Patsy, das ist eine schöne Überraschung!"

„Ja, nicht wahr?"

Eine Mikro-Pause. For better or worse, Konstantin und ich verstanden einander. Er wusste sofort, worum es ging.

„Moment." Ich hörte ihn aufstehen, das Wischen seiner Schritte über den Industrieteppich, all die vertrauten Dezernatsgeräusche, das Plopp der Tür, mit der er sie aus seinem Büro sperrte.

Sekunden, in denen ich mich fragte, ob dieser Anruf klug war. Ja, hatte ich vergangene Nacht beschlossen, die ich ohne nennenswerten Schlaf verbracht hatte. Ja, hatte ich auch Ben versichert. Der hatte mich auf dem Weg in den Dienst zurück zu Sinéad gebracht und dieselbe Frage gestellt.

Außerdem war es jetzt ohnehin zu spät. Konstantin war zurück, und voller Elan.

„Was gibts Neues in Irland?"

„Wetter schön, Essen gut." Unsere Standard-Antwort vor unseren Berichten früher. Ein Testballon. Sprachen wir im Vertrauen miteinander? Oder als Dezernatsleiter und Untergebene?

„Patsy." Ein Ton wie auf einer Pressekonferenz, wenn einer der *Journos*, wie er die Leute von der Zeitung nannte, blöde Fragen stellte. „Ich muss in ein paar Minuten zu einer Sitzung. Was kann ich für dich tun?"

Meinetwegen, dann Klartext.

„In drei Monaten ist meine Auszeit zu Ende. Wollte nur wissen, ob mein Schreibtisch dann noch frei ist." Luftholen. Künstlich breites Lächeln neu justieren. „Im Dezernat gibts einen Neuzugang, hab ich gehört."

Konstantin fragte nicht, was zum Teufel ich damit meinte.

Sagte nicht: Was für ein Schmarrn!

Er sagte nur: „Von wem?"

„Kaffeeküche."

„Die Meyerhofer, oder?"

Sein Atem rauschte durch die Leitung, brach an meinem Schweigen. Kris war meine einzige echte Verbündete im Dezernat. Klar, dass Konstantins Verdacht zuerst auf sie fiel.

Aber wir beide wussten, dass auch meine Gegner im Dezernat gerne tratschten. Vor allem der Kollege Reitsamer. Alles, was der an seinem Job noch liebte, war es, anderen beim Scheitern zuzusehen, und noch lieber beim Fallen. Wenn Schubsen half, warum nicht? Das Gerücht konnte genauso gut von ihm kommen. Und es war offensichtlich wahr.

Die Tatsache war kaum bei mir eingesickert, da kam Konstantin schon aus seiner Ecke.

„Du sprichst von Jörg Haller vom BKA, oder?" Keine Spur von seiner viel gerühmten Diplomatie. „Ja, der war ein paar Tage aus Wiesbaden zu Besuch, und er brauchte einen Platz zum Arbeiten, das ist richtig."

„Und? Hat es ihm gefallen?"

„Also Patsy, ich bin erstaunt." Konstantin klang verletzt. „Ich hab mir gedacht, du freust dich über diese Möglichkeit. Du willst doch nach Irland, hast du mir noch vor ein paar Monaten gesagt. Ins Außenamt kommst du nur über das BKA. Und du weißt, wie schwierig ein diagonaler Move zwischen uns und denen in Wiesbaden ist."

Move. Konstantin sprach wie die Manager in diesem Start-up, in dem ich mal ermittelt hatte. Sein Erfolgsrezept. Klang irgendwie plausibel, irgendwie modern, irgendwie wahr. Und dazwischen nichts als Bullshit. Zum Beispiel, dass ich ihm gesagt hätte, ich wolle nach Irland. Oder ins Bundeskriminalamt. Mir fehlte noch die Luft zum Nachhaken, da sprach er schon weiter.

„Jörg arbeitet in Sigrid Manns Abteilung. Er will schon länger aus privaten Gründen nach München und hat Ausschau nach jemandem gehalten, der bereit ist, mit ihm zu tauschen." Kurzes Räuspern. „Mit der Mann hatte ich sowieso viel zu tun in letzter Zeit, wie du weißt. Es gab ja genug zu regeln nach der unerfreulichen Geschichte in der Österreichischen Botschaft in Dublin vor ein paar Monaten." Kleiner Seitenhieb am Rande. Nur war ich jetzt besser vorbereitet.

„Aha. Du meinst die Ermittlung, die ich in meiner Auszeit unterstützt habe? Weil du einen Gefallen von mir wolltest? Ich bin ein verzweifelter Mann, Patsy! Erinnerst du dich?"

Natürlich. Aber nicht gerne. Der Rückschlag kam hart und ansatzlos.

„Ich hab dich um Unterstützung gebeten, und zwar im Rahmen der Vorschriften. So wie ich es von dir immer gewohnt war."

„Hab ich dir Schande gemacht, Stani?"

„Soweit ich mich erinnere, war der Fall nach ziemlich kurzer Zeit geklärt und weiterer Schaden für Menschen wurde verhindert. Auch dank mir. Die irische Polizei war hocherfreut." Na, das gerade nicht. Aber auf die Wahrheit schien Konstantin ohnehin wenig Wert zu legen.

Zumindest hielt er sich jetzt mit weiteren Vorwürfen zurück, knackte stattdessen mit jedem einzelnen seiner Fingerknöchel. Agent Smith aus der Matrix ließ grüßen.

„Na gut, lassen wir das." Knack. Knack. „Jedenfalls sind genug Leute auf allen Seiten überzeugt von dir. Sigrid Mann ist eine davon. Bei der hast du einen großen Stein im Brett, weil du den Fall im Januar, na, sagen wir mal, so beherzt angegangen bist." Knack. „Die ist fast über die eigenen Füße gefallen, damit sie dir weiterhelfen kann." Knack.

„Wobei denn? Ich hab nur erzählt, dass die deutsche Botschafterin mich mochte. Das heißt nicht, dass ich einen neuen Job –"

„Sie war begeistert", fiel er mir ins Wort, räusperte sich dann höflich, „wenn ich dich korrigieren darf. Und begeistert ist die von Hetzenau nicht oft, sagte mir Sigrid Mann. Die muss es wissen, die hat oft genug mit der Frau Exzellenz zu tun. Hört sich an wie ein ziemlicher Drachen, wenn du mich fragst. Aber dir hat sie sogar einen Job angeboten, oder nicht?"

„Das hab ich nur mal erwähnt."

„Weil du es in Erwägung gezogen hast."

„Über etwas nachdenken ist keine Entscheidung."

Außerdem hatte ich meine Gedanken vor allem deshalb mit ihm geteilt, um zu sehen, wie Konstantin reagierte. Jetzt hatte ich meine Antwort. Zuerst hatte er gelacht und gesagt: *Wir beide wissen, das würdest du mir nicht antun.* Nur um dann loszurennen und alle Hebel in Bewegung zu setzen. Er hatte die Gelegenheit, mich loszuwerden, am Schlafittchen gepackt und mich ausmanövriert. War doch alles nur ein Gefallen, den er mir tat, oder? Fast musste man ihn bewundern.

„Jörg Haller ist jedenfalls Feuer und Flamme. Und

die Mann hätten wir auch auf unserer Seite", sagte Konstantin, als hätte er meinen Einwand von vorhin gar nicht gehört. Er liebte Flammen und Feuer. „Er hat auch schon erste kriminalistische Erfahrung. Ich denke, er könnte eine gute Ergänzung fürs Team sein."

Natürlich war er das. Vor allem war er zu unerfahren und auf zu neuem Terrain, um an Konstantins Thron zu sägen. Einer, der nicht wusste, dass unter all dem Lack und Hochglanz noch immer der Panik-Stani steckte, wegen dessen überstürzter Entscheidungen man oft genug in Teufels Küche landete. Kurz: Er war nicht wie ich.

„Bleiben wir mal bei der Wahrheit, Stani. Dieser Haller soll mich ersetzen. Oder hat dir das Präsidium eine zusätzliche Stelle für das Kommissariat bewilligt?"

Wieder das schwere Atmen. Ich stellte zu viele Fragen, wie immer.

„Dich wird nie jemand ersetzen können, Patsy." Seine Verlogenheit kostete mir ein lautes Lachen. Es klang bröckelig. Dass ich diese Nacht kaum geschlafen hatte, half nicht. Jedes Ping der wahllos eintreffenden Notifications auf Stellas Handy eine Mikrodosis Adrenalin, mit der ich nichts Sinnvolles anfangen konnte. Dazu Ben, den Schlaf der Gerechten schlafend, der seinen Kopf in meine Armbeuge bohrte.

„Vielleicht solltest du die Situation nicht so negativ sehen, sondern als Wink des Schicksals. Eine Chance." Noch so ein Satz aus dem Management-Lehrbuch. Vielleicht schrieb er ja schon dran. „Du bist schon ewig nicht mehr glücklich bei uns im K11."

„Sagt wer?"

„Sagt ein Dezernatsleiter, der seine Leute kennt, und noch besser kennt er dich, Patsy. Du willst dich mir nicht unterordnen, und das ist inzwischen nicht nur ein Problem für dich und mich, sondern auch für mein ganzes Dezernat. Das werde ich so nicht weiter hinnehmen."

Mein ganzes Dezernat.

„Verstanden, Herr Dezernatsleiter. Dann weiß ich Bescheid."

Ich schloss die Augen, öffnete sie wieder. Fragte mich, was es noch zu sagen gab. Fand keine Antwort. Im Ohr die Engelszunge von Konstantin. Mein Vorgesetzter, jetzt endgültig.

„Natürlich ist das alles nur eine Option", sagte er mit der Beiläufigkeit des Mächtigeren. „So ein bilateraler Move braucht das Einverständnis von allen Seiten, damit wir ihn über die Bühne kriegen, das ist ja klar."

„Ja, klar." Was sollte ich auch sonst sagen? Einsilbig versprach ich Konstantin, mir dieses Angebot durch den Kopf gehen zu lassen, mir Zeit dafür zu nehmen, oh ja, all die Zeit, die ich brauchte, um eine gute Entscheidung zu treffen. Versetzung nach Wiesbaden oder ein langsamer Tod im K11? Den hatte ich schon so einige Kollegen vor mir sterben sehen. Und die vielen, die sich irgendwo auf dem frustrierenden Weg dahin befanden.

Konstantin wies noch einmal auf seine angebliche Verpflichtung hin, irgendwo zu sein, dann legten wir auf.

Ich blieb zurück. Tat nichts. Dachte nichts. Hörte nur der Stille im Wohnzimmer zu, die keine echte Stille war, nur kurze Unterbrechungen von den Geräuschen auf der Synge Street, die das alte Schiebefenster durchließ. Menschen auf den Beinen, Menschen auf Rädern und in Autos. Menschen, zu relevant für das System, um von zu Hause aus zu arbeiten. Alle auf dem Weg irgendwohin. Und ich? Kühlte mir mit meinen Händen die Wangen. Sah den ermüdeten Bäumen zu, wie sie sich im Wind plusterten. Beugte mich näher ans Fenster, um vielleicht sogar ihr Rascheln zu erlauschen.

Nichts zu hören. Nur ein Mann stand da auf der anderen Straßenseite. Schräg gegenüber, fast schon an der South Circular Road und halb verdeckt von einem der Ahornbäume machte er ein Foto. Von sich selbst? Von Sinéads Haus? Vom Nachbarhaus? Die Backstein-Reihenhäuser entlang der Synge Street mit ihren bunten Holztüren, Glasrosetten und mit Topfpflanzen dekorierten Treppenaufgängen kamen direkt aus dem Bilderbuch des viktorianischen Dublin. Oft genug wurden sie zum Fotomotiv für Touristen. Im Augenblick gab es nur kaum Touristen hier in der Stadt.

Ich kniff die Augen zusammen und versuchte auf scharf zu stellen. Der Typ sah nicht aus wie ein Tourist. Auch nicht wie ein Instagramer. Schwarze Jogginghose, schwarzer Hoodie, die übergezogene Kapuze warf einen Schatten über eine Hälfte seines Gesichts. Die andere Hälfte zeigte nordische Züge, ein hervortretendes blaues Auge. Seine Sneaker groß wie Luftkissenboote, schwarz mit neongelben Sohlen. Die hatte ich schon einmal gesehen. Diesen Mann. Gestern von Stellas Zimmer aus. Oder nicht? Unwillkürlich beugte ich mich weiter nach vorne. Stieß mit der Nase gegen die Scheibe und hob mein eigenes Handy.

Ein Ruck ging durch den Mann auf der Straße, er trat einen Schritt zurück und nutzte die Deckung eines Baumstammes. Rasch entfernte er sich in Richtung South Circular Road, als hätte er einen Termin einzuhalten. Zu schnell erreichte er die Kreuzung und verschwand stadteinwärts. Die Stirn an die Fensterscheibe gelehnt, starrte ich in die Luft, in die er sich aufgelöst hatte. So lange, bis ich meinen Augen nicht mehr so richtig traute.

- Was ist das Schlimmste, was einer Ermittlung passieren kann?
- Zeugen.

Ein alter Witz aus meinen ersten Tagen im K11. Und noch immer eine meiner wichtigsten Ermittlerinnen-Weisheiten für alle, die sie hören wollen. Der menschlichen Wahrnehmung ist nicht zu trauen. Dafür ist sie zu leicht zu manipulieren und abzulenken, zu verwoben mit unserer Persönlichkeit und Sicht auf die Welt. Unzuverlässiger als die Wahrnehmung ist nur noch die Erinnerung an sie. Ich selbst machte da keine Ausnahme. Leider.

Erst vor knapp einer Stunde hatte ich den jungen Mann im Hoodie auf der Synge Street beobachtet. Inzwischen hatte ich meine inneren Aufzeichnungen über sein Aussehen so oft hinterfragt, sie hatten jede Schärfe und Kontur verloren. So wie die schmale, schwarze Gestalt auf dem Foto, das ich hastig geschossen hatte. Keine Zeit für einen Zoom oder Sorgfalt. Die Person darauf so verwechselbar gekleidet wie jeder zweite junge Durchschnittstyp, der einem auf Dublins Straßen begegnete – ein Jedermann, der dadurch zum Niemand wurde. Immerhin: ein Niemand mit neongelben Schuhsohlen.

Sinéad sah gar nicht von ihrem Handy auf, als ich die paar Betonstufen hinunter zu ihr in den Garten nahm. Mit geübten Fingerstrichen verlieh sie ihrem Wohlfühlvideo des Tages den letzten Schliff. Wirkte entspannt wie selten. Meine Cousine – aufgeblüht ausgerechnet in der neuen Realität, so wie ihr eigener Garten. Zu ihren Füßen lag Fritz, alle viere von sich gestreckt, und ließ sich die Sonne auf den Pelz brennen. In den Kletterrosen und Schlingpflanzen an der Mauer summten Bienen und andere Bestäuber ihr beschauliches Lied. Über unseren Köpfen glitten Möwen hinweg, flatterten Elstern und Singvögel.

Wir alle wussten: Eine letzte Reihe ruhiger, sonniger T-Shirt-Tage wie diese waren in Irland eine Gnade, erst recht Mitte September. Sie bestmöglich zu genießen, war eine heilige Pflicht für Mensch und Tier.

„Tee?"

Sie blinzelte mich über den Rand ihrer Lesebrille an.

„Ja, bitte."

„War eine rhetorische Frage." Ich stellte eine große Tasse mit Barry's Gold Blend vor ihr auf den Tisch. Extrastark, mit exakt drei Tränen Milch. Mindestens sechsmal am Tag, bevorzugt in Begleitung von Butterkeksen. Sinéad hielt gerne einen gleichmäßigen Spiegel, und sie war sehr orthodox. Den Trend unter ihren Landsleuten, Kaffee im Einwegbecher durch die Gegend zu tragen, verurteilte sie aufs Schärfste. *200 Millionen Stück jedes Jahr, Patsy. Wir habens echt verdient, alle auszusterben.*

„Wie läuft das Influencer-Geschäft?"

„Nicht schlecht." Sie hielt mir ihr Handy unter die Nase. Auf dem Display sie selbst vor einem fast penetrant blauen Dubliner Himmel. Mal stach ihr erhobener Zeigefinger hier in die Luft, mal da, während irgendwelche Binsenweisheiten eingeblendet wurden, die Sinéad angeblich schon in ihren 20ern gerne gehört hätte.

Las sich wie diese Kalendersprüche. Nur mit Schimpfwörtern und hinterlegt mit New-Age-Musik.

Scheiß auf Perfektion. Perfektion ist eine *fucking* Illusion.

Wenn *er* dir was anderes einreden will – scheiß auf *ihn*. Solche Sachen.

„Das ist so ziemlich das Gegenteil von dem, was du in deinen 20ern getan hast, Sinners." Ich ließ mich neben ihr nieder.

„Interessant, Patsy. Und was hast du in deinen 20ern getan?"

„Mich einen Dreck für die Ratschläge von Leuten über 40 interessiert."

„200.000 Follower sehen das anders."

Wir lachten uns ein paar Brösel der Butterkekse in die Atemwege, bis uns Fritz mit unwilligem Grunzen zur Ordnung rief.

Sinéad wurde ernst und schob sich ihre Lesebrille in die Haare, musterte mich durch schmale Lider. Wer war diese Fremde in ihrem Garten?

„Wie siehst du eigentlich aus? Alles okay?"

Kurz überlegte ich, die Wahrheit zu sagen. Aber womit anfangen? Sinéad wusste von nichts. Nicht von dem Typen vor unserem Haus, der vielleicht ein Stalker war, vielleicht ein Hirngespinst. Nicht von Stella Schatz und ihrem Telefon, das noch immer griffbereit in der Außentasche meines Rucksacks steckte, ohne je einen Anruf zu erhalten. Nichts von den ganzen verdammten Ereignissen der letzten 24 Stunden.

„Was war da los vorhin?" Sie legte ihr Smartphone zur Seite, nahm mich noch genauer unter die Lupe. „War das deine Schleimspur von Boss?"

„Ist das auch eine rhetorische Frage?"

„Ich hab nicht gelauscht, okay? Ich war nur ganz kurz in der Küche. Du hast mich nicht bemerkt. Es klang ernst." Sie hob die Schultern und gleichzeitig ihre Mundwinkel, ließ sie wieder sinken. „Du hast doch nicht deinen Job verloren, oder?"

„Wir Leute vom öffentlichen Dienst verlieren unseren Job nicht, wir werden versetzt."

Sachte tastete sich meine Fußsohle auf die von der Sonne erhitzte Flanke von Fritz vor. Spürte, wie sie sich hob und senkte. Die Sonne in meinem Gesicht. Das Wasser, wie es in meine Tränenkanäle einschoss. Ich machte die Schotten dicht.

Nein, Stani. So viel Macht gebe ich dir nicht.

„Und wohin gehts?" Bei Sinéad klang sogar eine Versetzung erstrebenswert. „Etwa nach Irland? Das sind doch gute Nachrichten, oder?" Wie sehr meine Cousine sich über so ein Szenario zu freuen schien, überwältigte mich. Fast. Aber für Gefühlsausbrüche war immer noch Zeit. Später. In irgendeinem Badezimmer, wo sie hingehörten.

„Zuerst nach Wiesbaden", sagte ich. „Und dann vielleicht irgendwann mal nach Irland. Aber nur, wenn ich großes Glück habe und eine Busladung voller Fürsprecher. Noch ist das letzte Wort nicht gesprochen, keine Angst."

„Ich hab keine Angst. Du etwa?"

Oh ja.

Ein Ping in meinem Rucksack rettete mich davor, es auszusprechen. Eine Nachricht für Stella? Nein, für mich. Von Sam.

Katharina Molin habe darum gebeten, unseren Videocall mit ihr um eine Stunde vorzuverlegen, weil sich in ihrem Kalender etwas verschoben habe. Zehn Uhr. Bis dahin blieben noch gute 20 Minuten. Er sei schon auf dem Weg zur Botschaft, um alles Technische vorzubereiten. Die Zeit reichte nicht mehr, um mich abzuholen. War es mir denn möglich, rechtzeitig dort aufzutauchen?

Ich befragte meine Armbanduhr.

Möglich, ja. Meinen Tee konnte ich allerdings vergessen.

3

Die erste Minute ging dafür drauf, Sinéad zu erklären, warum ich jetzt zwar dringend wegmusste, es aber keinerlei Grund gab, sich weitere Gedanken darüber zu machen. Die Herausforderung war, jeden Hinweis auf Sam oder andere Reizwörter zu vermeiden, die weitere Fragen einluden. Stattdessen versprach ich ihr eine ausführlichere Erklärung bei meiner Rückkehr. Alles Zeitverschwendung.

Sinéad war zwar neugierig, hatte aber die Aufmerksamkeitsspanne eines Goldhamsters. Erst recht seit ihrem Aufstieg in die höheren Sphären der Sozialen Medien. Kaum hatte ich die paar Schritte zur Treppe und Hintertür ins Haus gemacht, hatte sie sich schon wieder die Lesebrille zurück auf die Nase geschoben und bearbeitete ihre Botschaft an die nächste Generation.

Also weiter ins Bad. Nochmal fünf Minuten, um die Spuren von 40 Jahren und einer schlafarmen Nacht halbwegs zu verwischen. Zwei für meinen ersten strengen Pferdeschwanz seit Monaten, den ich sonst nur bei der Arbeit im K11 trug. Inzwischen reichte er mir bis weit über die Schulter. Kurz begegnete ich meinem Blick im Spiegel. Erkannte schemenhaft die Frau der Stunde. *Der Spaß ist jetzt vorbei,* sagte sie. Nur meine spöttisch geknickten Mundwinkel widersprachen. Eine Laune der Natur, die viele Menschen verunsicherte. Zu meinem Vorteil oder Nachteil, je nachdem. Ich knickte sie noch ein bisschen weiter, machte mich dann auf die Suche nach einem Oberteil.

Es sollte halbwegs seriös aussehen, gewaschen und gebügelt. Ein magisches Dreieck, das sich lange, zu lange nicht lösen ließ. Dann eben ein schwarzes T-Shirt. Meine abgeranzten Jeans und die Gesundheitslatschen behielt ich an. Ein Segen, diese Videocalls.

4

Zwanzig Minuten später saß ich endlich in einem Taxi nach Ballsbridge. Für ein umweltfreundlicheres Transportmittel hatte die Zeit nicht mehr gereicht. Der öffentliche Verkehr in Dublin war ein Witz, über den schon lange niemand mehr lachte. Zumindest der Verkehr hatte sich merklich ausgedünnt. Wer konnte, arbeitete noch immer von zuhause aus.

„Glück für Sie, Pech für mich", sagte der Fahrer in breitem nordirischem Akzent. Ich hatte ihn bei seiner Mittagspause unterbrochen, aber er trug es mit Fassung. Er legte sein Schinken-Käse-Sandwich zur Seite, eines dieser Dinger aus dem Supermarkt, die so sehr nach Plastik aussahen wie ihre Verpackung. Versprach, in zehn Minuten am Ziel zu sein, oder spätestens in elf.

Auf dem Weg ließ er die Scheiben nach unten surren. Spätsommerliche Luft strömte herein, brachte Grasaroma mit sich und Abgasgeruch, tobte ein bisschen mit ihnen durchs Auto, während der Fahrer das *fucking schöne* Wetter heute lobte, wie es alle Iren taten, wenn es nicht regnete.

Heute genossen sie alle das schöne Leben, und ich genoss ihren Anblick. Menschen, die am Grand Canal radelten. Ein Mann und sein Collie, auf einem Surfboard den Canal entlang paddelnd. Schwäne. Seegras. Kinder, stolz mit ihren Schoßhunden an der Leine. Backsteinhäuser. Menschen in der Sonne vor einem Pub. Ampeln. Erst als mir die Augen brannten, schloss ich sie ein Weilchen.

Als ich sie wieder öffnete, waren wir schon im Botschaftsviertel. Argentinien, dann Belgien. China. Litauen.

Und schließlich – Österreich.

„Ich habs ja gesagt. Zehn Minuten", sagte der Fahrer, als ich ausstieg und noch einen letzten Blick zurück in den Fond warf, ob ich alles dabeihatte. Hoodie zum Drüberziehen, Rucksack, mein Handy. Stellas Handy. Vor allem das.

Sam stand in der Seitentür einer viktorianischen Villa, angemessen würdevoll für eine Botschaft. Entsprechend offiziell war auch die Schale, in die er sich geworfen hatte. Hellrosa Hemd, dunkler Anzug, Krawatte. Er kam zum Eingangstor für Fußgänger gelaufen, um mir zu öffnen. Die Seitentür zur österreichischen Botschaft, so stellte sich heraus, war eigentlich der Haupteingang.

„Wir teilen uns die Räume mit den Schweizern, die sind oben", klärte Sam mich auf. Mit der freundlichen Bestimmtheit eines Kindergärtners leitete er mich zum Eingang und weiter in den Empfangsbereich. Niemand hier, außer dem Charme der 70er Jahre. Offenbar hatten die Schweizer den besseren Deal gemacht und die Prachträume im oberen Stockwerk ergattert. Hier unten regierte Wartezimmeratmosphäre, komplett mit einem mit Glas und einem Sprechfenster abgetrennten Empfangskubus. Ein Poster aus der Österreich-Werbung neben mehrsprachigen Ermahnungen, bitte nicht zu husten und sich stets die Hände zu waschen, und vor allem: niemals und unter gar keinen Umständen ohne Termin hier aufzutauchen.

Eine ziemliche Enttäuschung, vor allem im Vergleich zur Residenz des österreichischen Botschafters, die keine 100 Meter weiter die Straße hinunter lag.

„In der Residenz wird repräsentiert", klärte Sam mich auf. „Hier wird gearbeitet."

Sah zwar nicht so aus, aber meinetwegen.

Durch eine mit Code gesicherte Tür gelangten wir in den Bereich hinter dem Empfang. Das einsame Klingeln eines Telefons auf der Suche nach einem offenen Ohr. Es wanderte von einem Schreibtisch zum nächsten, bis in die hintersten Räume. Niemand ging ran.

„Derzeit kein Parteienverkehr", erklärte mir der Herr Attaché etwas gehetzt, und ich lachte.

Parteienverkehr. Das Österreichischste, was ich jemals gehört hatte. So viel sexier als deutsche Amtsstunden.

„Ich hab nicht gewusst, dass du so kindisch bist."

„Und ich nicht, dass ihr Ösis so humorlos seid."

Der Ösi war Absicht. Darauf waren sie alle allergisch. Sogar die mit iranischem Hintergrund.

„Der war billig, Frau KHK." Sam fletschte die Zähne. „Mit euch Deutschen diskutier ich sowieso nicht über Humor. Viel wichtiger ist mir", und mit einem Schlag wurde er ernst: „Was sagst du zu meiner Nachricht?"

„Was soll ich dazu sagen? Schneller herkommen ging nicht."

Er blinzelte irritiert.

„Ich meine die zweite Nachricht."

Fuck. Ich zog mein Handy aus der Tasche meines Hoodies.

„Hab ich nicht gehört, sorry. Hast du davon eine Zusammenfassung?"

Sam brummelte etwas Grantiges, bot mir einen Platz an einem wie leergefegten Schreibtisch an. Darauf stand schon sein Laptop mit aufgeklapptem Deckel. 9:58 Uhr. Der Warteraum für das Meeting war noch unbesetzt.

„Carlos hat sich bei mir gemeldet, nachdem meine Nachricht an dich raus ist."

Stellas Mitbewohner.

„Und? Hatte er was Interessantes zu erzählen?"

„Kann man wohl sagen." Er schob mir einen Drehstuhl auf Rollen unter den Hintern, holte sich vom Nachbartisch einen weiteren. „Also, in aller Kürze: Kannst du dich noch an das *Projekt X* aus Stellas Tagebuch erinnern?"

Konnte ich. In Stellas krakeliger Schrift war es ohne erkennbares Muster immer wieder in ihrem Notizbuch aufgetaucht, ohne etwas von seinem Inhalt zu präzisieren.

„Auf einer Seite stand *Projekt X* gleich unter Carlos, darum habe ich ihn auf gut Glück gefragt, und er weiß wirklich, was es ist." Atempause. „Nämlich ein Manuskript für ein Buch, an dem Stella gearbeitet hat."

„Aha." Wer schrieb denn heutzutage nicht an einem Buch? Sogar Sebi Kramer von der Spurensicherung in München.

Sam rollte näher zu mir, senkte die Stimme. „Eine Art investigatives Sachbuch." Dazu sah er mich eindringlich an. Alles sehr James Bond. Fehlte noch die Warnung, die Botschaft sei verwanzt. „Stella wollte das vor ihrer Familie geheim halten. Sie war überzeugt, dass die es ihr ausreden wollen, wenn sie davon erfahren. Deshalb hat sie es nur Carlos erzählt, behauptet zumindest er."

Neben uns ein leises Ploppen im Laptop.

Katharina Molin befindet sich im Wartebereich und möchte dem Meeting beitreten.

„Er denkt, dass es mit StrategiCo zu tun hat. Und hinter StrategiCo stehen letzten Endes die großen Namen aus dem Silicon Valley, China, oder woher diese Apps alle kommen. Die haben alle ziemlich viel Macht."

„Eben, gerade weil die so viel Macht haben, warum sollten die dann Angst vor Stella und ihrem Manuskript haben? Worum ging es denn überhaupt?"

Aus der Vorbemerkung zu „Projekt X" von Stella Schatz

Wir alle sind Narzissten. Wir wollen gesehen werden, gehört und geliebt. Wir wollen die Zustimmung und die Anerkennung von möglichst vielen Menschen, auch wenn wir diese Menschen nicht einmal kennen. Wir wollen all das sofort, immer wieder und immer öfter. Wir gieren nach den neuesten Nachrichten, dem nächsten Skandal, egal ob weltweit oder in unserer Nachbarschaft. Wir suchen ständig nach dem nächsten interessanten Happen Information, mit dem wir unser Weltbild ergänzen, bestätigen und idealerweise bereichern können.

Vor allem haben wir Angst, etwas zu verpassen, nicht Teil des aktuellen Diskurses zu sein, irrelevant zu werden – oder gar in Vergessenheit zu geraten.

Können Sie es schon beim Lesen dieser Zeilen spüren, dieses Flattern hinter dem Brustbein? Eine Mischung aus Unruhe, latenter Unzufriedenheit und diffuser Angst, während Sie gleichzeitig nicht aufhören können zu scrollen, auf der Suche nach dem nächsten Kick?

Machen Sie sich nicht zu viele Vorwürfe deswegen. All das ist keine Schande, nur ein Teil der menschlichen Natur. Die Evolution hat uns so programmiert. Der Zugang zu Information hat unserer Spezies seit jeher das Überleben gesichert. Ohne Wissbegierde gäbe es kein Feuer, keine neuen Erfindungen, keinen Fortschritt. Unsere Neugier lehrt uns unsere Rolle und Funktion innerhalb der Gemeinschaft, von der Familie über die Nachbarschaft bis hin zum globalen Dorf.

Neben dem Überleben gibt es weitere Anreize. Für jede neue Information, die wir uns erarbeiten, belohnt uns das Gehirn mit einer kleinen Dosis Glück. Verantwortlich dafür ist Dopamin, oder, noch trockener: ein

Neurotransmitter, der für eine beängstigend große Menge an Abläufen in unserem Körper verantwortlich ist. Wie wir uns bewegen, wie wir uns fühlen. Wendet sich Dopamin gegen uns, werden wir depressiv, schizophren, oder bekommen Parkinson. Ist es uns wohlgesonnen, beschenkt es uns mit einem kleinen, feinen Stimmungshoch.

Wenn sich das für Sie jetzt anhört, als ginge es gerade um Kokain, dann deshalb, weil Dopamin genau das ist: eine Droge, wenn auch aus körpereigener Herstellung. Darüber hinaus noch legal, oder anders formuliert: Mit Dopamin und seiner Wirkung zu spielen ist – zumindest noch – nicht illegal. Es fehlen die harten Fakten, die Studien, die das schlechte Bauchgefühl wissenschaftlich anerkannt untermauern, das so viele von uns haben, wenn wir Soziale Medien länger konsumieren, als wir sollten. Dass wir durch diesen Konsum zu unzufriedeneren, wütenderen, hoffnungsloseren und empathieloseren Wesen werden.

Die Betreiber der Social-Media-Plattformen stört das nicht, im Gegenteil: Unsere unbewusste Sucht nach Neuem und dem belohnenden Kick wurde von Anfang an einkalkuliert und über künstlich intelligente Algorithmen weiter verfeinert. Nur wenn wir weiter konsumieren, bleiben wir das lukrative Produkt, mit dem die Sozialen Medien wirklich Geschäfte machen.

Und wie bleiben wir brave Konsumentinnen und Konsumenten?

Wir müssen uns sicher fühlen in unserem virtuellen Zuhause, oder wir ergreifen die Flucht.

Um das zu verhindern, gibt es bei Apps von Instagram über YouTube bis Twitter eigene Abteilungen. Im Branchenjargon nennen sie sich T&S: Trust & Safety, das heißt übersetzt: Vertrauen und Sicherheit.

Hinter dem beruhigenden Begriff verbirgt sich eine

Armee von weltweit zigtausenden Content-Moderator*innen und sogenannten Klickarbeiter*innen. Dies ist eine Schätzung, denn der größte Teil wird nicht direkt von den Social-Media-Unternehmen beschäftigt. Sie arbeiten für Drittunternehmen, setzen sich einem Sturm von all dem aus, wozu die Menschheit fähig ist. Je nachdem, wo sie in der unternehmenseigenen Hierarchie eingeordnet sind, verdienen sie den ortsüblichen Mindestlohn oder auch mehr. Was gleich bleibt, ist diese Tatsache: Content-Moderator*innen waten durch den Bodensatz der menschlichen Natur. Content-Moderator*innen kümmern sich um alles, was sich schlecht macht auf Verkaufsunterlagen, in Investorengesprächen oder Leitartikeln. CEOs und gefeierte Tech-Unternehmen sprechen meist nur in Nebensätzen von dieser Schattenwelt. Lieber erzählen sie von Automatisierung und von künstlicher Intelligenz, die lernt, was gegen Gesetze verstößt und was nicht. Aber wer trainiert diese künstliche Intelligenz? Menschen. Unterbezahlte Menschen, deren Arbeit unter den Teppich gekehrt wird.

Ebenso die Content-Moderator*innen selbst.

Mittels Geheimhaltungsvereinbarungen werden sie zum Schweigen gebracht. Wer über den Horror spricht, dem die oft nur unzureichend vorbereiteten Mitarbeiter*innen im Namen der Tech-Industrie tagtäglich ausgesetzt sind, riskiert nicht nur den Job, sondern auch die Klage durch einen übermächtigen Gegner.

Die Auswirkungen dieser Arbeit auf jene, die sie verrichten, sind noch kaum bekannt und werden noch viel weniger in der Öffentlichkeit diskutiert.

Der mächtige Tech-Sektor hat selbstverständlich kein Interesse daran, die eigenen dunklen Seiten zu offenbaren. Das Desinteresse liegt aber auch daran, dass Content-Moderation in unseren Köpfen „anderswo" stattfindet.

In Kenia. Auf den Philippinen. In Marokko. Diese Menschen sind uns fern. Dann werden sie eben traumatisiert – so what?

Aber unabhängig von diesem allgemein problematischen, aber ebenfalls menschlichen Mangel an Empathie für alles, was wir weit entfernt wähnen: Content-Moderation passiert überall. In London. Berlin. Athen. Und auch in Dublin. Hier habe ich für die Zeit meiner Arbeit an diesem Buch die Zelte aufgeschlagen. Dublin ist die europäische Hauptstadt der Tech-Industrie. In den Silicon Docks, gleich in der Nähe des Hafengebiets, konzentrieren sich die europäischen Hauptquartiere des Who-is-Who der Social-Media-Giganten aus aller Welt.

Hier arbeiten derzeit geschätzt 10.000 Menschen für eine Branche im schier endlosen Boom. Sie sind überdurchschnittlich hoch bezahlt, genießen eine Liste an Privilegien in ihrem Job, die von der vollwertigen Verpflegung über die Ganzkörpermassage bis hin zum Gutschein für ein eigenes Fahrrad reicht, um nachhaltiges Pendeln zu unterstützen. Eine Glitzerwelt, über die schon erschöpfend berichtet wurde.

Währenddessen leben die Kolleg*innen von der Content-Moderation in jeder Hinsicht in einer anderen Welt. Eine schattige Welt, über die kaum jemand zu sprechen bereit ist, sogar jene, die sich bereits daraus verabschiedet haben. Deshalb habe ich mich entschieden, mich aufzumachen in diesen Parallelkosmos. Selbst zur Content-Moderatorin zu werden.

Es ist eine Art Selbstversuch, um herauszufinden: Wer sind diese Menschen, auf deren Schultern wir unsere Obsession mit den Sozialen Medien ausleben? Was treibt sie an? Wie sieht ihr Alltag aus? Und welchen Preis zahlen sie für unseren Zeitvertreib?

Recht und Ordnung

1

Katharina Molin, Leiterin der Spätschicht A3 bei StrategiCo und direkte Vorgesetzte von Stella Schatz, saß
vor dem Hintergrund eines Sandstrandes. Eine Sichel
aus weißem Sand zwischen grasbewachsenen Dünen
und türkisem Meer. Menschenleer. Nur ein paar Kühe
fläzten sich in Ufernähe, blieben unbeeindruckt von
all der Schönheit.

„Rossbeg in Donegal ist eine Reise wert", erklärte
sie uns. „Im Juli habe ich ein langes Wochenende dort
verbracht. Ich liebe den Nordwesten. Vor allem natürlich, wenn mal die Sonne rauskommt."

Katharina Molin passte ins irische Bild. Sommer-
sprossig und mit roten Haaren, die an Stahlwolle erinnerten. Alles an ihrem Gesicht wirkte übertrieben. Die
blauen Augen zu groß, die Nase zu lang, das Lächeln zu
breit, die Haut zu faltenlos über ihre Wangenknochen
gespannt. Wie gemacht für eine Werbung des Touris-
musverbands. Bis sie den Mund öffnete.

„Ich bin in Bautzen aufgewachsen", sagte sie auf
Deutsch. „Da, wo der Senf herkommt."

„Hört man gar nicht", behauptete Sam allen Erns-
tes. Für sowas bewunderte ich ihn. Katharina Molin
lächelte säuerlich. Eine der wenigen, die immun waren
gegen seinen Wiener Charme.

„Ich bin gleich nach dem Studium nach Dublin.
Ich hatte ein Auslandssemester hier und wusste, ich
möchte langfristig bleiben. In Deutschland war der
Arbeitsmarkt damals richtig übel." Von Irland zu reden,

tat Molin gut. Besser als die Anspannung, wenn sie über ihren Job sprach.

Trotzdem räusperte sie sich regelmäßig und ohne Grund. Zog die Lippen nach innen, wie um Lippenstift darauf zu verteilen. Bloß keine Fehler machen.

An mir konnte ihre Nervosität diesmal nicht liegen. Sam hatte mich wie vereinbart als eine *Freundin der besorgten Familie Schatz* bezeichnet und mich gebeten, *die Kripo nicht zu weit raushängen zu lassen*. Was auch immer das bedeutete, ich gab mein Bestes.

Aber dann war da noch Katharina Molins Vorgesetzter. Genauer gesagt, der Vorgesetzte ihres Vorgesetzten. Katharina stellte ihn als *Head of Escalations* vor. Noch während sie sich uns vorstellte, war er von rechts durch die Idylle des Strandes von Rossbeg gepflügt, saß jetzt wie ein menschlicher Felsen neben Katharina Molin.

„Bei StrategiCo", so seine Erklärung für seine Anwesenheit, „kümmern wir uns um jedes potenzielle Problem im Team sofort. Und das auf höchster Ebene."

Bullshit, das war der gesamten Runde hier klar. Es ging um Kontrolle. Darum, jedes PR-Desaster im Keim zu ersticken.

„Was genau kann ich mir unter einem *Head of Escalations* vorstellen?", fragte Sam harmlos.

„Ich sorge hier für Recht und Ordnung", sagte der.

Klang wie Ironie, war aber keine. Erst, als Sam das Lächeln vergangen war, erfuhren wir auch seinen Namen: Gerrard O'Keefe. Aber wir sollten ihn doch bitte Gary nennen.

Ich schätzte ihn auf Mitte 30. Seine ausladenden Schultern und die Blumenkohlohren sprachen von einer ehemaligen Karriere im Rugby oder einer anderen Kontaktsportart. Dazu ein stählerner Blick, der Sam und mir unterschwellig vorwarf, etwas Verbotenes getan zu haben, oder das zumindest für möglich hielt. Mit solchen Einschüchterungstaktiken kannte ich mich aus. Erkannte den Ex-Polizisten in Gary O'Keefe, noch bevor er auf seine Vergangenheit bei der *An Garda Síochána* hinwies.

„Ich war lang auf Streife, dann Detective im GNPSB." Was die Abkürzung bedeutete, erklärte er nicht. Ich dachte an mein Versprechen an Sam, ließ die Verständnisfragen stecken. Befragte mein Handy im Schoß unter der Tischplatte.

GNPSB – *Garda National Protective Services Bureau.* Die Einheit kümmerte sich um eine breite Palette von Themen, meist rund um Missbrauch und Opferschutz.

Als ich wieder aufsah, machte Katharina Molin wieder diese Sache mit den Lippen. Hatte sie bemerkt, dass ich abgelenkt war? Sie suchte Blickkontakt zu ihrem Boss, aber der war zu beschäftigt mit sich selbst.

„Ich hatte viel mit häuslicher Gewalt zu tun", sagte Gary. „Als ich selbst eine Familie gegründet habe, war das nichts mehr für mich. Bei StrategiCo kann ich meine Arbeitszeiten besser planen, werde besser bezahlt und kann trotzdem etwas für den Schutz der Öffentlichkeit tun. Vielleicht sogar mehr als früher bei den Guards." Er sog hörbar Luft ein. Schwer zu sagen, ob er stolz auf diesen Karrierewechsel war oder ihn rechtfertigen wollte. „Wir von den *Escalations* kümmern uns vor allem um Inhalte, die von der Öffentlichkeit als unangemessen gemeldet werden." Unangemessen. Bei StrategiCo verharmloste man gerne. „Wir löschen diese Inhalte und unterbinden so gut wie möglich ihre Vervielfältigung und Weitergabe. Außerdem sind wir immer wieder Schnittstelle zur Polizei. Wir sind bei Ermittlungen behilflich oder melden Aktivitäten, damit die Sicherheitskräfte so schnell wie möglich eingreifen können, falls das noch geht. Zum Beispiel, wenn wir einen Selbstmord im Rahmen eines Livestreams befürchten müssen."

„Das heißt, Sie können den genauen Standort des betroffenen Geräts bestimmen und schicken die Polizei dann hin?" Ich versuchte, naiv und hoffnungsvoll zu klingen. Trotzdem stutzte O'Keefe. Konnte aber auch an der ruckeligen Verbindung liegen.

„Dazu kann ich keine Aussage machen", sagte er. „Aber Sie können sicher sein, dass der Zugriff auf sensible Daten unserer Kunden nur im absoluten Notfall erfolgt und sich im Rahmen aller Gesetze des irischen Rechtsstaats bewegt. Selbstverständlich verlassen auch keine Daten den Rahmen einer Ermittlung." Worthülsen wie diese machten mich aggressiv. Aber noch hatte ich mich im Griff. Folgte Sams diplomatischem Beispiel. Der nickte beflissen. „Fest steht: Ihre Mitarbeiter leisten einen äußerst wichtigen Dienst an der Gesellschaft."

Der *Head of Escalations* schien zufrieden mit uns. Wahrscheinlich kannte er Stella nicht einmal persönlich. Eine Arbeitsdrohne vor einem Computer, betreut durch sein Management-Team.

„Ich kenne Stella seit ihrem ersten Arbeitstag bei uns", platzte Katharina Molin in die entstehende Pause. War die Gedankenleserin? „Ich habe sie eingestellt und arbeite so gut wie jeden Tag mit ihr zusammen. Dass ihr etwas passiert sein soll, ist für mich unvorstellbar. Ihre Schicht beginnt heute Nachmittag. Wahrscheinlich taucht sie dann auf und wundert sich über die ganze Aufregung." Ihr Lachen klang hohl. Unnatürlich.

Neben mir geriet Sam in Bewegung. War sein Misstrauen geweckt, wurde er noch unruhiger als sonst. Der Absatz seiner Schnürschuhe klackerte gegen die Rollen seines Drehstuhls. Wenn StrategiCo an einen falschen Alarm glaubte, warum gab es dieses Treffen überhaupt?

„Stella war letzte Woche im Urlaub", erklärte Katharina Molin, „aber nach Ihrer Anfrage habe ich versucht, sie trotzdem zu kontaktieren. Sie hat sich bisher leider nicht zurückgemeldet."

„Oh." Sam brauchte keine Überraschung zu spielen. „Vielleicht hat sie ihr Mobiltelefon vergessen. Oder hat sie ein Firmenhandy?"

Keine schlechte Frage, zugegeben.

„Nein, nicht in den allgemeinen Teams. Die meisten nutzen ausschließlich die internen Collab-Channels." Ihre rechte Augenbraue hob sich spöttisch. „Das ist ein firmeninterner Chat-Kanal", half sie uns Tech-Dinos auf die Sprünge.

Das erklärte einiges. Seit gestern Abend war kein einziger Anruf auf Stellas Telefon eingegangen. Nur die sanften Plings und Plopps von Sofortnachrichten oder Benachrichtigungen. Wer rief heutzutage verdammt nochmal an, außer uns Polizisten?

„Hat Stella denn nicht erzählt, dass sie frei hat?" O'Keefe runzelte die Stirn. Über mich, die angebliche Freundin.

„Stella hielt in letzter Zeit weniger Kontakt als früher." Ich verschränkte die Arme. „Dass sie für StrategiCo arbeitet, haben wir erst herausgefunden, seit wir sie nicht mehr erreichen können. Auf ihren Social-Media-Kanälen ist sie schon länger nicht mehr unterwegs. Und auch ihr Mobiltelefon hat sie zuhause zurückgelassen. Deshalb sind wir ja so besorgt."

Katharinas Gesicht gefror einen Augenblick lang zur Maske. Diesmal war es nicht die Verbindung.

„Ich ... ich bin mir sicher, sie will nur mal eine Woche lang ausspannen und in keinen Bildschirm schauen. Off the grid, sozusagen." Jetzt traf Molins Blick doch noch mit dem von O'Keefe zusammen. Ein Lächeln presste sich zwischen seine Kiefer. Es war erstaunlich gewinnend. Die beiden mochten einander.

„Es war auch höchste Zeit", holte Molin neuen Schwung. „Ich hatte ihr schon länger dazu geraten. Sie ist seit März dabei und hat sich nie freigenommen und ..." Sie brach ab, hatte sich irgendetwas anders überlegt. Wieder ein Seitenblick zu ihrem Boss. *Soll ich oder willst du?* Der fixierte nur den Bildschirm. Studierte er Sam? Mich? Das hasste ich an Videokonferenzen. All die Körpersprache, die kaum zu entziffern war oder ganz ins Off verschwand.

„Gerade wenn man in unserer Branche arbeitet, ist das Bedürfnis oft groß, Abstand zu nehmen von den Sozialen Medien", übernahm O'Keefe. „Viele unserer Mitarbeiter sind in ihren Urlauben kaum erreichbar. Trotzdem hat sich Katharina nach Ihrer Anfrage an mich gewandt, und ich bin froh darüber. Das Wohlergehen unserer Teammitglieder nehmen wir auf jeder Ebene ernst."

Ex-Detective O'Keefe fühlte sich offenbar wohl in seiner neuen Welt aus heißer Luft und Managementsprech. Meinetwegen, aber mir reichte es jetzt.

„Schön, dann sagen Sie mir: Wie steht es denn um Stellas Wohlergehen?", fragte ich direkt in die Kamera, hoffte, dass sich Katharina Molin angesprochen fühlte. Sie hatte weniger Erfahrung mit Vernehmungen, sie produzierte weniger Bullshit. Wenn wir von jemandem brauchbare Infos bekamen, dann von ihr.

„Stella macht sich bestens. Sie musste von Anfang an von zu Hause arbeiten wegen der Maßnahmen, aber sie hat das gut gemeistert. Sie hat nur die besten Bewertungen", sagte Molin, „von Anfang an."

„Davon rede ich nicht. Stella war immer ehrgeizig und clever. Aber ihre Persönlichkeit hat sich verändert in den letzten Wochen und Monaten."

„Nicht für uns." Molins Antwort kam in einem reflexartigen Schub. Eine Abwehrreaktion.

„Bei allem Respekt", schaltete sich Sam ein. Zog ein Register seiner Diplomatie nach dem anderen. Schalmeien-Stimme, mit Gefühl aufeinandergelegte Fingerspitzen. „Sie sagen ja selbst, Content-Moderation ist ein harter Job, davon liest man immer wieder." Zwecklos. Mund und Augen von Frau Molin hatten sich bereits zu Schießscharten verengt. Er hatte noch drei Sekunden. Höchstens. „Stella war neu in Dublin und ihre wenigen Freunde haben das Land zumindest vorübergehend verlassen. Da wäre es kein Wunder, wenn sie ..."

„... die Nerven verliert?" Molin schüttelte heftig den Kopf. „Ich weiß, worauf Sie anspielen, Herr Feurstein. Unsere Branche steht unter strenger Beobachtung durch gewisse Vertreter der Medien. Täglich erhalten Mitarbeiter unserer Teams Anfragen von Journalisten. Sie werden aktiv um negative Stellungnahmen gebeten oder zu Interviews gelockt. Aussagen werden aus dem Zusammenhang gerissen, nur um für eine Sensation zu sorgen."

Sam und ich tauschten einen Blick. So viel zur Frage nach Stellas *Projekt X*. Wir hatten uns in letzter Sekunde darauf geeinigt, es nicht zu erwähnen. Eine gute Entscheidung. Sollte sich doch alles nur als großes Missverständnis erweisen, würde sie Probleme bekommen. Hatte sie wahrscheinlich schon.

Denn das Buch, so hatte mir Sam noch geflüstert, bevor er Katharina ins Meeting gelassen und sich für die Verspätung entschuldigt hatte, *das war erst der Anfang*.

Auch Katharina Molin war noch nicht am Ende ihrer Rede.

„Klar gibt es immer wieder jemanden, der gerade unzufrieden ist mit seinem Beruf oder überfordert." Mit der rechten Hand knetete sie sich durch die rote Stahlwolle von Haaren. „Ich weiß, wovon ich rede, ich arbeite schon jahrelang in der Content-Moderation und im Outsourcing. Und ich kann Ihnen sagen: So ernst wie die StrategiCo nimmt kaum ein Unternehmen seine Verantwortung für das Team. Gibt es Probleme, greifen wir so schnell wie möglich ein."

„Aha. Und wie kriegen Sie solche Probleme mit? Die Leute arbeiten doch derzeit von zuhause aus." Sams Drehstuhl kam wieder ins Rollen, sein Diplomatengesicht schien sich zu entschuldigen für meinen Ton. Offenbar zu Kripo.

„Zum Schutz unseres Teams ist das Büro weitgehend geschlossen", gab sich Molin jetzt wieder beherrscht. „Im Gegensatz zu anderen Outsourcing-Unternehmen. Die zitieren ihre Leute an den Arbeitsplatz, egal womit sie sich dort anstecken. Unsere Mitarbeiter wissen unser Vertrauen jedenfalls zu schätzen." Sie richtete sich auf zum finalen Statement. „Stella weiß, dass sie in jeder Angelegenheit zu mir kommen kann. In *jeder*."

„Da habe ich aber anderes gehört", sagte ich.

„Ach, und von wem?"

„Interessanter als wer ist das Was. Es ging um sexuelle Belästigung. Und noch Schlimmeres."

Molins Mund öffnete sich wie ein Reißverschluss. Dahinter nur Sprachlosigkeit. Dann, endlich: „Wer hat das behauptet? Doch nicht Stella?"

Nein. Alles, was wir an Information hatten, kam von Carlos und seinen Erinnerungen an ein virtuelles

Treffen mit Stella im Sommer. Ihn ins Spiel zu bringen, war aber gar nicht nötig. In Katharinas Kopf keimten bereits alle möglichen Schreckensszenarien. Sie war kurz davor, etwas Unüberlegtes zu sagen. Zeit für eine Intervention vom Big Boss.

„Danke, Katharina." Gary O'Keefe sah sie scharf an, beugte sich dann dem Laptop entgegen. Sein Gesicht nahe an der Kamera, sein Lächeln bombenfest. Nur in seinen Augen die Warnung: *Ab hier vermintes Gelände.* „Ich kann nachvollziehen, Miss Logan, dass Sie hier die Interessen einer besorgten Familie vertreten", sagte er, „aber ich muss doch sehr bitten. Wir stehen auf derselben Seite. Wir wollen sicherstellen, dass es Stella gut geht. Können wir uns darauf einigen?"

„Aber selbstverständlich", kam Sam mir zuvor, legte sich die flache Hand auf die Brust und senkte leicht den Kopf. Eine Entschuldigung für meinen übertriebenen Eifer, der wirkungslos am Teflon von Gary O'Keefe abprallte. Aber der Mann war kein Corporate-Roboter. Er war eine Show, eine Maske. Nur eine Frage der Zeit, bis Ex-Detective O'Keefe sie wieder abnahm. Zeit, die wir nicht hatten.

„Darf ich außerdem darauf hinweisen", sagte er durch die Zähne, „dass wir grundsätzlich keine Informationen über aktuelle oder ehemalige Mitarbeiter teilen können, es sei denn, wir können in irgendeiner Weise eine polizeiliche Ermittlung unterstützen."

„Die wird es auch geben", hörte ich mich sagen. „Sollte Stella heute Nachmittag nicht auftauchen, werden wir uns an Ihre ehemaligen Kollegen wenden."

„Und wir werden selbstverständlich in vollem Umfang kooperieren. Noch rechnen wir aber alle damit, dass Stella sich in ein paar Stunden rundum erholt meldet, oder sich zumindest mal in unser System einloggt. Sollte das nicht passieren, wird Katharina Sie natürlich sofort informieren."

„Das wäre sehr freundlich von Ihnen." Sam sah erschöpft aus. Was auch immer er von diesem Gespräch erwartet hatte, war nicht eingetroffen. Und jetzt war es endgültig zu Ende.

O'Keefe eröffnete gerade den Reigen an Abschiedsformeln, da erwachte Stellas Handy zum Leben.

Keine unsichtbare Nachricht diesmal. Ein echter Anruf. Sams Augenbrauen schossen in die Höhe. So wie ich hatte er nicht mehr mit einem Lebenszeichen aus dem Ding gerechnet. Und jetzt das: eine irische Handynummer ohne zugeordneten Kontakt. Kein Klingelton, sondern der Ruf eines Echolots in ein unheimliches Nichts.

„Sorry", murmelte ich. „Das muss ich nehmen." Schnappte mir das vibrierende Ding und folgte Sams Fingerzeig in das nächste Büro, das von seinem abzweigte.

Was ich bei meinem letzten Blick zurück sah: Katharina Molin. Ihre Augen, regenschirmgroß in einem bleichen Gesicht. Als habe sie ein Gespenst gesehen. Dann schloss ich die Tür hinter mir, wischte den Telefonhörer über das Display, fluchte, wischte noch einmal.

„Hallo?"

Es klickte in der Leitung.

Ich wiederholte meine Frage. Hörte nur mein eigenes Echo, mein wild gewordenes Herz.

„Hallo?", antwortete eine Frau. Im Hintergrund das Geplapper vieler Menschenstimmen. Ein Café?

„Spreche ich mit Stella?", fragte sie mit einer Freundlichkeit, die Methode hatte. Wartete meine Antwort nicht einmal ab, weil Zeit für sie Geld war und das Geplapper im Hintergrund nicht das aus einem Café. Natürlich nicht.

„Ja, Stella hier", sagte ich. Weil sowieso schon alles egal war.

Mit singendem Akzent wünschte mir die Frau einen guten Morgen. Peggy von Microsoft, angeblich. Deren internes System hatte leider eine Sicherheitslücke auf meinem Betriebssystem festgestellt. Sie könne zum Glück proaktiv Hilfe anbieten, um die Lücke hier und jetzt zu schließen. Ob ich denn ein paar Minuten Zeit dafür erübrigen könne? Die arme Frau, wie auch immer sie wirklich hieß. Ein paar Sekunden ließ ich sie weiterreden, während ich meinem Mut beim Sinken zusehen konnte. Die Polizei und Trickbetrüger waren wirklich die Einzigen, die heutzutage noch anriefen.

2

Als ich zurückkam, war die Leitung zu StrategiCo schon gekappt, der Raum voll dicker Luft. Sam hing wie eine geschlagene Schachfigur in seinem Drehstuhl und hackte irgendwas in seine Chat-App. Über meinen Bericht zu dem Scam-Anruf schnaufte er bloß schwach. Die nächste in einer langen Reihe von Enttäuschungen.

„Ich denke, es wird Zeit, deine Kontakte bei den Guards zu aktivieren", sagte ich. Erntete dafür nur einen düsteren Blick, der nach Schuldigen suchte und fündig wurde. Bei mir.

„Das konntest du dir nicht verkneifen, oder?"

„Was verkneifen?"

„Die Sache mit der sexuellen Belästigung. *Oder Schlimmeres.*" *Das* klang tatsächlich ein wenig nach mir. Nur fieser. Wie ein gewetztes Messer. „Was sollte denn *der* Sager eigentlich?"

Gute Frage. Ich war es nicht gewohnt, so unvorbereitet in ein Gespräch gestoßen zu werden. Ohne Aktenstudium, ohne Spurenlage, nur mit dem Hörensagen eines Mannes bewaffnet, mit dem ich nicht einmal persönlich gesprochen hatte. Auftritt, mein Instinkt. Der hatte schon immer starke Meinungen vertreten. *Da ist was, Patsy,* hatte er gesagt. *Eine Nadel in diesem Heuhaufen an Fragezeigen. Na komm, stich rein.*

„Carlos hat dir erzählt, dass Stella eines Abends total aufgelöst war. Sie hat ein Buch geschrieben und ist auf ein Wespennest gestoßen, irgendwas mit Sex und Missbrauch. Stimmt das so nicht mehr?"

„Doch, das stimmt. Aber das war im Juli, wer weiß, was seitdem passiert ist? Alles könnte schon längst gelöst sein. Wir haben außer Carlos' Aussage keine Ahnung, was wirklich passiert ist."

„Etwas ist auf jeden Fall passiert. Hast du Molins Gesicht gesehen?"

Sam schüttelte den Kopf, rieb sich die Schläfe.

„Du hast sie derb attackiert, Patsy. Wer würde da nicht so aus der Wäsche schauen?"

Attackiert. So hieß das neuerdings, wenn man eine berechtigte Frage stellte.

„Sie hat dasselbe Gesicht gemacht, als Stellas Telefon losging."

„Vielleicht weil der Ton so laut war."

„Oder weil sie ihn wiedererkannt hat."

„Und das heißt?" Sam klang ungeduldig. Was erwartete er von mir? Einen Schießbefehl? War ich hier die Einsatzleitung?

„Die Leute von StrategiCo sollten mit uns kooperieren. Wie soll das klappen, wenn wir sie mit irgendwelchen halbgaren Vorwürfen konfrontieren?"

„Halbgar, aha." Ich sah an die Zimmerdecke. Eine Menge Spinnweben da oben, aber kein Mittel gegen diese Faust, zu der sich mein Magen geballt hatte. Passierte mir öfter in letzter Zeit. „Molin und O'Keefe hatten doch nur Sprechblasen zu bieten. Von Hilfe war nie die Rede, sie haben es selbst gesagt. Die wollten nur auskundschaften, wie viel wir wissen."

„Dafür hast du sicher Gründe parat."

„Ja", diktierte mir meine Wut. Die hatte es nicht so mit Sarkasmus, schon gar nicht Marke Sam, die sich hinter seinem verbindlichen Lächeln versteckte. „Falls Stella wirklich nicht zurück zur Arbeit kommt, dann wollen die vorbereitet sein. Und ihren eigenen Hintern retten, falls Stella irgendwas passiert ist, egal ob Suizid oder was anderes. Niemand soll behaupten können, sie hätten sich nicht gekümmert."

Jetzt verdrehte er noch die Augen.

„Sam. Glaub mir, ich kenne diese Corporate-Leute seit der Skiller-Ermittlung. Da waren auch alle herzallerliebst und hilfsbereit, sogar die Mörder unter ihnen."

„Ja ja, ich hab verstanden, Frau KHK." Eine bis dahin unscheinbare Ader auf Sams Stirn war jetzt angeschwollen, genauso wie seine Stimme. „Du weißt alles am besten. Noch besser wäre es aber, wenn uns nicht alle dafür hassen würden, weil wir ihnen alles gleich reindrücken müssen."

Das saß. Es wurde still. Nur die Elstern draußen vor dem Fenster hielten mal wieder nicht den Schnabel. Zeterten über irgendwas, weil Elstern eben so waren. Klug und schön und unerträglich. Wer hatte das mal über mich gesagt? War lange her, aber sicher ein Mann.

Sam schaute mich an und ich schaute zurück.

Sah nicht so aus, als würde er gleich mit einer Entschuldigung um die Ecke kommen. Im Gegenteil. In seinen Augen glitzerte etwas Irrationales, Panisches. Er schien in meinen Ähnliches zu erkennen.

Es war ein Fehler gewesen. Seiner, mich um Hilfe zu bitten bei etwas, das irgendeinen Panik-Knopf aus meiner Vergangenheit drückte. Und meiner, dass ich den Knopf jetzt erst bemerkte.

Die Faust in mir lockerte sich, dann verließ sie ganz die Kraft. So wie mich. Weil nichts Besseres in Sicht war, setzte ich mich zurück auf meinen Stuhl.

„Du weißt, wie ich bin", sagte ich zu Sam. „Warum zitierst du mich hierher, erzählst mir von Enthüllungsbüchern und kriminellen Umtrieben bei StrategiCo, wenn ich dann nichts tun soll, außer lächeln, während O'Keefe und Molin ihren Corporate-Bullshit abspulen?"

Er sagte daraufhin – nichts. Als hätte der beredte Sam Feurstein das Gebäude bereits verlassen vor lauter Angst, ich könnte die wichtigste Frage auch noch stellen:

Warum weiß die irische Polizei nicht schon längst Bescheid?

Nun also das Schweigen. Draußen zeterten die Elstern weiter. Krähen mischten sich ein. Der Geruch von altem Spannteppichboden und Desinfektionsmittel mischte sich mit dem kalten Kaffee-Aroma in Sams Tasse. Auf Sams Smartphone traf ein Anruf ein. Von einer Frau mit einem zahnlückigen Mädchen im Arm, beide in Wanderkleidung, beide das Glück vergangener Tage auf den Lippen.

Ein Anruf, der vieles klar machte und gleichzeitig alles noch komplizierter, denn: Als Sam mir gestern am

Strand in Sandycove davon erzählt hatte, wie es ihm seit der Trennung ging, hatte ich zwar alles gehört, und vieles benickt, aber nichts verstanden. Zu wenig nachgefragt, als er mir von Lino und dessen inoffiziellen Mitteln erzählt hatte.

„Manu ruft an", bezeugte ich das Offensichtliche, und ihm fiel auch nichts Besseres ein. „Ich nehme an, es ist dringend. Und privat."

Ich wartete nicht auf seine Antwort, schob mich auf dem Stuhl weg von Sam und erhob mich.

„Okay, ich warte draußen. Aber nach dem Anruf musst du mir ein paar Dinge erklären, Herr Attaché, und danach kontaktieren wir, wen auch immer du bei den Guards kennst. Aber davor brauch ich noch einen Drink."

„Es ist noch nicht mal elf", sagte er, den Finger schon am Display. Als wäre das unser größtes Problem.

Eben drum, wollte ich sagen. *Wer weiß schon, wie der Tag weitergeht, wenn er mal so anfängt wie heute?*

Ließ es. Die Lust am letzten Wort war mir vergangen. Vorerst.

Aus den *Irish Times online* am Montag, 14. September, gepostet um 08:52 Uhr

Nach Leichenfund in Ringsend: Gardaí leiten Untersuchung ein

Bildunterschrift: Bernard Petit (29) wurde in den Morgenstunden des 13. September in einer Wohnung im Sea-Lock-Apartmentkomplex in Ringsend tot aufgefunden. Die Gardaí gehen von einem „äußerst brutalen" Gewaltverbrechen aus.

Der belgische Staatsbürger war seit fünf Jahren in Dublin berufstätig und dürfte bereits mehrere Tage tot gewesen sein. Einem benachbarten jungen Paar war nach der Rückkehr aus dem Urlaub die Geruchsbelästigung aus dem Apartment des Opfers im ersten Stock des Gebäudes aufgefallen. Es entdeckte die Leiche im Wohnzimmer der unversperrten Wohnung.

Eine Untersuchung wurde eingeleitet, die ermittelnden Gardaí gehen von einem Gewaltverbrechen aus.

Die Leiche befindet sich derzeit in der staatlichen forensischen Pathologie, die Ergebnisse werden für morgen erwartet.

Der Schock über die Ereignisse sitzt tief für die größtenteils internationalen Bewohner des Sea-Lock-Apartmentkomplexes. Viele von ihnen sind in der Tech-Branche tätig, die sich in der Umgebung des Silicon Docks getauften Dreiecks zwischen Hafen, dem IFSC am nördlichen Liffey-Ufer sowie südlich bis zum Bereich Grand Canal niedergelassen haben. Die Anonymität in diesen mehrheitlich als Investitionsobjekte vermieteten Wohnungen wird immer wieder beklagt.

„Es ist hier wie in einem Taubenschlag", sagt Savita, die seit Anfang des Jahres mit ihrer dreijährigen Tochter und ihrem Mann Aaditya aus Neu-Delhi nach Dublin gezogen ist. „Es ist ein ständiges Kommen und Gehen. Einige der Wohnungen stehen leer, weil die Menschen aus der Stadt weggezogen oder in ihre Heimat zurück-gekehrt sind."

Sie ist nicht die Einzige mit dieser Erfahrung.

„Das Gefühl einer Community fehlt hier", sagt Jurek aus Krakau, Polen, der seit zweieinhalb Jahren mit sei-ner Frau im Sea-Lock-Komplex wohnt und damit am längsten all jener, die zu einem Kommentar bereit waren. „Jeder bleibt für sich, ich wüsste kaum, wer sonst noch in meinem Stockwerk wohnt. Erst recht seit der Sache mit dem Virus. Aber ehrlich gesagt gab es davor auch Zeiten, da hab ich wochenlang niemanden am Flur getroffen, geschweige denn, dass ich gewusst hätte, ob der über-haupt hier wohnt oder nicht."

Dass Mr. Petits Tod sowie die Ereignisse in dessen Apartment so lange unbemerkt blieben, wird die Bewoh-ner in Sea Lock wohl noch länger beschäftigen.

„Wir sollten wirklich mehr aufeinander achten", sagen dazu Savita und Jurek.

Die Ermittlungen sind in vollem Gange, die Gardaí führen derzeit Haustürbefragungen sowohl im Sea-Lock-Apartmentkomplex als auch in der näheren Umgebung durch.

Die Ermittlungsleitung bittet alle Personen mit mög-lichen Hinweisen auf die Garda Síochána zuzukommen. Besonderes Interesse besteht an möglichen Aufzeichnun-gen privater Sicherheitskameras oder Dash-Cams von Personen, die in der letzten Woche auf der Thorncastle Street und ihrer Umgebung unterwegs waren.

Zeugen wenden sich bitte unter 01 82 83 890 an die Garda Station Irishtown, jede weitere Garda Station landesweit oder an die anonyme Garda-Hotline 2 800 990 990.

„Hallo Irene, hier ist Detective Ed Griffin schon wieder, sorry."

„Ed! Kein Problem, schieß los."

„Sorry, dass ich dich dränge."

„Du drängst doch jedes Mal, oder?"

„Diesmal noch mehr, ich gebs zu."

„Worum gehts diesmal?"

„Die Gesprächsprotokolle für den Fall Bernard Petit."

„Das haben wir doch schon heute Früh besprochen. 24 bis 48 Stunden, wie immer."

„Ich weiß, aber wir hatten Fallbesprechung und mein Ermittlungsleiter sitzt mir total im Nacken damit."

„Habs vorhin in der Zeitung gelesen. Klingt nach einer schrecklichen Sache. Gutaussehender Typ, schade um ihn."

„Schade? Na, wer weiß."

„Du bist ja schlimm drauf."

„Ich hab schon zu viel gesehen, Irene."

„Das stimmt. Na jedenfalls, ich arbeite dran, dass ich die Protokolle freigegeben kriege. Aber du weißt ja, ich muss auch bei uns intern durch ein paar Reifen springen, bevor wir die Daten rausgeben dürfen. Das braucht eben –"

„Wir arbeiten am richterlichen Beschluss, du kriegst ihn so schnell wie möglich, das versteht sich von selbst."

„Weiß ich doch, Ed. Aber wie gesagt, die Datenschützer machen uns Providern die Hölle auch immer heißer, was wir wann und wie rausgeben dürfen. Die Bürokratie wird nicht weniger, sag ich dir und –"

„Die Hölle heißmachen ist ein gutes Stichwort, deshalb krieche ich ja vor dir im Staub. Mein Ermittlungsleiter ist einer dieser DIs aus der Steinzeit, der kann kaum

ein Smartphone bedienen, geschweige denn weiß der, dass bei euch Mobilfunkbetreibern auch nicht alles von jetzt auf gleich verfügbar ist."

„Was ist mit dem Telefon des Mannes? Das bringt euch doch mehr Informationen als unsere Protokolle."

„Autsch, du triffst heute echt alle meine wunden Punkte, Irene. Das Smartphone konnten wir noch nicht sicherstellen. Wenn du mich fragst, finden wir das auch nicht mehr. Wer immer es war, hat es wahrscheinlich gleich irgendwo im Meer versenkt, wenn er halbwegs schlau war. Sie tauchen sogar schon im Grand-Canal-Becken danach."

„Oje."

„Das ist futsch, davon müssen wir ausgehen. Deshalb haben wirs ja auch so eilig mit dem Protokoll. Der DI hat mich deswegen schon bei der Besprechung heute zur Sau gemacht. Wenn wir wenigstens die letzten Kontakte von dem Mann hätten, damit können wir was anfangen. Deshalb geh ich ja nicht nur dir auf die Nerven. Nach dir muss ich noch bei Facebook, Apple, YouTube und weiß der Geier noch wo durchklingeln und Klinken putzen. Und schon sind wir zurück bei meiner Bitte, meine Teuerste."

„Hab schon verstanden. Ich sehe zu, dass wir hier den Turbo reinkriegen, und melde mich."

„Ich küsse deine Füße, Irene."

„Wir sprechen uns noch, Ed."

Auf dem kurzen Dienstweg

1

Manuela Weigelt und Lino Schatz waren das Traumpaar der Abschlussklasse des Bundesgymnasiums 9 in der Wiener Wasagasse gewesen. *Manulino* nannte man sie damals, weil Verschmelzungen zu jener Zeit auch in Hollywood angesagt waren. Lino war der Einzige, der im eigenen nagelneuen A3 TDI zur Maturaprüfung angefahren kam, Manu das mittelständische Superbrain, das aus intellektueller Unterforderung einen ganzen Jahrgang übersprungen hatte. Und dabei noch so viel besser aussah *als die üblichen Brillenschlangen*.

Manus eigene Worte, behauptete Sam.

Die Lovestory hielt zehn Jahre lang, in denen Manuela eng in die Familie Schatz integriert wurde. Irgendwann zu eng. Aus einem Paar waren Geschwister geworden, und sie trennten sich, liebten von da an vor allem ihre Berufe. Er im Finanzbereich, sie in der Presseabteilung der österreichischen Parlamentsdirektion. Ihre gemeinsame Vergangenheit ließen sie bei sporadischen Treffen oder Telefonaten wiederaufleben, in denen sie sich manchmal noch auf Spurensuche begaben, was genau wann schiefgegangen war.

Bis Lino die Analystin Priya kennenlernte und zu ihr nach Singapur zog, Manuela bald danach ungewollt schwanger wurde. Ein One-Night-Stand, so bedeutungslos, sie bemerkte erst im vierten Monat, dass ihrer schwammiger werdenden Mitte mit Sport nicht mehr beizukommen war. Sie werde das Kind auf jeden Fall trotzdem behalten, teilte sie ihrem neuen Freund mit, den sie erst sechs Wochen zuvor bei einem Sekt-empfang des Außenministeriums für die europäischen Pressevertreter kennengelernt hatte.

Sam Feurstein, fast 40 und bis dahin ein rastloser Nomade in Sachen Liebe, war zu dem Zeitpunkt schon überwältigt gewesen von seiner erst frischen Erobe-rung. Fragen, Ansprüche und Einwände seines Egos, was er eigentlich mit dem Kind eines anderen wollte, gingen in diesem Sturm der Gefühle unter. Manu war erst 28, so seine Rechnung, da konnten sie in ein paar Jahren noch immer ein gemeinsames Kind zeugen. Mindestens.

Der Rest erledigte sich nach Hannahs Geburt. Manus kleines Mädchen drängte früher und heftiger als erwartet ins Leben, kam beinahe auf der Leder-polsterung seines Audi zur Welt. Machte sich auf und davon mit Sams Herz, da mochten ihre Haare noch so blond und ihre Augen noch so glockenblumenblau sein, und die ehemaligen Freunde von der WEGA sollten ruhig ihre blöden Sprüche weiterklopfen. Sie waren eine Familie.

Dass Manu das möglicherweise anders sah, bemerkte er erst, als sie sich für seinen Heiratsantrag Bedenkzeit erbat, und auch für das Angebot, Hannah zu adoptieren. Dasselbe ein Jahr später. Das Ergebnis ihrer Überlegungen blieb unklar. Bis Sam diese Ableh-nung auf Umwegen auch wirklich glauben konnte, war Hannah fünf Jahre alt.

Sein Ego meldete sich zurück, machte ihn wieder zum Nomaden. Hingebungsvoller Vater und Partner. Meister des Flirts. Champion im Seitensprung. Ein Spa-gat, der gut funktionierte. So lange, bis Manu es her-ausfand.

„Die Rache der Frauen, hm?", sagte ich, damit mal wieder jemand was sagte. Keine Reaktion von Sam. Die Hände am Hinterkopf verschränkt, starrte er in die Kronen der riesigen alten Bäume über uns. Seit Minuten. Das machte mir Gedanken.

Noch mehr Gedanken machte mir die Frage, wie umzugehen war mit dem Generalgeständnis, das er auf dem Weg zwischen österreichischer Botschaft und dem Garten des Grand Ballsbridge Hotel abgelegt hatte. 15 Gehminuten, ein großes Drama und ich im Dilemma.

Einerseits hatte ich jeden Grund, Sam seinen Schädel abzureißen. Oder das Herz raus, oder von wo aus immer seine verletzten Gefühle die Strippen zogen.

Inoffizielle Mittel ausschöpfen, hatte er gestern gesagt. Dabei waren die Botschaft und er als Attaché der hochoffizielle Kontakt, wenn Österreicherinnen und Österreicher in Irland in Probleme gerieten. Es sei denn, die Familie hatte sich gar nicht an die Polizei gewandt, sondern sich gleich auf ihre persönlichen Verbindungen verlassen, so wie das üblich war in Österreich. Und ich? Hatte Sams Freud'schen Versprecher gar nicht bemerkt.

War gegen mein Bauchgefühl losgerannt und mit auf die Bühne geklettert, auf der Sam für seine Ex den Helden spielte.

Kein Problem, Manu, ich finde die kleine Schwester deiner Jugendliebe, ich lass mal meine Attaché-Muskeln für dich spielen.

Was hast du dir dabei gedacht, Sam?, wollte ich ihn fragen. *Das ist eine manipulative Frau, die dich auf dem Rücken ihrer Tochter bestraft! Was erwartest du? Dass alles wieder gut wird und du wieder Hannahs Papa sein darfst, sobald Stella auftaucht? Und dann ziehst du mich auch noch mit rein in den Sumpf?*

Andererseits.

Welche Ahnung hatte ich von Vatergefühlen und was sie mit einem machten? Außerdem schien die Sonne. Ich liebte das Grand Hotel Ballsbridge. Wie es sich aufspielte mit seiner kolonialen Vergangenheit. *Seht her, damals sahen Mädchenschulen wie Schlösser aus!* Komplett mit riesigen Rasenflächen, viktorianischem Springbrunnen und himmelhohen alten Bäumen. Bisher war das Gelände meist von Bustouristen aus den USA besetzt gewesen, die auf der Suche nach ihren irischen Wurzeln einen Zwischenstopp in Dublin einlegten. Jetzt saßen wir hier fast allein nebeneinander auf einer der gusseisernen Bänke, er im Anzug und ich im Korkfußbett. Über uns das Rauschen der Brise durch die Bäume, in der Luft ein bisschen Meer, ein bisschen Erde und eine Nase voll Irish Breakfast, das man gerade für die wenigen Gäste des Hotels zubereitete. Dazu ein alkoholfreies Guinness und Cider extra dry, während durch die Bäume Sonnenlicht auf uns regnete.

Worüber sollte man sich da noch aufregen? Nun ja.

„Wann hattest du geplant, mir dieses kleine Detail zu erzählen?"

Sam kam aus seiner Nackenstarre, streifte mich mit einem Blick durch seine verspiegelten Sonnenbrillen. Wieder sowas Arschlochmäßiges, bei dem nur einer wie Sam sympathisch rüberkommen konnte. Das war seine Superkraft, unter anderem.

„Ich hab nicht gedacht, dass es eine große Sache wird, okay?", sagte er. „Stella war schon als Kind manipulativ und unberechenbar."

„Sagt Manu."

Wenn ich den Namen noch einmal höre, dachte Sam. Und ich hörte, was er dachte, irgendwo hinter meinem Trommelfell, wie Tinnitus, aber mit Stimme. Hin und wieder Gedankenfetzen von Gesprächspartnern aufzuschnappen klingt zwar spannend, ist aber erschreckend banal und hatte mir entsprechend wenig weitergeholfen, weder bei Ermittlungen noch sonst in meinem Leben. Außerdem konnte man niemandem davon erzählen, ohne für verrückt erklärt zu werden. Deshalb ignorierte ich meine eigene Superkraft meistens. Wartete auf Sams nächsten Satz.

„Ich wüsste nicht, warum sie lügen sollte. Meine Bedenken waren, dass wir mit so einer vagen Anfrage ohne handfeste Hinweise bei den Guards ganz unten auf der Prioritätenliste landen werden." Damit hatte er nicht unrecht. Man hätte wahrscheinlich ein paar Anrufe gemacht, vielleicht sogar eine Streife bei Stella vorbeigeschickt. Spätestens bei der Sache mit dem Urlaub hätte man ihn vertröstet. Ganz sicher aber hätte man Sam das Heft aus der Hand genommen und ihn zum Zuschauer am Rande gemacht. Nichts, was bei einer wie Manu gut ankam.

„Na jedenfalls dachte ich, es ist wahrscheinlich nur ein Missverständnis zwischen Stella und ihrer Familie, irgendein falscher Alarm. Und du hast immer ein gutes Gefühl bei sowas, und stellst die richtigen Fragen. Da wird sie schnell wieder auftauchen."

Hatte er gedacht. Tja, und hier saßen wir nun. Einen Tag später, keinen Schritt weiter. Aber mit Stellas Smartphone in meinem Rucksack. Mit so viel mehr Fragezeichen als Antworten. Aber der Cider schmeckte hervorragend.

„Und was denkst du jetzt, Herr Attaché?"

Er nahm die Hände vom Hinterkopf, griff sich sein halbleeres Glas und hielt es in die Höhe, schaute hindurch wie durch eine Laborprobe, die es zu prüfen galt.

„Best-Case-Szenario: Stella war im Urlaub und wollte endlich mal offline sein. Lino hat sie nichts davon erzählt, oder sie hats ihm erzählt und er hats nicht mitbekommen, warum auch immer. In ein paar Stunden sitzt sie wieder an ihrem Computer bei der Arbeit und ihr Smartphone hat sie wahrscheinlich schon als gestohlen gemeldet."

So ein Szenario hatte Sam wahrscheinlich Manu schon erzählt. Und warum auch nicht. Es klang plausibel, und Hoffnung war ein wunderbares Geschenk. Solange sie nicht enttäuscht wurde.

„Was hältst du davon?" Er wandte sich wieder mir zu. Diesmal lange genug, um einen Blick in den regenbogenfarbenen Spiegel seiner Brillengläser zu werfen.

Mein Gesicht darin voller Zweifel. Zusammengekniffene, sonnenschutzlose Augen, die Sam fragten, wie die Andeutungen von Stellas Freund Carlos in dieses Szenario passten; wie die Tatsache, dass Stella ihr Telefon einfach so zurückließ, wenn sie es doch bloß ausschalten musste, um denselben Effekt zu erzielen? Warum funktionierte es immer noch? Hätte sie es nicht schon längst als gestohlen gemeldet und die SIM deaktivieren lassen, wenn es bei ihrer Rückkehr aus ihrem Zimmer verschwunden war? Und wo war ihr Laptop abgeblieben? Dazu noch der junge Mann, der mir auf seinen neongelben Sohlen gleich zweimal an einem Tag über den Weg gelaufen war, zuerst vor Stellas Haus, und heute Morgen bei Sinéad? Weshalb dieses schockierte Gesicht von Katharina Molin, als Stellas Telefon vorhin geklingelt hatte? Der Klingelton, natürlich. Sie hatte ihn wiedererkannt, da war ich mir sicher. Vielleicht nicht mehr ganz so sicher, seit wir hier im Hotelgarten saßen, das Plätschern des Springbrunnens und des Verkehrs im Ohr, der weiter vorn auf der Merrion Road vorbeifloss.

„Hast du noch ein Worst-Case-Szenario auf Lager?", fragte ich. Sam grinste. Sein Humor hatte ihn wieder, zumindest vorübergehend.

„Das Beste an dir ist dein Optimismus, Frau KHK."

„Und das Beste an dir deine Realitätsverweigerung."

Keine Ahnung, welche Reaktion seine Sonnenbrille da gerade verbarg. Unwahrscheinlich, dass ich es jemals erfahren würde.

Eine kernige Kellnerin mit roten Backen und langer Schürze kam über den Rasen auf uns zu mit der Frage, ob wir vielleicht noch einen Wunsch hätten. Hatten wir. Nochmal dasselbe. Außerdem zweimal irisches Frühstück, vielen Dank. Kaum war sie mit unserer Bestellung in Richtung Hotel davongeeilt, meldete sich Sams Telefon.

Er zog es aus der Hosentasche, schob sich die Sonnenbrille auf die Stirn. Seine Augenbrauen zogen sich zusammen, wieder auseinander. Zuerst Konzentration, dann Verblüffung. Erleichterung, die sich noch nicht so richtig aus den Startlöchern traute.

„Frau Molin hat mir gerade geschrieben. Stella hat sich gemeldet."

„Aha. Hat sie ein neues Handy?" Ich schaute auf Stellas altes Smartphone, oder das Zweitphone, oder was auch immer hier gerade neben mir auf der Bank lag.

„Eine E-Mail. Sie hat sie mir weitergeleitet." Er kniff die Augen noch enger zusammen, hielt das Smartphone noch weiter von sich weg. Der einzige Moment, in dem auch nach außen hin klar wurde: Sam näherte sich dem gefährlichen Ende von 40. „Sieht nach ihrer

Arbeitsadresse aus", sagte er, verfiel in unverständliches Gebrummel, während er den Text überflog. Immer wieder runzelte er die Stirn.

„Gibts noch ein Aber?"

„Gibt es. Stella arbeitet heute doch nicht. Sie hat Grippesymptome." Früher hätte man so eine Mitteilung bloß achselzuckend zur Kenntnis gekommen. Jetzt hingegen: Seufzen und hörbare Sorge: „Sie wird sich isolieren und einen Test besorgen. Sobald sie wieder von zuhause arbeiten kann, gibt sie Bescheid." Er sah vom Handy auf, dann mich an, ein menschliches Insekt mit vier Augen – zwei braune, gleich darüber zwei verspiegelte.

„Glaubst du das?", fragte er.

Ehrlich gesagt, nein. Tat ich nicht. Auch nicht, als Sam mir das Handy überreichte und ich die E-Mail von Stella mit eigenen Augen geprüft hatte.

So weit, so gut. Ein bisschen kurz angebunden vielleicht für jemanden, der sich entschuldigt, aber alles bis hin zur E-Mail-Adresse machte einen authentischen Eindruck. Hörte sich legitim an. Derzeit wurden ständig Leute krank. Die Leute reagierten auf jeden Hüstler wie auf Gewehrfeuer. Gut möglich, dass Stella einfach gestresst war von ihrem unklaren Gesundheitszustand, oder sie hielt sich nicht lange mit höflichen Floskeln auf, so wie viele in ihrem Alter.

Wir sind sehr froh, gute Besserung, Stella!, hatte Katharina Molin die E-Mail ihrer Mitarbeiterin kommentiert, und Sam herzlich gegrüßt.

Ich lehnte mich zurück in die stählerne Lehne unserer Bank. Augen zu, atmen. Befragte meinen Instinkt. Der und mein ewiges Misstrauen. Steckten die Köpfe zusammen und flüsterten etwas von Verschwörung. Behaupteten, dass etwas nicht stimmte an diesem Wohlgefallen, in das sich die Situation gerade so praktisch auflöste. Ganz und gar nicht stimmte.

Wenn ich mir Sam ansah, die Furche zwischen seinen Augenbrauen und der Nasenwurzel, dachte er ähnlich. Er war nur noch nicht bereit, es laut auszusprechen. Bat mich stumm um ein wenig Optimismus. Meinetwegen.

„Am besten bringen wir Stella nach dem Essen ihr Smartphone gleich persönlich vorbei. Immerhin wissen wir, wo sie wohnt."

Sam nickte, als habe er mir gerade einen Schubs gegeben, und ich fuhr allein weiter, ganz ohne Stützräder.

„Positiv denken steht dir." Er lächelte und ich auch. Die Sonne streichelte uns die Wangen. Schritte raschelten über das Gras. Eiswürfel klickten in einem leeren Glas, kündigten die Kellnerin mit dem Nachschub an.

Ich schenkte mir gerade ein, als ein Anruf bei Sam reinkam.

Behielt den ersten Schluck im Mund, spürte seiner Kälte nach, ließ mir Kohlesäurebläschen und die Hoffnung zu Kopf steigen, während Sam irgendeiner aufgeregten Frau zuhörte, mal *hm* sagte und mal *ha,* und *Das tut mir leid.*

Schluckte erst alles runter, als er auflegte.

„Scheiße", sagte er.

Aus dem Manuskript *Projekt X* von Stella Schatz

Fünf Erkenntnisse aus acht Wochen Content-Moderation.
Und eine Frage.

1. Bei StrategiCo wird man schnell zur Veteranin.
Seit acht Wochen erst bin ich bei der Internetpolizei, und schon werde ich zur Mentorin befördert, zur Anlaufstelle für noch unerfahrenere Kolleginnen und Kollegen. Nicht, dass ich in irgendeiner Weise besser Bescheid wüsste als sie. Die Flut an selbst produziertem Content wächst nur so schnell und die Fluktuation ist so hoch, dass hier alle zwei Wochen neue Leute durch die Tür kommen. Natürlich nur im übertragenen Sinn. Mit den allermeisten von ihnen war ich nie in einem Raum, unser Großraumbüro habe ich noch nie von innen gesehen. Unser Job gilt zwar als systemrelevant, aber mein Arbeitgeber will sich als verantwortungsvoll profilieren und alle dürfen – oder müssen – von zuhause aus arbeiten. Mein bisher einziger persönlicher Kontakt war der Willkommenskaffee aus dem Pappbecher mit der Teamleiterin. Den hat sie mir aus eigener Initiative spendiert. Eine kleine Geste, die nie aus dem System kommt, nur von den einzelnen Menschen. Siehe dazu auch Punkt 3.

2. Arbeit hat kein Gefühl mehr für Privatsphäre.
Wegen der Maßnahmen arbeiten wir alle von zuhause aus und sind dadurch noch isolierter. Von den Menschen, nicht von der Arbeit. Wir arbeiten in unseren Schlafzimmern oder an unseren halb freigeräumten Küchentischen. Wir arbeiten an hastig zusammengezimmerten Ikea-Tischen, auf der Wohnzimmercouch oder in unseren Betten, mit ein paar aufeinandergestapelten Büchern

oder dem eigenen Schoß als Schreibtisch, weil das Zimmer nicht groß genug ist für Bett und Tisch. Wir arbeiten, während im Nebenraum der Mitbewohner mit der Megafonstimme den ganzen Tag Software verkauft, oder das Baby schläft, oder der Hund seinen Ausgang fordert, oder die Kids Hunger haben und Durst, aber sicher keinen Bock auf ihren Lernstoff. Offiziell ist es nur so erlaubt.

3. _Menschlichkeit findet inoffiziell statt._ Austausch und Kommunikation über unsere Arbeit wird natürlich auch von StrategiCo gefördert, mit Chatgruppen und Videokonferenzen. Aber das genügt nicht. Schon gar nicht in diesen Zeiten. Deshalb verabreden wir uns in kleinen Grüppchen, oder auch nur zu zweit, und arbeiten gemeinsam bei denjenigen, die zuhause gerade am meisten Platz und Gelegenheit haben. Diese Treffen haben etwas Konspiratives an sich, als wären wir eine Untergrundorganisation. Unsere Teamleiter verbieten es zwar und anscheinend kann man dafür ohne Vorwarnung gefeuert werden, aber sie gehen auch nicht dagegen vor. Weil sie uns brauchen. Viele haben selbst Content moderiert, bevor sie intern befördert wurden. Sie wissen, wie schnell bei diesem Job der Verstand abdriften oder ganz flöten gehen kann, denn:

4. _Content-Moderation kann furchtbar sein, ist aber vor allem furchtbar langweilig._ Die vielleicht überraschendste Erkenntnis meiner ersten acht Wochen. 90 Prozent der Zeit ist meine Beschäftigung einfach nur unfassbar öde. Wir sind sogenannten Queues zugeteilt. Auf Deutsch bedeutet das Warteschlange, und nichts anderes sind sie. Ein Bild, ein Video, ein Live-Stream nach dem anderen, eine Leitung, aus der ständig etwas Unappetitliches tropft, und manchmal ist es Gift.

Die Queues sind kategorisiert nach ihren jeweils inakzeptablen Inhalten: Hassrede, sexuelle Inhalte, Desinformationskampagnen, sexueller Missbrauch, Gewaltdarstellungen inklusive Krieg, Naturkatastrophen und so weiter. Videos landen in diesen Queues, weil sie ein automatisierter Algorithmus als verdächtig markiert hat. Egal, was die Tech-Brüder auf ihren Pressekonferenzen behaupten – nur ein sehr kleiner Prozentsatz der unpassenden Inhalte wird automatisch erkannt. Oder wird falsch erkannt. Der Rest bleibt online, so wie er ist. So lange, bis die Allgemeinheit, die wir schützen wollen, darauf aufmerksam wird. Menschen, die sich an etwas stören, das sie gerade gesehen haben. Und hier beginnt es öde zu werden. Wir gleichen sie ab mit dem Regelwerk, das unsere Kunden aufgestellt haben, und unweigerlich mit unserem persönlichen moralischen Kompass. Macht der ältere Herr an seinem Schreibtisch da einen geschmacklosen Witz oder betreibt er schon Volksverhetzung? Ist es in Ordnung, wenn eine Frau öffentlich über den Tod ihres Babys trauert? Selbstverständlich, aber was, wenn das Baby dabei in ihren Armen liegt? Ist das überhaupt ein Baby? Atmet es? Das sind die Entscheidungen, die ich und andere wie ich jeden Tag treffen. Wir sind die letzte Verteidigungslinie zwischen unendlicher Information, Tipps, Spaß und Entspannung – und den Zumutungen der dunklen Seite. So wurde es uns zumindest an meinem ersten Tag von einem der Trainer gesagt. Dazu gab es Bilder von Lichterschwertern und Superhelden. So wie viele der Kollegen habe ich darüber gelacht. Über das abgedroschene Bild, und auch ein bisschen aus Stolz, zu dieser Armee des Guten zu gehören. Jetzt lache ich vor allem über unsere Naivität.

5. *Wir schützen Menschen, aber vor allem schützen wir den Kapitalismus.* In der Content-Moderation tragen wir eine ziemlich hohe Verantwortung für ziemlich wenig Geld. Wir halten den Kopf gerade so über Wasser in einer der teuersten Städte Europas. Damit sind wir nicht alleine. So viele Berufe, die heutzutage als systemrelevant bezeichnet werden, sind schlecht bezahlt. Das ist anzuprangern, doch nicht mein Thema. Gerne werden wir mit der Polizei verglichen, der Müllabfuhr. Aber der Vergleich hinkt. Wir dienen nicht der öffentlichen Sicherheit oder leisten Lebensnotwendiges für die Gesellschaft. Schlecht bezahlt wie die Müllabfuhr, jeden Tag in Gefahr, zumindest indirekt Traumatisches zu erleben. Aber wofür kämpfen wir? Für die Ablenkung, die leichte Muse und den kurzen Lacher, den flüchtigen Kick, den Informations-Snack, die Unzufriedenheit, die von zu viel Zeit auf den Sozialen Medien kommt. Und vor allem tun wir es, damit die Kunden unserer Kunden weiterhin Geld in die Werbeplätze unserer Plattformen stecken. Wir dienen niemandem außer den Tech-Brüdern und ihren Investoren.

Und damit sind wir bei der Frage: Welche Menschen arbeiten in der Content-Moderation? Warum machen sie diesen Job, und was macht dieser Job aus ihnen?

Ein letzter Gefallen

1

Zwei Wochen lang war das Ehepaar Richard und Hannelore Novotny aus Altmannsdorf nahe Wien im Rahmen einer organisierten Kleingruppenreise den *Wild Atlantic Way* entlang von Clifden in Connemara nach Kerry geradelt. In der Nacht vor der Rückreise von Killarney zum Flughafen Dublin begann Richard zu husten und fieberte. Die bis dahin vollkommen entspannte Kleingruppe weigerte sich nun, den organisierten Bustransfer gemeinsam mit Richard und Hannelore anzutreten. Genauso die Fahrerin. An der Hotelrezeption behauptete man, das Zimmer unmöglich verlängern zu können, und den Rückflug nach Wien konnten sie ohnehin vergessen. Was tun?

Entsprechend scharf der Ton, mit dem Hannelore Novotny dem Mann am anderen Ende der Hotline der Österreichischen Botschaft in den Ohren lag.

Notlagen wie diese waren nicht Sache des Polizeiattachés Feurstein. Eigentlich. Aber die zuständige Konsulin war derzeit in den Schweizer Alpen wandern, die leitende Sekretärin hütete zuhause ihren erkrankten vierjährigen Sohn. Kamen nur noch zwei mit der entsprechenden Handlungsbefugnis infrage: der Botschafter, der seine Agenden heute von seiner Residenz aus erledigte, und Sam. Keine Frage, an wem es hängenblieb.

„Ärztliches Attest organisieren, Zimmer in einem Quarantänehotel klarmachen, einen Fahrer auftreiben, der die Leute von Killarney nach Dublin bringt", ratterte er seine To-do-Liste runter, während er sich sein Frühstück in den Mund schaufelte. „Alles machbar, versteh mich nicht falsch, aber das kostet mich Stunden, wenn nicht den ganzen Nachmittag."

Mit etwas Pech würde er sogar nach Killarney aufbrechen und die verseuchten Novotnys selbst zurückbringen müssen. „Zuallererst muss ich aber zurück in die Botschaft." Und weg war er. Ließ sein halb geleertes Pintglas alkoholfreies Guinness bei mir zurück, ein verschmähtes Stück Blutwurst – und Stellas Smartphone.

Ob ich so gut wäre und es an Stella übergeben könne? Aber nur höchstpersönlich, versteht sich. Und – wenn irgendwie möglich – mit einer aufrichtigen Entschuldigung für die Unannehmlichkeiten, die durch das verschwundene Telefon entstanden waren.

„Unannehmlichkeiten?", fragte ich. Wurde ignoriert.

„Ich melde mich dann telefonisch bei Stella, sobald du mir Bescheid gibst, dass sie es hat. Meinst du, das könntest du für mich tun?"

Auf Sams Stirn war keine Spur mehr gewesen von seinen Zweifeln in Sachen Stella. Er hatte sich für das Wohlgefallen entschieden. Verständlich. Für Realismus hatte er schlicht keine Zeit. Stattdessen ein winselnder Blick.

„Das ist der letzte Gefallen, um den ich dich bitte, okay? Also, wirklich der allerletzte."

Ich versprach, mich darum zu kümmern, kein Problem. Dabei sollte ich es eigentlich besser wissen. Ich hatte genug erlebt, genug Taschenkrimis gelesen. Das mit dem letzten Gefallen hat noch nie geklappt.

2

Zwei Stunden später stand ich wieder vor der Tür zu Stellas Haus, kurz nach dem offiziellen Beginn ihres ersten Arbeitstages nach dem Urlaub, und keine 24 Stunden nach meinem letzten Besuch.

Diesmal trocken und in etwas professionellerem Aufzug. Grüne Bluse anstatt des labbrigen T-Shirts, Khakihosen frisch von der Wäscheleine, schwarze Turnschuhe. Langweilig, aber passend zur offizielleren Form, in die ich mich bei meinem Zwischenstopp zuhause gezupft hatte. Außerdem war ich zu Fuß unterwegs. Ich verließ mich auch beim Transport ungern auf Hilfsmittel. Ein Vorteil in einer Stadt wie Dublin, wo der öffentliche Verkehr eine Kombination aus Lücke und Verspätung ist. Taxis nahm ich nur im Notfall, so wie am Vormittag.

Also zuerst 40 Minuten westwärts, entlang des Grand Canal und nach oben in die Synge Street, dann eine halbe Stunde in Richtung Süden. Palmerston Road, Nummer 121.

Hinter der Eingangstür näherten sich energische Schritte. Sie schwang auf, als warteten dahinter die hauseigenen Kampfhunde, die man bei Bedarf auf unerwünschte Eindringlinge hetzte. Ich trat einen Schritt zurück.

In der Tür eine Frau, die nicht Stella war, aber in ihrem Alter. Gerade zurück aus dem Büro, so wie sie aussah. Ihr Haarknoten etwas zerzaust, das perfekte Make-up verblasst von einem harten Tag. Darunter Augenringe, Müdigkeit. Kampfbereitschaft, getarnt hinter einem leicht fliehenden Kinn.

„Hallo." Sie musterte mich aus fahlen Augen. Entspannte sich kein bisschen. „Wer sind Sie?" Ein flötender Akzent. Wahrscheinlich französisch. Floriane. Aber jetzt war nicht der Augenblick, um mit meinem Insiderwissen aus Stellas Sprachnachricht zu glänzen. Sie war misstrauisch genug.

„Mein Name ist Patrizia Logan. Die Österreichische Botschaft hat mich geschickt. Ich soll Stella treffen und ihr etwas persönlich übergeben."

Floriane blieb unbeeindruckt. Stand da wie eine Statue, beide Beine in den Boden gestemmt, durchgedrückte Knie.

„Stella ist nicht hier", sagte sie keine Spur freundlicher als davor.

„Sind Sie sicher?"

„Ja."

Fuck. Was ging hier eigentlich vor sich?

„Können Sie vielleicht noch einmal für mich nachsehen?"

Ein kurzes Prusten über meine Unverschämtheit. Aber Florianes Knie waren jetzt weniger durchgedrückt. Zumindest das rechte.

„Hören Sie, ich hab Essen auf dem Herd." Eine schreckliche Lügnerin. Aber genau solche Leute brauchte ich. „Ich hab keine Ahnung, was hier ..."

„Bitte, Floriane. Mir wurde gesagt, Stella ist krank, also nehme ich an, dass sie auch zuhause ist."

Jetzt blinzelte sie. Irritation hatte mich schon einmal in dieses Haus gebracht. Vielleicht klappte es nochmal. Auch wenn Floriane einen weitaus klareren Kopf zu haben schien als ihr Stoner von Freund.

„Derek?", rief sie ins Haus. „Kommst du mal?" Im hinteren Teil des Hauses brummelte jemand. Lag der etwa noch im Bett? Es war halb vier.

Floriane schien sich dasselbe zu fragen. Sah plötzlich nicht mehr ganz so ablehnend aus. Nur noch verdrossen.

„Hören Sie. Es tut mir leid, dass ich so abweisend bin. Aber Sie sind nicht die Erste, die hier auf der Matte steht und was von Stella will. In den letzten Tagen waren schon mehrere Leute hier und haben nach ihr gefragt. Ich war beide Male nicht da, als die aufgetaucht sind. Aber mein Partner war hier, der kann Ihnen das bestätigen. Oder, Derek?"

Doppelfuck. Da kam Derek angeschlurft. Er trug dasselbe T-Shirt wie gestern, und dasselbe sorglose Lächeln, mit dem er wahrscheinlich schon Floriane rumgekriegt hatte. Er wirkte anwesender als gestern Nachmittag. Begrüßte mich respektvoll, als seine Freundin mich und mein Vorhaben knapp vorstellte.

Kennen wir uns nicht?, fragte sein Blick. Er sprach es nicht aus. Keine Ahnung, warum. Vielleicht traute er seiner Erinnerung nicht genug. Vielleicht war ihm bewusst geworden, dass sein Grasgeruch ihm auch heute vorauseilte, und das in der Gegenwart einer Diplomatin. So hatte mich Floriane vorgestellt. Ich hatte das Missverständnis nicht aufgeklärt und ich hatte es auch nicht vor. Ich tat einfach, als sei ich zum ersten Mal hier. Und Derek spielte mit.

„Es war wie im Taubenschlag hier", kicherte er, bevor ihm bewusst wurde, dass es nichts zu kichern gab. „Einmal stand eine Frau vor der Tür, dann wieder ein Typ. Der Typ sogar zweimal. Zumindest glaube ich, dass es derselbe war."

„Ein Typ." Floriane sprach es aus wie ein Fremdwort. „Was wollte der gleich zweimal von ihr?"

„Keine Ahnung, Flo. Mit ihr reden?"

„Stella steht doch gar nicht auf Männer."

„Was hat das denn mit irgendwas zu tun? Deshalb kann doch trotzdem einer mit ihr reden wollen." Sogar der sanfte Derek hatte seine Reizschwelle. „Wer auch immer es war, ich hab ihn nicht reingelassen, wenns dich beruhigt."

Floriane machte diesen passiv aggressiven Seufzer, den man von Frauen in aller Welt kennt. Ein Streit, bei dem ich sie vorhin offenbar unterbrochen hatte und der jetzt wieder zu eskalieren drohte.

„Hat Stella vielleicht eine Partnerin, bei der sie länger Zeit verbringt?", lenkte ich ab.

Floriane hob die Schultern.

„Ich glaub, sie hat vor einiger Zeit jemanden kennengelernt. Wenn es hoch kommt, hab ich die einmal gesehen." Ein schwerer Seufzer. „Ich arbeite in der Krankenhausverwaltung, Sie können sich sicher vorstellen, dass wir gerade alle am Rad drehen."

Konnte ich nur zu gut. Entspannte Mitmenschen wie Derek regten einen da zusätzlich auf.

„Stellas Familie macht sich Sorgen, dass ihr etwas passiert sein könnte", sagte ich. „Sie hat sich seit über einer Woche nicht gemeldet. Deshalb bin ich hier. Sie sollte heute zurück aus dem Urlaub in die Arbeit kommen und hat sich per E-Mail krankgemeldet. Ich wollte trotzdem persönlich mit ihr sprechen und hatte eigentlich damit gerechnet, sie hier anzutreffen."

Floriane und Derek wandten sich endlich voneinander ab und mir zu.

„Sorry, dass wir nicht helfen können." Florianes Schultern entspannten sich ein klein wenig. „Wenn Sie wollen, kann ich mit Ihnen nach oben gehen und Sie sehen selbst nach. Aber wäre Stella hier im Haus, hätten wir das sicher mitbekommen."

„Alles sehr hellhörig", nickte Derek beifällig. „Ich bin derzeit viel zuhause, müssen Sie wissen. Ich bin Toningenieur bei Live-Events, und da läuft gerade nicht so viel, haha, also geh ich hier meiner Freundin auf die Nerven, soviel ich kann." Er kratzte sich am Hinterkopf. Floriane sah nicht so aus, als würde sie ihm gleich widersprechen. Aber zum ersten Mal schien ein Lächeln im Bereich des Möglichen. So machte er das also.

„Können Sie sich erinnern, wann Sie Stella das letzte Mal gesehen haben?"

Kopfschütteln in Stereo.

„Irgendwann vor zehn Tagen vielleicht?" Derek kratzte sich wieder geräuschvoll den Kopf. „Oder 14?"

Dann blühte Floriane unvermittelt auf.

„Da fällt mir ein. Stella hat doch einen Schlüssel zu einer anderen Wohnung, oder nicht?" Die waldgrün lackierten Fingerspitzen auf den Lippen, schaute sie zu Derek hinüber.

„Seit wann?", sagte der, kassierte wieder einen ungeduldigen Blick. Ein echtes Traumpaar, die beiden.

„Seit sie bei uns ist", wandte sie sich an mich. „Eine ehemalige Studienkollegin von ihr wohnt weiter drinnen in der Stadt. Stella hat ihre Schlüssel für den Notfall, oder wenn sie länger weg ist." Leicht verdrehte Zähne blitzten hinter ihren Lippen hervor. Erleichterung. Vielleicht gab es doch eine simple Erklärung. „Manchmal war sie dort schon über Nacht. Vielleicht ist sie da. Oder sie hat jetzt was Ernsteres mit dieser Freundin und übernachtet bei der."

„Eher, weil sie mal wieder die Nase voll hatte von uns." Derek grinste auf Florianes Scheitel hinab, strich ihr eine der Haarsträhnen hinters Ohr zurück, hinter dem sie hervorgerutscht waren. Floriane lächelte. Versöhnung lag in der Luft, vielleicht sogar Sex. Aus den beiden sollte man schlau werden. Aber zumindest wirkten sie aufrichtig.

Wer diese ehemalige Studienkollegin von Stella war?

Keine Ahnung.

„Und diese Frau, die nach Stella gefragt hat?"

„Ich glaube, das war ihre neue Flamme", sagte Derek.

„Haben Sie von der einen Namen? Oder eine Nummer?"

Nein und nochmals nein.

„Die hatte rote Haare", sagte er, als müsse man über diese neue Flamme gar nicht mehr wissen. Musste man vielleicht auch nicht. Rote Haare. Eine Erkenntnis verhakte sich in meinen Gedanken. Riss sich wieder los, trieb weiter.

„Was ist mit den beiden Männern, die nach Stella gesucht haben? Haben Sie eine Ahnung, wer die waren?"

„Wahrscheinlich war es nur einer." Derek runzelte die Stirn. Stocherte vorsichtig im Nebel seiner Erinnerung, während Floriane vor Ungeduld schnaufte. „Er arbeitet mit Stella zusammen, hat er behauptet."

„Bei StrategiCo?", fragte ich, und Derek zeigte mit dem Finger auf mich. 100 Punkte!

„Richtig. So hieß der Laden."

„Er hatte einen Laptop unterm Arm", übernahm Floriane den Gesprächsfaden, und ich war ihr dankbar. „Und er meinte, sie seien zum Arbeiten miteinander verabredet. Das ist eigentlich auch kein Problem.

Stella hatte schon mal Kollegen hier und ...", etwas Düsteres senkte sich auf ihr Gesicht und sie verstummte.

„Hat er seinen Namen gesagt?"

Derek schüttelte vage den Kopf. „Als ich ihm gesagt habe, dass Stella nicht da ist, wurde er ziemlich unentspannt."

„Unentspannt?"

„Na ja, er glaubte mir nicht. Als wäre sie hier und ich will sie nur vor ihm verstecken oder so. Ich hab ihn weggeschickt, weil auf die Tour braucht mir keiner zu kommen. Ein paar Tage später tauchte er dann wieder auf. Er, oder einer, der so ähnlich aussah." Er verstummte, kratzte sich wieder an Brust und Hinterkopf, überrascht über die vielen Worte, die er da so nahtlos aneinandergereiht hatte.

„Wann war dieser Mann denn hier?" Mit einem Lächeln versuchte ich Dereks Rädchen zu ölen. Hatte auch schon mal besser funktioniert. „Gestern?"

„Ja, gestern", kam Floriane ihrem Freund wieder zuvor. „Sonntagnachmittag. Und zum ersten Mal am Dienstagmorgen. Und wer weiß, wann sonst noch." Sie zupfte an der Schluppe ihrer Bluse, verlagerte das Gewicht von einem Blockabsatz auf den anderen, während sie kurz mit sich rang. Dann:

„Er hat behauptet, dass er Stella am Fenster ihres Zimmers gesehen hat, und wir würden sie vor ihm verstecken. Als Derek ihn abgewiesen hat, wurde er nochmal aggressiver. Hat behauptet, er würde Leute bei der Polizei kennen und die würden sich schon um uns kümmern. Zum Glück war einer von Dereks Freunden hier und kam an die Tür. Da ist er abgehauen."

Call of Duty, dachte ich, und dann an den jungen

Mann auf der Straße vor Stellas Haus, dessen Blick ich durch ihr Zimmerfenster aufgefangen hatte. War es derselbe? War er mir zur Synge Street gefolgt und wusste schon, wo ich wohnte? Angst sprang mich von hinten an. Krabbelte mir vom Nacken in die Wangen, begrapschte mit kalten Fingern meine Brust, hatte es noch auf meinen Atem abgesehen. Aber nicht mit mir.

Ich atmete über das Stechen zwischen meinen Rippen hinweg. Legte den Kopf in den Nacken, schaute in den Himmel. Der wollte nichts wissen vom Herbst, der laut Wetterbericht schon heute Nacht über uns herfallen sollte. Ein stiller, blauer Ozean, in dem vereinzelte Vögel schwammen. Wo war oben, wo war unten, wie ging es weiter in diesem Fall? Keine Ahnung. Nur diese unnatürliche Schwüle, bevor das erste Atlantiktief der Saison den Sommer endgültig vom Sockel stieß. In meinem Rücken das schwirrende Geräusch von Radfahrern auf dem Weg irgendwohin. Sie lachten. Vor mir zwei sehr junge, sehr besorgt aussehende Menschen in der Eingangstür zu ihrem zweifellos überteuert gemieteten Haus.

„Haben Sie überlegt, diese Vorfälle zu melden?", hörte ich mich sagen. Kühl und kontrolliert, wie immer. „Sie haben Stella seitdem doch nicht mehr gesehen. Verstehe ich das richtig?"

Viel zu Kripo, ermahnte mich eine innere Stimme mit Wiener Akzent. *Fuck it, Sam. Kripo funktioniert.* Auch jetzt.

Floriane prustete wieder nervös. Fasste sich an die Ohrmuschel, in der drei Ringe steckten.

„Na ja, was sollte ich den Guards groß sagen? Derek hat mir erst heute Früh vor der Arbeit erzählt, dass der Typ schon wieder ..." Sie stockte. Kämpfte erneut mit einem Satz, der nach oben wollte. Etwas Wichtiges. So groß, es brauchte Ermutigung.

„Sind sonst noch seltsame Dinge passiert, die mit Stella zu tun haben?"

„Na ja, nicht wirklich", sagte sie, hob die Schultern. Klemmte die Schluppe ihrer Bluse zwischen Zeige- und Mittelfinger. Sie hing heraus wie eine zitronengelbe Zunge. „Aber gerade vorhin habe ich auch diesen Artikel gelesen über den Mord, und Derek und ich haben davon gesprochen, dass das ein gruseliger Zufall ..."

Welcher Mord?

„Um welchen Artikel geht es, wenn ich fragen darf?" In den letzten 24 Stunden hatte ich weder Zeit noch Nerven für die Nachrichten gehabt. Sam hatte auch nichts erwähnt. Das sprach für seinen Ausnahmezustand. Zeitunglesen war neben Essen Teil seiner Jobbeschreibung.

„Na ... na ja", kam Floriane ins Stottern. Schuldgefühle. Die Angst, etwas übersehen, nicht richtig ernstgenommen zu haben. In mir rumorte es ebenfalls. „Drüben in den Docklands wurde ein Belgier umgebracht. Sie müssen wissen, ich komme ursprünglich aus Brüssel, und außerdem kam mir das Foto von dem Opfer bekannt vor, und ..." Die Kraft entwich aus ihrer Stimme wie aus einem Ballon. „... ich glaube, der Mann war mal bei uns im Haus. Stella hat ihn mitgebracht. Wir haben uns nur einmal kurz unterhalten. Wir sind beide in derselben Gegend aufgewachsen. Ich hab ihn auf dem Foto in der Zeitung auch kaum wiedererkannt, wissen Sie, aber es gab da anscheinend einen krass kranken Vorfall und Stella ..." Pfft. Florianes Atemvorrat war aufgebraucht. Ihr Brustkorb hob und senkte sich rasch. Jetzt war es raus. Ein krass kranker Vorfall.

„Das klingt beunruhigend", sagte ich und meinte es ernst. „Können Sie mir etwas mehr darüber erzählen?"

Ein stummer Dialog zwischen Floriane und Derek. Keine Ahnung, worum es ging. Meine Superkraft des Gedankenlesens ließ mich zuverlässig im Stich. Sekunden später hob Derek die Schultern und schlurfte zurück ins Haus, ohne sich zu verabschieden. Als hätte er mich innerhalb von Sekunden vergessen, wie schon einmal. Floriane betrachtete mich, während sie mich wog und schätzte. Meine Hand klammerte sich fester um den Gurt meiner Crossbodytasche. Darin raschelte die Plastiktüte mit Stellas Handy.

„Darüber möchte ich hier nicht sprechen", sagte sie, trat einen Schritt zurück ins Haus. „Wollen Sie kurz mit reinkommen?"

3

Sprachnachricht von Patrizia Logan an Sam Feurstein, 14:04 Uhr

„Sam. Ich sags ungern, aber das mit Stella ist anders gelaufen als geplant. Ruf ihre Familie lieber mal nicht an. Ihr Handy ist noch bei mir, aber nicht mehr lange. Wahrscheinlich hängst du gerade am Telefon, oder du bist auf dem Weg nach Killarney oder irgendwas, aber ruf mich zurück, sobald du eine Minute hast. Oder besser, du hast mehrere. Stella hatte wohl eine Verbindung zu einem Mordfall, der gerade untersucht wird. Außerdem hatte sie höchstwahrscheinlich eine Affäre mit Katharina Molin. Die Jugend heutzutage, eh? Auf jeden Fall sollten wir so bald wie möglich reden. Bis dann."

*

„Entschuldige, dass ich jetzt erst zurückrufe. Und jetzt bist du was weiß ich wo. Ich hab nur ein paar Minuten, also ganz kurz mein Lagebericht: Heute ist echt ein Albtraum. Kannst du dir vorstellen, ich bin jetzt tatsächlich selbst nach Killarney gefahren! Dreieinhalb Stunden Vollgas, aber immer noch schneller, als in diesem Land bei Schönwetter einen Fahrer zu organisieren. Aber gut, lassen wir das. Was ist los mit Stella? Warum ist die nicht daheim? Ich hab mir gedacht, sie ist krank? Das heißt, du schleppst jetzt immer noch ihr Handy durch die Gegend?

Ich weiß nicht, ob es schon zu spät ist, um irgendwas zu besprechen, aber die Novotnys holen noch ihre Koffer aus dem Hotel, dann fahren wir los. Dann kann ich mal länger nicht frei sprechen, die sitzen mit im Auto.

Aber das spielt jetzt eh keine Rolle mehr. Mir ist die Sache mit Stella nicht mehr geheuer. Wer weiß, ob diese E-Mail mit der Krankmeldung von ihr überhaupt echt ist? Hab da kein gutes Gefühl mehr. Ich hab Martin Foley angerufen, der ist mein offizieller Kontakt für kriminelle Verdachtsfälle. Er war noch in einer Besprechung, aber er meldet sich dann gleich bei mir und er soll mir jemanden organisieren, der sich offiziell kümmert und das Telefon in Verwahrung nimmt. Nichts gegen dich, aber das wird schön langsam zu viel Verantwortung, du bist hier immer noch Zivilperson. Ich geb dir jedenfalls Bescheid, sobald ... oder weißt du was, noch besser: Ich leite ihm einfach deine Nummer weiter, dann kann sich Martin oder wer auch immer da zuständig ist, direkt bei dir melden. Bis dahin gibst du dieses Handy jedenfalls nicht mehr aus der Hand, es sei denn, Stella entreißt es dir persönlich, okay? Schön langsam bin ich froh, wenn diese Frau überhaupt noch auftaucht. Was für ein riesiger Haufen ... du, da kommen die Novotnys, ich muss auflegen. Wenn was ist, melde dich bitte, ansonsten hörst du von mir, wenn ich in Dublin bin und alles erledigt ist, ich denke, so gegen acht Uhr am Abend. Bis später, ciao!"

Nachricht von @TheDash an @KitCat, gesendet am 13. September, 20:17 Uhr

Ich hab mich mal ein bisschen umgesehen auf Stellas Laptop. Die gute Nachricht: Sie wird sich morgen „krankmelden", wir haben noch etwas Zeit.

Nachricht von @KitCat an @TheDash, gesendet am 13. September, 21:20 Uhr

Danke. Und die schlechte Nachricht?

Nachricht von @TheDash an @KitCat, gesendet am 13. September, 21:21 Uhr

Hab noch was anderes auf ihrem Laptop gefunden. Deine bezaubernde Stella hat an einem Buch geschrieben, da kommen wir alle drin vor. Schon gewusst?

Nachricht von @KitCat an @TheDash, gesendet am 13. September, 21:21 Uhr

???

Nachricht von @TheDash an @KitCat, gesendet am 13. September, 21:25 Uhr

Hab ich mir fast gedacht. Ich schicks dir mal, dann sag mir, was du davon hältst. Brauchst du den Laptop wieder zurück?

Nachricht von @KitCat an @TheDash, gesendet am 13. September, 21:26 Uhr

Ja. Ich will, dass er wieder bei mir in der Wohnung ist, falls sie auftaucht.

Nachricht von @TheDash an @KitCat, gesendet am 13. September, 21:26 Uhr

Kein Problem, komme vorbei.

Aus dem Manuskript Projekt X von Stella Schatz

Von Rittern, Zombies und Ahnungslosen
Eine kurze Typologie der Content-Moderator*innen

Die meisten Menschen arbeiten, weil sie es brauchen. Nicht nur um finanziell zu überleben, für ein Dach über dem Kopf, was zu essen und anzuziehen, für einen Flachbildfernseher, einmal jährlich in den Süden fahren und regelmäßig ein neues Smartphone für die Kids. Der Drang zur sinnvollen Beschäftigung und zu einem sozialen Beitrag ist grundlegend in unserer Psyche verankert. Die österreichische Sozialpsychologin Marie Jahoda nennt sie die latenten Funktionen. Wenn auch in individuell verschiedenem Ausmaß und oft kaum bewusst: Arbeit gibt uns Struktur, soziale Kontakte, Status, Identität und das Gefühl, gebraucht zu werden, ein gemeinsames Ziel zu verfolgen.

Sinn ist eine Währung ohne Geldwert, oder doch? Denn nicht selten verhält sich die Bezahlung einer Arbeit umgekehrt proportional zu ihrem Sinn. Man denke nur an die fehlende Bezahlung von Care-Arbeit zuhause, oder die meisten systemerhaltenden Berufe, von den sprichwörtlichen „Hunger-Künstlern" ganz zu schweigen.

Eine (Selbst-)Ausbeutung, immer wieder gerne verbrämt mit über zweieinhalbtausend Jahre lang kolportierten Sprüchen von Konfuzius: „Wähle einen Beruf, den du liebst, und du brauchst keinen Tag in deinem Leben mehr zu arbeiten." Anyone?

Welchen Sinn hat also Content-Moderation? Dieser Beruf ist bestenfalls moderat bezahlt. Der Status ist schlecht und es gibt kaum existenzielle Sicherheit, weil wir im Rahmen von Zeitverträgen arbeiten. Sind wir krank, werden wir nicht bezahlt. Sind wir länger als 15 Arbeitstage auf Urlaub, werden wir nicht bezahlt, dann möglicherweise gefeuert. Erreichen wir unsere lächerlich hohen Qualitätsziele länger als zwei Monate nicht, werden wir verwarnt, dann gefeuert. Jeder Tag könnte der Tag sein, an dem jemand vom Sicherheitspersonal auftaucht und uns vor die Tür begleitet, oder – in Zeiten wie diesen – vor unserer Tür steht und den Unternehmenslaptop zurückfordert. Was treibt uns an, außer die Angst um die Existenz? Erstaunlich viel, habe ich in meiner bisherigen Zeit bei StrategiCo erfahren. Trotz der alles andere als optimalen Umstände habe ich so einige Menschen, die diesen Job machen, treffen können und mit ihnen gesprochen. In gewisser Hinsicht war es sogar einfacher, die Menschen in ihrer Isolation zur Motivation zu ihrer Arbeit zu befragen. Dass es um die Recherche für ein Buch geht, blieb geheim. Wer spricht nicht gerne über die eigenen edlen Motive? Und davon gibt es zum Glück eine Menge. Aber es gibt auch einige andere, sozial weniger erwünschte Gründe, um sich auf eine Karriere im Bereich Internetsicherheit einzulassen. Diese Gründe erschließen sich nicht in geplanten Interviews, sondern im gemeinsamen Arbeitsalltag. In den Bemerkungen nebenbei, den achtlos fallengelassenen Kommentaren über ein gemeldetes Video, in einer emotionalen Diskussion über einen moralischen Grenzfall. Dies sind die Kategorien an Moderator*innen, denen ich in meiner Zeit bei StrategiCo begegnet bin:

Kategorie 1: die Ahnungslosen

Sie studieren oder brauchen schnell einen Job, um eine Lücke im Lebenslauf zu stopfen, oder sind auch „gerne in den Sozialen Medien unterwegs" (oder arbeiten an einem Buch – ha!). Es wird schon alles nicht so schlimm werden, denken sie. Sie sind immun, weil sie jung sind oder nach den brutalsten Horrorfilmen schlafen wie ein Baby, sie halten sich für unverwundbar, und sind es zunächst auch. In diese Kategorie passen streng genommen alle, die diese Arbeit zum ersten Mal machen. Je größer die Ahnungslosigkeit, desto rascher verschwinden sie wieder, meist von einem Tag auf den anderen. Wer länger als zwei Monate bleibt, fällt in zumindest eine der folgenden Kategorien:

Kategorie 2: die edlen Ritter

Sie sind die schnelle Eingreiftruppe. Die Guten im endlosen Kampf gegen das Böse im Menschen. Sie sehen einen echten Sinn in dem, was sie tun, und der ist, wie menschliche Scheibenwischer den sichtbaren Dreck dieser Gesellschaft wegzuwischen, der ansonsten ungefiltert auf uns einprasseln würde. Sie sind stolz auf sich und die Sisyphusarbeit, die sie jeden Tag leisten. Sie fühlen sich moralisch überlegen und erwarten sich Dankbarkeit für ihren Einsatz und all die Opfer, auch wenn sie es nicht zugeben. Emotional können sich die edlen Ritter beider Geschlechter nur schwer distanzieren von dem, was sie sehen. Sie beschäftigen sich über ihre Arbeitszeit hinaus mit Fällen, die sie besonders berühren. Deshalb bewegen sie sich auf einem schlüpfrigen Grat. Auf der einen Seite droht der Absturz ins seelische Burnout und eine schleichende Traumatisierung. Dieses Phänomen ist bereits von Kriegsberichterstattern bekannt. Auf der anderen Seite steht die Gefahr des Abrutschens in den Extremismus.

Kategorie 3: die Extremen

Viel wird darüber geschrieben: die Radikalisierung von Jugendlichen durch Online-Propaganda-Material in einer unheilvollen Kombination mit eigenen Überzeugungen, Erfahrungen sowie dem Kontakt mit einer bestimmten Szene.[1]

In der Content-Moderation sind extreme Propaganda, Hassreden und Missbrauch unser täglicher Job. Noch ist der Beruf zu jung für wissenschaftlich tragfähige Studien über die psychologischen Auswirkungen dieses Dauerbeschusses. Auch wenn die Forschung einen empirischen Beweis dafür noch schuldig bleibt: Der Schritt von der Filterblase (das zunehmend auf die eigene Meinung verengte Weltbild, das durch die konstante Darstellung ähnlicher Inhalte entsteht) zu einer Radikalisierung ist oft nur eine Frage der Zeit. Dazu noch die alte Binsenweisheit: Wird eine Lüge oft genug wiederholt, dann wird sie irgendwann zur Wahrheit. Eine reale Gefahr für uns in der Moderation. In StrategiCo grassieren immer wieder Anekdoten über Kolleginnen und Kollegen, die „abdrehen". Plötzlich finden sie Verschwörungstheorien einleuchtend, stalken bestimmte Konten oder steigern sich in einen Hass auf bestimmten Content hinein, oder gleich auf die Menschheit im Allgemeinen. Wie klein oder groß der Schritt von dieser Art von Obsession zu aktiven Maßnahmen ist, sei dahingestellt.

Kategorie 4: die Zombies

Auch wenn wir im Notfall Anspruch auf eine Sitzung mit unseren flauschigen Wellness-Coaches haben, bei

---

1   Siehe dazu OCCI-Bericht aus dem Jahr 2018

denen wir uns an einem schlechten Tag oder nach einem besonders traumatischen Anblick über unsere Ohnmacht ausheulen dürfen, nur zusehen zu können, aber nicht zu verhindern. Die nachhaltigere Methode, um zu überleben, ist für die meisten der Rückzug in stumpfes Funktionieren und zynische Kommentare. Denn wer will schon jeden Tag beim Wellness-Coach antanzen? Vor allem wenn das Gerücht umgeht, dass diese Gespräche weniger vertraulich sind, als behauptet wird?

Kategorie 5: die Teflons

Ein Subtyp der Kategorie 4. Gekünstelt fröhliche „Alles super, und bei dir?"-Zombies, deren Empathielosigkeit und Pragmatismus antihaftbeschichtet zu sein scheint gegen jedes Grauen. Sollte das wirklich der Fall sein, ist das noch beunruhigender. So wie die Extremen bleiben die Teflons nicht allzu lange im Job der Content-Moderation – sie steigen rasch auf ins Management.

Nachtrag zum Manuskript Projekt X vom 1. Juli

Es gibt noch eine andere Kategorie von Moderatorinnen und Moderatoren. Eine, die ich nicht für möglich oder zumindest nicht für wahrscheinlich gehalten hätte. Eines Tages bin ich persönlich darauf gestoßen, durch einen Zufall, den ich mir selbst lieber erspart hätte. Seit ich von dieser Sorte Mensch weiß, bin ich ständig auf der Suche nach ihr. Es ist nicht fair, denn die meisten von uns geben ihr Bestes, aber ich kann mir nicht helfen. Ich fahnde nach einem verräterischen Wort, nach einem seltsamen Glanz in den Augen, einem Lächeln, das nicht verlegen ist oder hilflos oder verzweifelt angesichts der Inhalte, denen wir ausgesetzt sind. Ich fahnde nach der

Freude am Leid. Nach dem Lächeln kaum unterdrück-
barer Erregung.

Kategorie 6: die Raubtiere

Dopamin Detox

1

Trinity College Park. Hinter dem Cricket Pitch dräng-
ten sich die Stadthäuser und die unvermeidlichen Bau-
kräne wie Schaulustige. Wie so viele andere hatte ich
auf der Terrasse der Pavilion Bar keinen freien Platz
mehr gefunden und saß jetzt am Rande des Spielfel-
des, umgeben von Träubchen junger Menschen. Vor
dem Hintergrundrauschen der Stadt schnatterten und
flirteten sie, stießen mit Dosenbier auf das Wiederse-
hen und das Studienjahr an, das erst in zwei Wochen
offiziell begann. Noch ein letztes Feuerwerk in Knallrot, dann zog sich die Sonne hinter die Häuser zurück.
Wer wusste, für wie lange. Aus dem Westen kletterten
schon die ersten Vorboten der Wetterfront über den
Horizont herauf. Aber noch tanzten die Mücken. Ein
Security-Mann mittleren Alters zog seine Bahnen um
den Platz, schob sich die Rundum-Sonnenbrille auf
die Halbglatze, wies immer wieder mit ausgestreck-
tem Zeigefinger auf einzelne Studenten, dann auf die
nächste Mülltonne. Kein Alkohol am Spielfeld. Man
ignorierte ihn wohlwollend, genauso wie mich.

Zwei statistische Ausreißer auf dem Uni-Gelände,
weit außerhalb des studentischen Radars. Die Schatten
wucherten, ich wickelte mich fester in meine Jeansja-
cke. Kam trotzdem nicht aus meiner Gänsehaut. Immer
wieder hielt ich Ausschau nach Männern auf neongelben Sohlen. Wartete auf ein Unwetter, das losschlagen
würde. Wann genau? Das war die Frage.

Sam stand irgendwo vor Limerick im Stau nach
einem Unfall, die aufgeregten Novotnys im Nacken.
In der Synge Street war ich gerade nicht willkommen.

Sinéad gab wie jeden Montagabend ihre Yoga-Stunden im Livestream und konnte meine angeblich negative Energie nicht im Haus brauchen. Funkstille bei Ben, der sich vorhin noch von seinem Weg in den Nacht-dienst gemeldet hatte. Mir kryptisch geraten hatte, sau-ber zu bleiben. Und auch Sams Kontakt, dieser Martin Foley, hatte sich noch nicht gemeldet. Eine kosmische Atempause. Zu viel Zeit zum Nachdenken. Darüber, was Floriane und Derek mir erzählt hatten. Über Stella Schatz und ihr Verschwinden, ihr geplantes Buch, über die heimliche Liebe zu ihrer Managerin, einen toten Belgier, und welchen Zusammenhang es zwischen all-dem gab, falls überhaupt. Über die Steine, die ich seit dem Gespräch ins Rollen gebracht hatte, und wen die letztendlich unter sich begraben würden.

So war ich durch die Stadt getigert auf der Suche nach einem Versteck vor meiner Unruhe und den Spi-onen, die ich mir hinter jeder Ecke einbildete. Etwas zum Untertauchen. Die Irische See war gerade nicht drin, Alkohol nicht die Antwort. Zumindest nicht jetzt. Meine Sinne und mein Verstand sollten an einem Strang ziehen, wenn es darauf ankam. Worauf? Erst als der Anruf reinkam, hatte ich meine Antwort.

Eine unbekannte irische Mobilfunknummer. In der Leitung eine Stimme, dunkler als in meiner Erinnerung, aber trotzdem unverkennbar melodisch. Die Stimme von Stella Schatz.

2

„Is this Miss Logan speaking?" Aus jedem ihrer Worte sprach Österreich, wenn auch nicht so deutlich wie bei Sam.

„Ja." Ich richtete mich auf, gönnte meinem aufgeschreckten Puls ein paar Takte Erholung. Stella, tatsächlich. Und sie lebte. Das war ein Anfang. „Wir können auch Deutsch miteinander sprechen."

„Ach so. Ja. Gerne." Eine kurze *Wo-war-ich?*-Pause. „Floriane hat mir Ihre Nummer gegeben. Sie waren heute bei uns und wollten mir mein Handy zurückgeben?"

Ein Lachen entkam mir durch die Nase. Ich mochte das selbstbewusste Auftreten dieser neuen Generation junger Frauen. Trotzdem fehlte mir gerade die Geduld dafür.

„Vor allem war ich auf der Suche, und zwar nach Ihnen. Seit 36 Stunden, um genau zu sein." Ich erhob mich von meiner Bank, ließ das krakeelende Leben am Cricket Pitch hinter mir, wechselte zum Rugbyfeld gegenüber. Keine 50 Meter entfernt, aber eine andere Welt, voller früh eingefallener Schatten.

„Ihre Familie versucht seit zehn Tagen Sie zu erreichen, Stella. Die Österreichische Botschaft in Dublin ist involviert. Eine Menge Hebel sind Ihretwegen in Bewegung, ich bin nur einer davon." Das klang schlimmer als Kripo: nach meiner eigenen Mutter, wenn ich mal wieder zu spät nach Hause gekommen war, auf einer Wolke von irgendwas Ungesundem schwebend. Diese Kettenreaktion aus Angst, die sich nach dem Funken der Erleichterung als Zorn entlud. Man verstand sie erst so viel später.

„Welche Hebel?" Stella verstand nichts. Oder tat so. „Das war echt ein Missverständnis, Frau Logan. Lino hat sich da in was reingesteigert. Er war schon immer recht korrekt, aber dieser krasse Beschützerinstinkt ist mir neu. So wird man wahrscheinlich, wenn man Kinder hat."

So wird man, wenn man älter wird, dachte ich. Hielt den Mund. Mit schlauen Sprüchen würde ich Stellas Vertrauen nicht schneller gewinnen.

„Lino und ich haben uns seit über einem Jahr nicht gesehen, müssen Sie wissen", erklärte sie sich. „Wir hören oft länger nichts voneinander. Lino ist super, aber wir leben in verschiedenen Welten. Er interessiert sich nicht besonders für meine, aber damit bin ich cool. Brüder, eben. Kennen Sie vielleicht, wenn Sie einen haben."

„Zur Genüge. Ich habe drei."

Stella summte flüchtig, war schon wieder woanders.

„Ich hab das mit Lino jedenfalls geregelt. Er weiß Bescheid, ich hab ihm alles erklärt."

„Wie schön. Erklären Sie es mir auch?"

„Klar, sicher." Sie holte Luft für den nächsten Anlauf. „Es war ganz banal, ich hab mich vertippt. Diese Nachricht an Lino sollte eigentlich an jemanden ganz anderen gehen. Ich habs bemerkt und sie gelöscht und dann gleich vergessen. Wenn ich geahnt hätte, dass Lino sich solche Sorgen macht ... na, auf jeden Fall hab ich nicht mehr mitgekriegt, dass Lino mich erreichen wollte. Da war ich dann schon auf Urlaub."

„Ohne Ihr Handy?"

„Ohne alles. Dopamin-Detox."

Was zum Teufel?

„Das ist wie Digital Detox, geht aber einen Schritt weiter", klärte Stella mich auf. „Man verzichtet auf alle technischen Geräte, minimiert den Kontakt zu Menschen, trinkt keinen Alkohol und isst idealerweise keinen Zucker. Lesen, schreiben oder meditieren ist erlaubt. Zumindest in der moderaten Variante. Es gibt noch radikalere, da sind nur Wasser und Meditation erlaubt, aber so weit bin ich noch nicht."

Während ich neben dem Rugbyfeld auf und ab stapfte, erzählte mir Stella Schatz, wie die Reizüberflutung durch moderne Technologien und Apps unser Belohnungszentrum bombardierte und dadurch abstumpfen ließ. Die kleinen Glücksimpulse, die Dopamin unserem Gehirn schenkte, spürten wir kaum noch. Also scrollten, likten und klickten wir uns immer weiter in eine permanente Unruhe, Konzentrationsschwäche und Unzufriedenheit hinein. Bis in die Sucht. „Ein kurzzeitiger Entzug macht diese Dopamin-Shots wieder intensiver spürbar. Danach geht man entspannt, angstfreier und glücklicher durchs Leben."

Ich blieb stehen, sah hinüber zum Rugby Pitch, wo die Laune stieg und stieg. Glasflaschen trafen aufeinander. Überall Gelächter. Schnell noch ein bisschen leben vor der nächsten Welle. Ein Konzept, das ich verstehen konnte. Im Gegensatz zu Stella Schatz.

„So verbringen Sie also Ihre Urlaube. Ohne Freuden."

Das fand sie lustig. Vielleicht die Wirkung des Dopamin-Entzugs. Vielleicht ahnte sie auch, was ich von ihrer Story hielt. Denn Stella Schatz war alles, nur nicht entspannt. Sie wirkte immer wieder nervös, unsicher. Kleine Kratzer, die ihre melodische Stimme verunreinigten, wann immer eine Lüge in die Wahrheit überging und umgekehrt. Wie bei Dads alten Schallplatten, die er geliebt und trotzdem nachlässig behandelt hatte, sie ohne Schutzhülle aufeinanderstapelte in seiner Eile, das nächste Lied zu hören, ständig den Plattenarm zurück zum Anfang seiner Lieblingssongs setzte. Kratzer, die ich schon am Cricket Pitch wahrgenommen hatte, trotz der vielen Nebengeräusche. Jetzt waren sie unüberhörbar. Weckten etwas in mir, das sich jetzt aufrappelte, die Schnauze in den Wind hielt und die Ohren spitzte, während Stella in ihrer Nervosität weiterredete.

„Ich starre beruflich ständig in irgendwelche Bildschirme. Alle paar Sekunden oder spätestens nach einer Minute sehe ich was Neues, und nie weiß ich, ob es was Schlimmes sein wird. Das geht so seit Monaten. Deshalb bin ich auch privat nicht mehr auf Social Media. Ständig war ich nervös, ob irgendwo jemand in der Content-Moderation gepatzt hat oder einfach irgendwas übersehen hat und ich wieder was Schreckliches sehe. Ich weiß selbst, dass das eigentlich höchst unwahrscheinlich ist, aber trotzdem: Da draußen sind so viele kranke Schweine unterwegs, verstehen Sie?“

Verstand ich. Das kam mit meinem Geschäft. Wer jahraus, jahrein mit Schwerstkriminalität zu tun hat, sieht sich irgendwann nur noch von Bösewichten und niedrigen Motiven umgeben. Erst recht, nachdem man einmal festgestellt hat: Diese Bösewichte tummeln sich nicht nur irgendwo da draußen. Manchmal auch dort, wo wir uns am sichersten vor ihnen fühlen.

„Und wohin geht man heutzutage zum Dopamin-Detox?“, fragte ich Stella.

„Das war nicht sehr fancy. Ich hab den Schlüssel zur Wohnung von einer ehemaligen Studienkollegin von mir, die ist mitten in der Stadt. Wenn sie weg ist, gieße ich ihre Pflanzen, oder ich kümmere mich um die Katze. Die hat starke Trennungsängste. Also hab ich sie eine Woche lang gestreichelt, und jetzt ist meine Freundin wieder da.“

„Ein bisschen Dopamin war also doch für Sie drin.“

„Sie meinen wahrscheinlich Oxytocin.“ Stella Schatz hatte gerne Recht. So wie ich. Und man musste es ihr lassen, bisher lieferte sie keine schlechte Performance ab. Ihre Flunkereien hatte sie so fest in die Wahrheit gewickelt, man konnte beides kaum voneinander unterscheiden.

Eine Katze mit Trennungsangst? Das war zu absurd, um es zu erfinden. Dafür hatte sie ihre Krankmeldung von heute Mittag vergessen. Niesen, Schnupfen, Heiserkeit? Keine Spur. Nicht einmal eine belegte Stimme. Und auch ihr Notizbuch schien sie nicht zu vermissen, das noch irgendwo bei Sam in einer Schublade lag. Alles, was zählte, war ihr Smartphone. Oder das, was sich in seinem Speicher verbarg.

Die Frage war bloß: Gefährdeten die Inhalte, an die Stella so unbedingt gelangen wollte, bloß ihr Selbstwertgefühl? Ihr Verhältnis mit ihrer Familie? Oder das Wohlergehen von Menschen? War das Smartphone wirklich bei Stella am besten aufgehoben? Oder besser doch bei den Guards?

Nur eine Möglichkeit, das rauszufinden.

„Sagt Ihnen der Name Bernard Petit etwas, Stella?"

Grabesstille. Zwei, drei, vier Sekunden. Dann hatte sie sich wieder im Griff.

„Wie kommen Sie jetzt auf *den*?"

„Weil er ein Kollege von Ihnen war, und weil er tot ist. Wussten Sie das?"

„Erst seit vorhin." Nachdenkpause. „Es kam in den Nachrichten." Sie machte sich nicht einmal die Mühe irgendwelcher Floskeln der Bestürzung. Sie überlegte. Wartete auf meinen nächsten Zug.

„Sie und Bernard haben aber oft zusammengearbeitet, oder?"

„Von wem haben Sie das?"

„Floriane."

„Ah ja." Stella schnalzte mit der Zunge, ihre Atemzüge wieder tiefer. „Die Flo liebt ihren Gossip, auch wenn sie null Ahnung hat. Bernard war einmal, höchstens zweimal bei uns im Haus. Wir waren Teil einer Gruppe, die immer wieder miteinander gearbeitet hat. Aber das ist Monate her. Bernard arbeitet schon seit Juni nicht mehr für StrategiCo. Seitdem habe ich ihn nicht mehr gesehen." Stellas Stimme war inzwischen so dünn und spitz, man konnte eine Schallplatte damit abspielen. Oder zerkratzen.

„Kein schöner Tod, wenn man zwischen den Zeilen liest."

Keine Reaktion.

„Besonders schockiert scheinen Sie darüber nicht zu sein", sagte ich. „Oder gar traurig."

Stella stieß einen unbeschreiblichen Laut aus. Eine einzige Silbe, die wenig zu tun hatte mit der leicht verpeilten, aber harmlosen Tochter aus gutem Hause.

„Ich wünsche niemandem den Tod", sagte sie.

Ein paar Sekunden schwebte der Satz zwischen uns. Ich sah einem Eichhörnchen hinterher, das direkt vom Cricket Pitch her auf mich zuhopste, irgendein Diebesgut zwischen den Kiefern, und sich auf einen der Kirschbäume flüchtete.

„Wollten Sie noch etwas dazu sagen, Stella?"

„Er sah gut aus und war nett. Alle mochten ihn, und ich auch." Sie räusperte sich, als wollte sie damit eine Menge unerwünschter Erinnerungen loswerden. „Aber Bernard hatte ein zweites Gesicht, und das hab ich irgendwann gesehen."

Ich unterbrach meinen Marsch, hielt Ausschau nach dem Eichhörnchen, das über mir in der Baumkrone raschelte. „Wie sah es denn aus, dieses zweite Gesicht?"

Bernard Petit war schon fünf Jahre lang Content-Moderator und somit ein Veteran der Branche. Seit eineinhalb Jahren arbeitete er bei StrategiCo und war genauso lange schon einer der Besten im Team. Er arbeitete auf Französisch, Niederländisch, Deutsch und Englisch, mit kaum Qualitätseinbußen, war unter den zehn Prozent der produktivsten Mitarbeiter und schaffte es als einer der wenigen, konstant den geforderten Qualitätsquotienten von 97 Prozent richtiger Entscheidungen zu halten. Meist übertraf er ihn noch. Deshalb setzte man ihn auch in der internen Qualitätskontrolle ein, wo er die Arbeit der weniger erfahrenen Kollegen noch einmal neu analysierte und bewertete. Ein undankbarer Job, weil er damit oft genug über die berufliche Zukunft der Content-Moderatoren entschied. Wer zu viele Fehler machte, geriet schnell ins Visier des Managements, und wer sie wiederholte, flog raus. Jedes virale Schock- oder Hass- oder Fake-Video war ein PR-Problem für den Kunden, und das galt es zu vermeiden.

Trotz allem war Bernard beliebt. Er war hilfsbereit, schulmeisterte niemanden und hatte trotz der schwierigen Natur seines Jobs für jeden ein Lächeln oder einen Scherz fragwürdiger Qualität übrig.

Der Typ ist eine fucking Maschine. So wurde er Stella während des Trainings an ihrem ersten Arbeitstag vorgestellt. *Irgendwas ist an ihm bestimmt faul. Wir wissen nur noch nicht, was, haha.*

Dass ihr ausgerechnet Bernard als sogenannter *Buddy* zur Seite gestellt wurde, an den sie sich bei Grenzfällen mit Fragen wenden konnte, empfand Stella als Glück. Neben den Ratschlägen sorgte er sich darum, dass sie als Neuling mitten im Lockdown nicht zu isoliert blieb, unterhielt sie in Pausen bei regelmäßigen Videocalls mit Anekdoten aus den goldenen Zeiten der Content-Moderation, als man noch mit den Angestellten von Facebook, Skiller und YouTube in einem Büro sitzen durfte, in den Genuss der sagenhaften Buffets und anderer Streicheleinheiten durch die Unternehmen kam, und so weiter.

Dass die verwöhnte Tech-Elite jetzt ebenfalls im Homeoffice festsaß, genauso wie die ausgelagerte *Putzkolonne*, wie Bernard das Team immer nannte, amüsierte ihn ungemein. Wie die jetzt wohl überleben würden, ganz ohne Massagen und auf eine selbstständige Nahrungsbeschaffung angewiesen?

Irgendwann schlug er Stella vor, gemeinsam in seinem Apartment zu arbeiten. Das war nichts Ungewöhnliches. Wer konnte, arbeitete zumindest ein paar Mal in der Woche zu zweit oder in kleinen Gruppen. Die Maßnahmen wurden von den meisten Mitarbeitern von StrategiCo ignoriert, und solange es keinen Ärger gab, gab es auch keinen Ärger von StrategiCo. Alle schlugen sich durch die seltsamen Zeiten, so gut sie eben konnten.

Dass er eine Schwäche für sie entwickelt hatte, bemerkte Stella erst, als er sie dazu einlud, bei ihm zum Abendessen zu bleiben. Ein netter Abend mit selbstgekochter Pasta, Wein für ihn, Gin Tonic für sie, und als Nachtisch hatte er eine Linie Koks serviert, die sie angeblich abgelehnt hatte.

Das war schon der pure Leichtsinn damals, sagte Stella, die es inzwischen besser wusste, so wie wir alle manchmal.

Als Bernard sie schließlich immer starrer aus seinen geweiteten Pupillen fixierte und ihr näher rückte, hatte Stella ihm eröffnet, dass sie zwar schon auch Männer mochte, aber derzeit eine Frau datete, sie waren auf dem Weg zu etwas Exklusivem. Er solle ihr nicht böse sein.

War er auch nicht. Zumindest nicht genug, dass es Stella aufgefallen wäre.

Verstehe, hatte er gelacht und sich seinen sandfarbenen Dreitagebart gekratzt: *Schon okay, ich steh eigentlich mehr auf Jüngere.*

Sie hatte es für einen Scherz gehalten. Beide waren zur Tagesordnung übergegangen, ohne gemeinsames Abendessen.

Ihren Irrtum erkannte Stella erst Wochen später, und aus reinem Zufall. 30. Juni, sie erinnerte sich noch genau an das Datum. Sie hatten zu zweit in Bernards Apartment gearbeitet und Take-out-Sushi bestellt. Irgendein neuer Fahrer hatte bei Bernard angerufen, weil er den richtigen Zugang zum Apartmentkomplex nicht finden konnte. Bernard unterbrach seufzend seine Arbeit, verschwand aus der Wohnung, um den Mann einzuweisen. Vergaß dabei, seinen Computer zu sperren.

Stella, gerade auf dem Weg zurück von der Toilette, fiel es auf. Bernards Arbeitsplatz dominierte das Wohnzimmer und erinnerte an ein Cockpit. Ergonomischer Stuhl, zwei große Monitore wölbten sich wie Kinoleinwände, dazu noch sein Laptop mit externer Tastatur dazwischen. Er brauche den Überblick, behauptete er und machte sich nichts draus, wenn Kollegen darüber lachten.

Stella war zu verstört zum Lachen. Auf einem der

Bildschirme war das vertraute Interface, mit dem auch sie arbeitete. In einem großen Fenster war ein Standbild des nächsten Videos zu sehen, das auf seine Prüfung, Kategorisierung, Absegnung oder Löschung wartete. Eine junge Frau stand darauf im Camouflage-Bikini, mit Militärschuhen und dem Gesicht voller Tarnschminke in einem Schießkeller, hielt eine großkalibrige Waffe auf ihr Ziel: ein riesig aufgeblasener Ausdruck vom Gesicht des französischen Präsidenten. Arrogant und zurechtweisend sah er seiner zweifellos unmittelbar bevorstehenden standrechtlichen Zerfetzung entgegen. So weit, so alltäglich. Bernard arbeitete gerade an den „Spinnern". So nannte er die Queue, in der potenzielle Hassreden landeten.

Das Problem war das Mädchen auf dem anderen Bildschirm. Kein Interface, einfach nur ein Video. Ebenfalls pausiert. Es war aus einem Chatfenster ausgeklinkt, das noch auf Bernards Laptop geöffnet war. In Stellas Augen war das Mädchen keine zwölf, ihre Brüste nicht viel mehr als eine Andeutung und nur sichtbar, weil sie unverhüllt waren. Ein grotesker Widerspruch zum professionellen Glitzer-Make-up, zum beklommenen Mund in Knallrot, zu den großen fragenden Augen, die verführerisch in die Kamera zu blicken versuchten. In ihrer linkischen Pose sah sie aus wie eine Babyversion der Venus von Botticelli, ihre kindliche Hand verhüllte eine Scham ohne Haare. In der Mitte ihres Unterarms fünf aneinandergedrängte Schnittwunden verschiedener Heilungsstufen, mit einem Zentimeter Abstand noch einmal zwei. Ein Barcode der Selbstverletzung.

Im Chatfenster auf Bernards Laptop blinkte noch der Cursor.

Ciara_Tiara: So besser?

Bruder Jacob: Viel besser. Du bist wunderschön! 🫶 👆

Ciara_Tiara: 🫣 🫣 Das Make-up hat meine Schwester gemacht. Die ist schon 15.

Bruder Jacob: Cool. Wie heißt sie?

Ciara_Tiara: Marina.

Bruder Jacob: Schön, aber nicht so wie deiner. Alles an dir ist 👆. Hat Marina auch einen Freund?

Ciara_Tiara: Nein, aber sie will unbedingt einen, glaub ich.

Bruder Jacob: Gleichaltrige Mädels find ich so langweilig.

Ciara_Tiara: 💀 💀 💀 Du hast ja mich. 💀 💀 💀

Bruder Jacob: Erzähl ihr bloß nichts von uns! Ältere Schwestern petzen gerne bei den Alten, wenn sie eifersüchtig sind.

Ciara_Tiara: Meinen ist das egal. Denen ist immer alles egal.

Bruder Jacob: 👁 👁 Du hasts gut. Meinen nicht. Wenn die wüssten, was du mir da für Fotos schickst. ⌛ 👆 Hast du noch mehr?

5

„Bernard war ein Groomer?"

„Auf gut Deutsch war er ein Pädo der miesesten Sorte." In der Leitung wurde es eng, so voll Abscheu war Stellas Stimme. „Schon klar, man kann sich nicht aussuchen, ob man auf Kinder steht. Aber die noch so hinterhältig auszunutzen, ist einfach das Letzte. Dieser Chat mit dem armen Mädchen war ewig lang, der ging mindestens zwei Monate zurück."

„Das haben Sie alles zurückverfolgt?"

„Na ja, ich hab gescrollt, solang es ging. Ich wollte nicht, dass er mich vor seinem Computer findet, wenn er zurückkommt, oder dass der Bildschirm noch aktiv ist, das wäre alles zu auffällig gewesen. Aber ich konnte mir nicht helfen. Ich war so fassungslos. Ich hab eine Bestätigung gebraucht, dass es wirklich wahr ist und ich meinen Augen trauen kann, verstehen Sie?" Sie wartete so lange, bis ich zustimmend summte. „Und ich bin sicher, der hatte auch was mit anderen Kindern laufen. Und das waren nicht nur alles Mädchen. Aber es war nicht genug Zeit, das alles wirklich zu verifizieren. Bernard war nur kurz weg, um unser Sushi an der Tür abzuholen."

Stellas Schweigen daraufhin ließ mich frösteln. Die Dämmerung hatte während ihrer Erzählung eingesetzt, jede Minute sackte die Temperatur weiter ab. Aufbruchstimmung am Cricket Pitch, das Lachen schwoll noch einmal an, einzelne Johler stiegen wie Vögel in den Himmel, während der Mann von der Security das Partyvolk aufzuscheuchen begann. Der Park würde demnächst schließen. Ich hielt nach dem Eichhörnchen Ausschau, aber es war verschwunden, so wie der Sommer.

„Und wie war das Sushi?", fragte ich.

Stella machte ein Geräusch, als habe sie sich verschluckt. Aber wenn wir im Augenblick etwas brauchten, dann war es Humor frisch vom Galgen.

„Sie sind echt arg drauf, Frau Logan. Aber ja, es war ein Albtraum. Ein oder zwei Stücke habe ich runtergewürgt, dann hab ich ihm gesagt, dass mir schlecht ist. Hat ja auch gestimmt. Ich hab fast eine Stunde durchgehalten, aber bei jedem Tippgeräusch ist mir noch schlechter geworden. Jedes Schnaufen von dem hat für mich nur noch pervers geklungen." Es gab keinen Platz mehr in Stella Schatz' Leben für Bernard Petits Namen. Nur noch Artikel und Präpositionen. „Ich war komplett durch den Wind, auch den ganzen Abend noch und die Nacht, ich konnte nur an dieses Mädchen denken und was er als Nächstes von ihr will und wohin er es möglicherweise weiter verteilt. Unsere Queues sind ja voll davon. Und er hat einfach so weitergemacht, pfft, als wäre nichts. Ich hatte so eine Wut im Bauch."

Eine Wut, die ich hören und spüren konnte. Und vor allem erkannte ich sie wieder. Von meinen Kollegen aus dem K17. Die hatten tagein, tagaus mit sexueller Gewalt zu tun und ihre liebe Not, Leuten wie Bernard Petit wasserdicht nachzuweisen, was sie getan hatten. Es gab dermaßen viele Online-Groomer, dass so manche Untersuchung schon an den Fristen der Datenschutzbestimmungen scheiterte, die eine Vorratsdatenspeicherung nicht länger als 18 Monate zuließen. Was blieb einem da, außer die eiternde, nässende Wut? *Selbstjustiz.* Das Wort zischte in mir wie ein angerissenes Streichholz.

„Haben Sie Bernard jemals damit konfrontiert?", fragte ich. Schnappte den Blick des Security-Mannes auf, der auch zu mir herüber gestikulierte. Es war Zeit, zu gehen. Die Dämmerung kam.

„Neein." Ihre Empörung holte die Wienerin aus Stella. Langgezogene Vokale, die sich gerne beklagten. „Mit dem war ich fertig! Von dem wollte ich kein einziges Wort mehr hören. Am nächsten Tag hab ich gleich in der Früh meine Managerin informiert. Die hat es an die Personalabteilung weitergeleitet. Zwei Tage später war er freigestellt, und eine Woche danach wurde er gefeuert. Meine Managerin ist da rigoros."

„Ihre Managerin, ist das Katharina Molin?"

„Ja." Stella war genervt von diesem Gespräch. Dass es so lange dauerte, hatte sie nicht geplant. Schon gar nicht die Richtung, die es genommen hatte. „Also, es gab dann eine interne Untersuchung, gleich am selben Tag. Das muss man den Leuten von StrategiCo lassen, die haben sehr schnell gehandelt. Aber sie machen sich eben in die Hosen vor den Kunden. Wenn da das Gerücht auftaucht, dass die Mitarbeiter irgendein Schindluder mit den Inhalten aus ihren Netzwerken treiben, dann geht der Laden in die Luft."

„Ich dachte, das war eine private Sache von Bernard."

„Eben nicht nur. Sie haben nochmal alle seine Systemaktivitäten gecheckt, und da kam raus, dass er auch Streams aus unserem System mitgeschnitten hat. Da waren schrecklichste Sachen aus unseren Escalation Queues dabei, die Details wollen Sie gar nicht wissen."

Da hatte sie Recht, wollte ich nicht. Im Augenblick wollte ich nicht mal wissen, woher sie all diese Details hatte. Stattdessen hörte ich Stellas verausgabtem Schweigen zu, das ihrem Redeschwall folgte. Ließ mich zum Rauschen ihres Atems in Richtung des Ausgangs zwischen College-Gelände und Nassau Street treiben. Genoss ein Gefühl der Verbundenheit, das intensiv, unerklärlich und irgendwie schön war. Lost and found. Vor allem war es kurzlebig, denn Stella schien es keineswegs zu teilen. Sie war auch nicht so verausgabt wie angenommen.

„Wer sind Sie eigentlich, Frau Logan?", fragte sie ohne Anlauf. „Flo sagt, Sie sind von der Österreichischen Botschaft, aber Sie klingen so ... so ..."

„... deutsch?"

„Lenken Sie nicht schon wieder ab. Sie stellen mir ständig Fragen, aber beantworten selbst nie welche. Als würden Sie mich verhören. Ist das eine Taktik von Ihnen?" Stella Schatz hatte viel Grips, aber wenig Geduld. Vielleicht war es ihr auch egal, wer ich wirklich war. Ich hatte ihr Handy in meiner Gewalt. Mehr zählte nicht für sie. „Mein Phone war in meinem Zimmer, unter der Bettdecke." Stoff raschelte in der Leitung wie zur Bestätigung. „Jetzt ist es weg. Das haben Sie doch gestohlen, oder nicht?"

Alles gute Fragen. Ich hatte auch eine: Wie kam Stella überhaupt auf mich? Hatte sie es von Katharina Molin? Oder von Derek? Nur, weil er nichts erwähnt hatte, konnte er mich trotzdem während meines Besuchs erkannt haben.

„Nicht gestohlen. Ich habe das Handy für Sie verwahrt. Zur Sicherheit."

„Ach so, zur Sicherheit." Sie zog das Wort übertrieben in die Länge.

„Sie können beruhigt sein, ich hatte zu keiner Zeit Zugriff auf irgendwelche Inhalte. Sie kriegen es genauso wieder, wie Sie es zurückgelassen haben." Das stimmte zumindest zur Hälfte.

Sie schnaufte trotzdem abfällig. *Das kann jeder sagen.*

„Wie kommen Sie überhaupt dazu? Sich in mein Haus einzuschleichen?"

Also doch. Derek, alter Stoner. Die unterschätzte man manchmal. Ich scherte aus dem dichten Fußgängerverkehr auf der Nassau Street aus und bog in die ruhigere Kildare Street ab. Hier gönnte sich Dublin mal etwas britisches Grandeur. National Gallery. Hintereingang zum Leinster House, davor eine Handvoll Menschen mit Protesttafeln, die das Ende von irgendwas forderten.

Nur Stella schwieg noch immer. Wartete auf meine Antwort, oder noch wahrscheinlicher auf eine Entschuldigung. Keine meiner Stärken.

„Sie wurden als vermisst gemeldet, Frau Schatz. Ein zurückgelassenes Smartphone ist heutzutage ein Alarmsignal und zugleich wichtigste Informationsquelle, wäre Ihnen etwas zugestoßen, hätten wir ...“

„Hätte, wäre, wenn!“ Mit jedem Wort wurde sie lauter. „Ich bin eine erwachsene Frau und habe ein Recht auf Unerreichbarkeit.“

Mein Lachen war schneller als ich.

„Mag sein, aber kündigen Sie Ihre Unerreichbarkeit beim nächsten Mal bitte an. Erwachsenen Frauen sind schon viele schlimme Dinge passiert. Sogar erwachsenen Männern. Das könnte Ihnen Bernard Petit sicher bestätigen, wenn er noch am Leben wäre.“

Zugegeben, mit Sätzen wie diesen macht man sich nicht zum Publikumsliebling. Aber sie sind ziemlich effektiv. Sprengen den Weg frei für Emotionen, und manchmal sogar die Wahrheit. Auch, wenn sie in Form einer Lüge daherkam.

„Mir ist aber nichts passiert“, sagte Stella nach einer langen Pause. Die lauernden Tränen überzogen mit einer Eisschicht.

„Und darüber bin ich sehr froh.“ Auch wenn sie mir nicht glaubte, sie sollte es wissen. „Aber ich bitte Sie. Sollte sich auf Ihrem Telefon irgendetwas befinden, das Sie besorgt, wenden Sie sich an Ihre Familie oder sonst jemanden, dem Sie vertrauen. Oder an Herrn Feurstein von der Österreichischen Botschaft. Der hilft Ihnen weiter." Mein Ratschlag verhallte, sein Effekt fraglich.

„Sie kennen meine Familie nicht, Frau Logan", sagte sie.

„Ich kenne meine eigene, das reicht mir."

Doch noch ein Lachen. Etwas knisterte darin wie offenes Feuer. Schön.

„Dann sind Sie auch die ewige Enttäuschung?", fragte Stella Schatz und kratzte mir damit einmal quer übers Herz.

„Da müssen Sie meine Mutter fragen", sagte ich. Ruth Wieland. Iron Lady. Ruthless. Namen, die mein Dad ihr immer dann gegeben hatte, wenn sie eines seiner Luftschlösser abriss. Ich sollte sie wieder einmal anrufen.

Plötzlich außer Atem, blieb ich stehen. Begegnete dem Blick des livrierten Portiers, der sich vor dem Eingang zum Merrion Hotel langweilte. Weiße Handschuhe, Zylinder, Knopf im rechten Ohr.

In meinem noch immer Stella Schatz.

„Und wann krieg ich mein Phone zurück?"

„Wann immer Sie wollen."

„Okay." Elektrisiert von meiner plötzlichen Kapitulation, legte sich ein Schalter in ihr um. Es gab wieder einen Plan.

„Wie wärs um halb neun in der Dawson Street?"

„Ich kann es Ihnen auch nach Hause bringen."

„Nein, nein. Dawson Street ist perfekt."

„In Ordnung." Das war in knapp eineinhalb Stunden.

„Kennen Sie Hodges & Figgis?"

„Den Buchladen? Kenne ich, ja."

„Ich schlage vor, wir treffen uns einfach davor."

„Na dann. Ich werde da sein. Wie erkenne ich Sie?"

„Braune Haare, Brille, und ich trage heute ein graues Sweatshirt, da steht ,Triggerwarnung' drauf." Sie schmunzelte laut. Über den Witz, den ich nicht verstand, oder weil sie sich nicht helfen konnte in ihrer Erleichterung.

Ohne Worte, nur mit schiefgelegtem Kopf und geknicktem Lächeln fragte mich der Portier, ob alles in Ordnung sei bei mir. Nein. Nichts war in Ordnung. Der Frau der Stunde war der Kampfgeist ausgegangen und sie klammerte sich gerade wie eine Ertrinkende an mich.

Anstelle der Wahrheit entschied ich mich fürs Nicken und Lächeln. Alles okay. So wie ich es angeblich mein Leben lang schon viel öfter hätte tun sollen.

Der Portier tippte sich an den Zylinder, machte eine galante Verbeugung. Und ich machte, dass ich weiterkam.

Nachricht von @LaStella an @KitCat, gesendet um 18:02 Uhr

Hey you, es ist geregelt, so wie abgemacht. Sie bringt das Phone um halb neun in die Dawson Street. Wir treffen uns vor Hodges & Figgis.

Nachricht von @KitCat an @LaStella, gesendet um 19:24 Uhr

Ok. Ich sags den anderen. Was weiß sie?

Nachricht von @LaStella an @KitCat, gesendet um 19:25 Uhr

Ich krieg den Vibe, dass sie von uns beiden weiß. Derek wahrscheinlich, der Gobshite. Er konnte mir gar nicht in die Augen sehen, seit ich zuhause bin. Vom Squad hat er aber keine Ahnung, und die Frau von der Botschaft auch nicht, 100 Pro. Also dann vor Hodges & Figgis, oder?

Nachricht von @KitCat an @LaStella, gesendet um 19:27 Uhr

Ja. Ich sag dir noch Bescheid. Wenn nicht, rührst du dich trotzdem nicht vom Fleck. Was auch immer passiert, ok?

Nachricht von @LaStella an @KitCat, gesendet um 19:27 Uhr

Was auch immer passiert. ♡

1

Portobello in der späten Dämmerung. Schlechtwetterwolken marschierten über Backsteinbauten auf, als Vorhut der auffrischende Wind, der mit allem spielte, was sich mitreißen ließ. Blätter, leere Chipstüten und Plastikflaschen, die Haare, die sich aus meinem Pferdeschwanz gelöst hatten. Kaum ein Fenster in der Synge Street unerleuchtet. Dahinter saß das angesagte Dublin über 30 im Homeoffice, absolvierte späte Online-Meetings oder kochte, scheuchte die langhaarigen Kinder im Pyjama durchs Zimmer, räumte den Esstisch ab, knipste die Lichterketten an, bereitete sich vor auf einen Abend auf der Couch. Nirgendwo zugezogene Vorhänge oder Milchglasscheiben oder Rollos so wie in München. Die Menschen hatten andere Sorgen als ihre Privatsphäre.

In Sinéads Küche rührte meine Cousine, noch in ihren Yoga-Klamotten, im großen Emailletopf unserer Dublin-Nana. Ihr fast berühmtes Pub-Curry. Ich roch es schon auf der Treppe zum Eingang. Ein Hühnercurry, das nichts mit Indien zu tun hatte, aber viel mit Mango-Chutney und Sahne. Mit Erinnerungen, die mich noch vor ein paar Jahren kaltgelassen hätten.

Reflexartig schob Sinéad sich ihre Lesebrille in die Haare, als ich in die Küche kam. Die empfand sie immer noch als persönlichen Affront des Alters an ihr.

„Pat. Hab dich gar nicht gehört", sagte sie. „Und Fritz auch nicht."

„Liegt vielleicht an *Rage against the Machine*?"

Sie bat den Lautsprecher um Ruhe, *Killing in the*

Name of erstarb. „Namaste", sagte meine Cousine in die abrupte Stille. Fritz' Krallen klickten auf dem Parkettboden, als er mit breitem Hundelächeln zu mir rüber gewatschelt kam, um mich zu begrüßen. Auch nicht mehr der Jüngste.

„Langer Tag, hm?" Sinéad betrachtete mich durch den Dampf, den der Reiskocher in ihre Richtung blies.

„Du machst die schönsten Komplimente, Sinners."

„Ich sage nur, was ich sehe."

„Vielen Dank auch. Noch besser wär ein bisschen Zuspruch."

„Na gut." Sie zuckte die Achseln über meine Überempfindlichkeit. „Willst du auch was von dem Curry? Ist gerade fertig."

„Gerne später, ich muss noch mal weg." Mein Magen fühlte sich seit dem Telefonat mit Stella künstlich verkleinert an.

„Wirklich?" Sinéad stand schon auf den Zehenspitzen, um die Teller aus dem Küchenregal zu holen, rollte sich wieder ab. Grasgrüner Nagellack auf nackten Zehen. „Das ganze Wochenende über seh ich dich kaum. Ich hoffe, daran ist das schöne Wetter schuld und nicht dein Boss."

Konstantin. Auf den hatte ich ganz vergessen. Ein anderes Problem für einen anderen Tag.

„Ich gehe nur schnell rüber in die Dawson Street, was abgeben."

„Was abgeben."

„Ja. Ich arbeite da mit Sam Feurstein an etwas zusammen." Der Hinweis erzielte die gewünschte Wirkung.

„Na dann, viel Spaß." Das Gesicht meiner Cousine wurde zur Muschel. Sie stellte keine Fragen mehr, holte auf Zehenspitzen die Teller vom Regal. Zwei, natürlich. Essen war im Logan-Clan keine Verhandlungssache. Ich fügte mich, deckte den Tisch, folgte Sinéads unausgesprochenem Gesetz und öffnete eine Flasche Rotwein.

„Vielleicht ist es besser, dass es nichts geworden ist mit dir und Sam", sagte ich, während der Wein zuerst gluckerte, dann plätscherte. „Der Mann hat ziemlich viel Gepäck."

Sinéad schmunzelte in Dublin-Nanas Kochtopf hinein, ein Klecks Hohn auf ihren Lippen. *Klick*, machte der Reiskocher und schaltete um in den Warmhaltemodus.

„Ich höre immer gerne deine Meinung zu den falschen Männern, Pat. Du bist die Expertin." Autsch. Sinéad kannte alle meine Fehlgriffe persönlich, und vom Rest hatte sie am Telefon gehört. *Genieß ihn, würde ich auch tun,* war ihr Urteil über Ben Ferguson gewesen. *Solange dir klar bleibt, wie es enden wird.*

„Ich mein es nur gut, junge Dame", sagte ich. Zeitlos perfekter Begleitsatz für ungefragte Ratschläge. Spätestens danach lachten wir gemeinsam. Normalerweise.

„Stimmt was nicht?", fragte ich. Sinéad verteilte mit dem Schöpfer Curry auf den Tellern, öffnete den Reiskocher. Machte die kurzen, unregelmäßigen Atemzüge des Zwiespalts. Aussprechen oder lieber den Mund halten?

„Sinners, ich hab heute keine Lust mehr auf Verhöre. Was ist los, kurz und bündig." Ich setzte mich an den großen Esstisch aus Kirschholz, den sie bei einem der Antikläden an der Francis Street besorgt hatte. Vertiefte mit dem Daumennagel die Kerben im Lack. Sinéad fächerte ein paar getoastete Naan-Brote zwischen uns auf, schob mir meinen vollen Teller unter die Nase. Kardamom, Kreuzkümmel, Verdauungsstörungen. Pub-Curry, wie es sein musste.

Sinéad setzte sich mir gegenüber auf ihren Stammplatz. Von dem aus konnte sie bei Tageslicht durch das Fenster auf die Synge Street sehen, bei Dunkelheit ein Spiegelbild ihres Wohnbereichs. Zwei Frauen an einem Tisch in einer Blase aus warmem Licht, gebeugt über ihr Abendessen.

„Wie stehts mit deinem Bruder?", fragte sie, ihren Blick nicht aus dem Fenster, sondern direkt auf mich gerichtet. „Hast du für Robbie noch Nerven?"

2

Robert A. Logan war eine Sturzgeburt während einer Familienfeier gewesen. Meine Mutter hatte es nicht mehr rechtzeitig bis ins Kreiskrankenhaus geschafft, dafür in den *Freilassinger Anzeiger*. Robbie ein weiß gewickelter Engerling mit absurd dichtem Haarschopf in den Armen von Unternehmertochter Ruth Wieland, die erschöpft lächelte. Als ahnte sie damals schon, was ihr noch bevorstand. Inzwischen wussten wir es alle: Robbies Eintritt ins Leben war symptomatisch gewesen für dessen Verlauf.

Inzwischen war er fast 40. Gezeichnet von zu vielen Experimenten und Partys, die endgültig vorbei waren. Das Jungengesicht auf dem Foto, das mir Sinéad auf ihrem Handy über den Esstisch hinweg entgegenhielt, wollte davon nichts wissen. Nackter Oberkörper, überall Sommersprossen, die dunklen Haare strategisch verwuschelt. Das leicht verschlagene Grinsen unseres Dads.

Damit kam Robbie auch durch. Surfte auf Couches und dem Wohlwollen von Frauen durchs Leben, die auf seine Camus-Zitate und den traurigen Blick des verlorenen Sohnes abfuhren. Sobald das nicht mehr reichte, zog er weiter. Landete irgendwann bei unserer Mutter, danach unweigerlich bei mir. Das übliche Spiel. Zuerst die Erleichterung, dass er noch am Leben war. Dann die Frage: Was wollte er diesmal?

„Robbie hat nach dir gefragt. Wie es dir geht."

„Aha. Und wie geht es mir?"

Sinéad saß im Schneidersitz auf ihrem Stuhl, sah jede Gabelvoll Curry an, bevor sie in ihrem Mund landete.

„Etwas besser, hab ich ihm ausgerichtet."

„Gut wäre auch übertrieben gewesen, oder?"

Sie hob die Schultern, während sie kaute. *Was kann ich dafür?*

„Robbie sagt, du ignorierst seine Anrufe."

„Und er weiß verdammt genau, warum."

Abgesehen davon, dass er eine Zecke war: Kurz vor meiner Auszeit hatte mir mein Bruder das Versprechen abgenommen, mehr Licht in die Geschichte unseres verschollenen Dads zu bringen. Kontakt aufzunehmen mit meiner Patentante, Tante Roisin. Die hatte unseren Dad Jahre nach seinem Verschwinden in einen Bus nach Monahan steigen sehen. Anstatt, wie jeder normale Mensch, an ihrem Verstand zu zweifeln, hatte sie ihre Beobachtung mit ihrer besten Freundin geteilt. Noch dazu im Vertrauen. Seit sich das Geheimnis zu den Logans durchgesprochen hatte, galt Tante Roisin nicht mehr nur als exzentrisch, sondern verrückt. Nur nicht bei Robbie. Schlimm genug, dass er sich auf eine Seite mit einer Frau stellte, deren beste Freunde laut eigener Aussage *die Erzengel* waren. Verstörender war nur der Gedanke, an der Story könnte was dran sein. Unmöglich, hatte ich bis vor einigen Monaten gedacht. Hatte trotzdem einen kleinen Mosaikstein zum Schicksal meines Dads umgedreht. Was ich darunter entdeckt hatte, war mir eine Warnung gewesen. Und wer wusste schon, was unter den anderen hockte?

„Der Sache auf den Grund zu gehen, ist kein kleiner Gefallen. Wenn hinter den Spinnereien von Tante Ro wirklich was steckt, kann ich meine letzten 25 Lebensjahre neu schreiben, und die von Robbie und allen anderen auch."

„Hab ich ihm auch so erklärt."

„Und?"

Sinéad schnitt eine Grimasse. *Rate mal.*

„Er sucht Antworten, Pat."

„Er soll lieber einen Job suchen."

Sinéad grinste in ihr Weinglas, während ich mir ein paar Gabeln des Currys genehmigte. Zur Beruhigung. Robbie und sein Timing. Er tauchte grundsätzlich im schlechtmöglichsten Zeitpunkt auf.

„Wahrscheinlich macht er sich noch immer Vorwürfe", startete Sinéad einen neuen Versuch. Sah über meine Schulter hinweg aus dem Fenster, weil sie wusste: Gleich würde ich die Augen verdrehen. „Weil seine Aussage damals diese ganze Selbstmordtheorie befeuert hat."

Ich kannte die Theorie zur Genüge. Immerhin war ich selbst dabei gewesen, als der zwölfjährige Robbie unter Tränen den Guards zu Protokoll gab: Dad habe ihn zwei Tage vor seinem Verschwinden zur Seite genommen und dazu gezwungen, mit ihm *Here Comes the Flood* von Peter Gabriel anzuhören. Gleich dreimal in Folge. Dad habe aus vollem Hals und mit geschlossenen Augen mitgesungen, einen Text voll unheilvoller Andeutungen über das Meer, heranrollende Wellen und den Abschied von Fleisch und Blut.

„In dem Song gehts nicht um Selbstmord." Ich verdrehte die Augen. Sollte Sinéad sich eben bestätigt fühlen. „Da gehts um fucking Radio-Wellen. Moderne Technologie."

„Woher hast du das?"

„Von Peter Gabriel persönlich. Schau nach im Internet." Ich lehnte mich in die Arme meines Stuhls. Tastete mit dem Fuß nach Fritz, der irgendwo unter dem Tisch lag. Suchte warmes Leben für meine kalten Zehen. „Außerdem hat Dad den Song schon geliebt, da gab es uns Kinder noch gar nicht. Robbie soll sich mal von dieser Theorie verabschieden. Und überhaupt: Sollte er die Antwort jemals finden, wird ihn das auch nicht retten. Wir Erwachsenen müssen das selbst erledigen."

Jetzt sah meine Cousine zur Decke, seufzte.

„Bei mir musst du keinen auf ruppig machen, Pat. Robbie hängt an dir, und du an ihm. Ihr seid euch eben zu ähnlich. Bei den Drogen bist du rechtzeitig abgebogen, aber kaputt machst du dich trotzdem." Sinéad war sicher nicht die Einzige in meinem Umfeld, die so dachte. Aber die Einzige, die es aussprechen durfte. „Robbie macht sich Sorgen um dich, deshalb hat er angerufen", sagte sie. Mein Schweigen eine offene Tür, durch die sie sich vorsichtig schob. Nur direkt ansehen konnte sie mich dabei nicht.

Den Blick über meine Schulter gerichtet, erzählte sie von Robbies Anruf vom Flughafen einer peruanischen Stadt namens Iquitos. Dort hatte er ein Wochenende lang im Rahmen eines sogenannten Ayahuasca-Rituals in einer Hütte im Urwald Blättersud getrunken, im Strahl gekotzt und dabei die Ewigkeit berührt. Außerdem hatte er sich mit unserem verschollenen/offiziell toten Dad unterhalten. Eigentlich machte sich nämlich *der* Sorgen um mich, Robbie war nur der Überbringer seiner Botschaft. Und die war: Die Abwärtsspirale in meinem Leben würde sich weiterdrehen, solange ich mich weigerte, die Augen vor dem Offensichtlichen zu verschließen. Was dieses Offensichtliche war? Dahingestellt.

„Hat ihm Dad auch verraten, wo wir ihn finden? Würde uns viel Zeit sparen."

Sinéad wirkte nicht überrascht von meiner Antwort. Nur enttäuscht.

„Du glaubst Robbie nicht, oder?"

„Ich glaube zumindest, dass Robbie es selbst glaubt."

„Er klang anders als sonst. Nüchtern und sehr überlegt." Nun ja. Sinéad vorzuschicken, damit ich dieser Räuberpistole überhaupt bis zum Ende zuhörte, klang nach einem Schachzug, zu dem mein Bruder durchaus fähig war. „Und es ist wirklich viel schiefgelaufen bei dir in letzter Zeit." Sie rang noch einmal mit sich. „Dein Job, die Trennung von Stefan. Du bringst dich in Gefahr. Zweimal wurde auf dich geschossen, in nicht einmal einem Jahr."

„Was hat das mit Dad zu tun? Vor ein paar Monaten hast du mir noch geraten, die Geschichte nicht aufzuwärmen. Wechselst du gerade die Seiten, Sinners?"

„Du schläfst wenig. Du siehst traurig aus." Tat ich das? „Und Jesus Allmächtiger, du schmeißt dich bei acht Grad in die Irische See. Alles, nur um dich abzulenken."

„Wovon denn?"

„Sag dus mir, Pat."

Fritz grummelte, seine feuchte Schnauze stupste meinen Fuß. *Nicht so laut.*

„Ich kanns ja auch verstehen." Sinéads von zahllosen Konzertbesuchen aufgeraute Stimme war zurück auf Zimmerlautstärke. „Aber was, wenn du es eines Tages wirklich zu weit treibst und ...? Ich meine ..."

Wir wussten beide nicht, was sie meinte. Sie zog die Schultern hoch, als ich den Fuß von Fritz und seiner Wärme nahm und mich erhob. Meine restliche Portion Curry schabte ich zurück in den Topf. Räumte das Chaos von der Arbeitsfläche, das mit Sinéads Gerichten immer einherging. Hörte nichts als den Wind, dessen Böen inzwischen stark genug waren, um die Fenster in ihren Rahmen zu erschüttern. Sagte nichts, weil mir nichts einfiel außer Worten, die ich später bereuen würde.

Außerdem war es schon nach acht Uhr, in die Dawson Street dauerte es eine Viertelstunde straffen Fußmarsch. Fehlte noch, dass ich zu spät kam. Im Augenblick wollte ich nichts lieber als Stellas Handy loswerden. Und raus hier.

„Reden wir später nochmal, okay?" Ein Friedensangebot von der Stange. Sinéad hörte es gar nicht. Sie stand an die Scheibe des Wohnzimmerfensters gebeugt, beschattete mit der linken Hand ihre Augen, in der rechten hielt sie ihr Weinglas.

„Was ist?"

„Nichts." Sie drehte sich zu mir um, blinzelte und nahm den nächsten Schluck Wein. „Ich hab mir eingebildet, da läuft jemand unsere Treppe runter."

„Welche Treppe? Die zur Eingangstür?"

„Mhm." Sie nickte. Noch einen Schluck. „Aber ich hab mich geirrt, es sind nur die Hortensien bei den Harringtons gegenüber. Die werfen wieder Schatten." Sie machte sich auf den Weg zurück zum Esstisch, tätschelte Fritz, der sich darunter erhoben hatte, von einer Pfote auf die andere trat. Klickediklickediklick. Sinéads Unruhe hatte ihn angesteckt, und mich auch. Oder war es umgekehrt?

„Lass gut sein", sagte Sinéad, als ich zum Fenster kam, es entriegelte und nach oben schob. Lehnte sich trotzdem neben mir nach draußen. Gemeinsam suchten wir die Synge Street nach Verdächtigem ab. Erlauschten Schritte unsichtbarer Menschen, die bei diesem Wind von überallher zu kommen schienen. Sie entfernten sich, wurden abgelöst von zwei Taxis, die unmittelbar hintereinander die nächste Kreuzung weiter nördlich querten. Hinein ins pralle Leben der Camden Street, nur zwei schmale Parallelstraßen von uns entfernt. Hier drüben: Menschenleere. Nur die Heiligen auf den schwach erleuchteten Bleiglasfenstern der St.-Kevin's-Kirche starrten herüber.

Die Hortensien der Nachbarn schräg gegenüber fuchtelten wild, ihre Blütenköpfe knallrot wie die der Opfer einer Massenpanik, die der Wind gegen den gusseisernen Zaun presste. Ihre Schatten lang, aber nicht lang genug, um unsere Straßenseite zu erreichen. Bei weitem nicht.

3

Minuten später. Die Camden Street lag bereits hinter mir. Sam hatte ich ein Update zu Stella geschickt. Sprachnachrichten waren keine schlechte Sache. So wusste er zumindest Bescheid, und ich konnte mir die Tipperei ersparen. Und das Gesicht, das Sinéad zog, weil ich mit dem Feind in Kontakt stand. Unsere Haustür hatte ich doppelt versperrt in der Hoffnung, dass sie es nicht bemerkte. Wozu sie auch noch reinziehen in diese Paranoia?

Meine eigene war zwar abgeflaut, aber nicht vergessen. Ich ließ Stellas Handy in meiner Tasche, deren Gurt in meiner Hand. Alles im Griff. Noch ein paar Minuten, und ich war da. Trotzdem. Ich scannte die anderen Passanten nach übergezogenen Kapuzen, warf einen zweiten Blick auf jedes Paar Schuhe. Nichts. Niemand auf der Synge Street. Eine gutgelaunte Menge vor Devitt's Pub, wo es Bier und Wein im Gassenverkauf gab.

Die Stadt war aufgekratzt. Wer sich auf den Weg irgendwohin machen wollte, tat das jetzt. Der Wind hatte auf Nordwest gedreht, trieb leere Einwegbecher vor sich her, lärmte durch meine Gehörgänge. Die Clubs an der Harcourt Street waren allesamt geschlossen, trotzdem waren die Bürgersteige voller Menschen. Die meisten von ihnen halb so alt, wie ich mich gerade fühlte. Sie verkniffen die Gesichter im Gegenwind, zogen sich zum Schutz die Aufschläge ihrer Mäntel und Jacken unters Kinn. Flatternde Haare, Sommerröcke und Gespräche, die in Fetzen an mir vorüber wehten. Viele Worte, viel Gelächter und dazwischen großzügig eingestreute Flüche. Dubliner Gesprächskultur.

So laut, sie übertönten fast die LUAS. Kaum hörbar glitt die Straßenbahn an mir vorüber in Richtung Stadtkern. Ein Gruß aus der Zukunft an Straßenzüge, die sich seit Queen Victorias Zeiten kaum verändert hatten. Sie hielt auch in der Dawson Street. Kurz überlegte ich, einzusteigen und mitzufahren. Überlegte es mir anders.

Knapp vor St. Stephen's Green Park machte die Straße einen langgezogenen Schwenk in Richtung Norden und der anrollenden Front. Das Rauschen in meinen Ohren flaute ab, verlagerte sich in die Kronen der Bäume im Park.

Trotzdem spürte ich den Anruf auf Stellas Handy, bevor ich ihn hörte.

Ping. Ping. Ping. Die Geräuschkulisse machte das Echolot weniger unheimlich. Eine unterdrückte Nummer. Ich schaffte es nicht, sie zu ignorieren. Nicht nach all den Ungereimtheiten der letzten Tage.

„Stella?" Ein Mann, ungehalten. Lino? Nein, plötzlich wurde er offizieller. „Spreche ich mit Stella Schatz?"

„Mit wem spreche denn ich?"

Ein Schnaufen, noch etwas ungehaltener.

„Detective Griffin von der District Garda Station. Ich bin auf der Suche nach Miss Stella Schatz. Können Sie mir bestätigen, ob Sie diese Person sind? Oder nicht?"

Shit. War das Sams Kontakt von den Guards? Dann machte ich gerade keinen guten Eindruck. Aber hieß der nicht Foley?

„Leider nein, Detective. Mein Name ist Patrizia Logan."

Stille. Er wartete auf eine Erklärung. Aber nicht besonders lange.

„Wie sind Sie zu diesem Mobiltelefon gekommen?"

Gute Frage.

„Stella hat es verlegt. Ich bin auf dem Weg, es ihr wieder zurückzugeben." Wieder Schweigen. „Das ist eine lange und ziemlich unglaubliche Geschichte, Detective. Herr Feurstein wird Ihnen die sicher gerne mal ausführlich erzählen."

„Was heißt verlegt?", fragte der Detective steif.

Eine Erkenntnis, die meinem Herz einen Tritt gab. Wer auch immer Detective Griffin war. Er hatte keine Ahnung, wer Sam Feurstein war, und war erst recht nicht sein Kontakt bei den Guards. War er überhaupt ein Detective?

„Gerade bin ich auf dem Weg zu meinem Treffpunkt mit Stella", sagte ich. „Wenn Sie in einer halben Stunde nochmal anrufen, können Sie persönlich ..."

„Ich weiß nicht, ob das eine gute Idee ist", unterbrach er mich. Wahrscheinlich doch ein Polizist. Und keiner der geduldigen Sorte.

„Wie bitte?"

„Wir untersuchen hier gerade ein sehr schwerwiegendes Verbrechen." Detective Griffin regelte seine dunkle Stimme noch weiter runter, als habe er Angst, wir würden belauscht. Dabei verstand ich ihn kaum. Das, was ich verstand, reichte aber. Wühlte etwas Essigsaures in mir auf.

„Stellas Smartphone ist ein Beweismittel, verstehe ich das richtig?" In meinem Kopf ein ähnliches Chaos wie um mich herum. Überall Nachtschwärmer und Verkehr. Am Eingang zur Grafton Street sang ein Straßenmusiker mit Rhythmusgitarre und Lautsprecher eine akustische Coverversion von *Nightcall*, umgeben von einem Halbmond an Publikum. Keine 50 Meter weiter schon das obere Ende der Dawson Street.

„Möglicherweise, ja. Stellas Nummer wurde kurz mehrmals im Rahmen eines Vorfalles kontaktiert, den wir derzeit untersuchen. Deshalb suchen wir dringend den Kontakt zu ihr. Ein sehr schwerwiegendes Verbrechen."

„Mord?", kam es aus mir geschossen, wie aus einer blutigen Amateurin. Detective Griffin überhörte die Frage. Oder tat so.

„Wie die Dinge liegen, bestehen berechtigte Zweifel, ob das Smartphone bei Stella in den richtigen Händen ist. Mehr Auskunft kann ich Ihnen aus ermittlungstechnischen Gründen nicht geben. Sorry."

Von wegen sorry.

„Das kann alles sein, aber ich kann Stella ihr Telefon nicht vorenthalten. Es ist ihr Privatbesitz. Sie müssten es schon von ihr beschlagnahmen."

Weiter, die Dawson Street entlang. Ich war unbewusst schneller geworden. Vorbei an Menschen, die sich an Haltestellen aufreihten. Busse im Leerlauf. Aussteigende Menschen. Waghalsige Sprints quer über die Straße, um die Abfahrt nicht zu verpassen. Restaurants. Eine Cocktailbar. Das Café en Seine. Das Wetterleuchten von Bremslichtern, von Taxischildern, die gleich wieder in den Verkehr abtauchten. Am unteren Ende bog die nächste LUAS vom College Green um die Ecke. An meiner Wange ein erster feiner Regentropfen. Das Rauschen lag mir wieder in den Ohren. Der Wind. Mein Blut. Stella, verdammt nochmal, was hast du angestellt?

Ich hatte so eine Wut im Bauch.

Detective Griffins Stimme, tief in meinem Gehörgang.

„Hatten Sie Zugriff auf das Smartphone?"

„Nein. Ich habe es für Stella aufbewahrt. Zur Vorsicht."

„Gut." Detective Griffin atmete auf. Zu erleichtert. Fast so wie Stella. „Ihnen muss ich sicher nicht erklären, wie groß die Verdunkelungsgefahr gerade bei Mobilendgeräten ist."

Warum musste er mir das nicht erklären? Mein Misstrauen erwachte aus dem Stand-by. Wusste Griffin, dass ich Polizistin bin? Woher? Und warum hatte er Angst, ich hätte Zugriff auf das Handy?

Wichtige Fragen, die ungeklärt blieben, denn da vorne stand Stella. Ich erkannte sie sofort. An ihrem grau melierten Sweatshirt.

Triggerwarnung.

Dazu weite Jeans, weiße Turnschuhe, haselnuss-
farbene Haare in einem Half-Bun. Die Umhängetasche
aus ihrem Zimmer. Ihr Blick hüpfte von einem Gesicht
zum nächsten. Ihre Lippen schmal vor Anspannung.

„Hallo? Sind Sie noch da?", fragte Detective Griffin
lauernd.

„Ja. Aber ich denke, Sie sollten in der Angelegenheit lieber mit Stella persönlich sprechen."

Noch ein paar Meter. Stellas Augen wurden groß,
die Lippen breiter. Sie erkannte jemanden. Mich? Nein.
Sie sah zu einer anderen Person, schräg vor mir. Eine
Frau, ihre roten Haare zu einem straffen Knoten gebunden. Eine Frau, die wusste, wohin sie wollte.

Und ich? Wusste, was gleich passieren würde. Sah
es so klar vor mir wie Stella Schatz da vorne am Bord-
steinrand. Sie hob die Hand zum Gruß.

Ich öffnete gerade den Mund, als mich jemand von
rechts rammte. „Oh, sorry!"

Aber es war kein Versehen. Es war ein Bodycheck
mit voller Härte, der mich ins Stolpern und zu Fall
brachte. Asphalt. In meinem linken Ellenbogen krei-
schte der Schmerz.

Irgendwo anders kreischten Notbremsen, Menschen. Meinetwegen?

Über mir ein junger Mann in Schwarz. Ein paar
skizzenhafte Züge, eine kleine Nase, eine Kapuze über
dem Kopf. Es reichte, um ihn wiederzuerkennen. Auch,
wenn er jetzt andere Turnschuhe trug.

„Oh sorry, sind Sie okay?", fragte er, aber nicht
mich. Seine Hilfsbereitschaft war nur ein Manöver.
Eine Ablenkung für die Leute um uns, um zu signali-
sieren: Diese Frau ist okay, ich kümmere mich schon
um sie. Es gibt hier nichts zu sehen, gehen Sie weiter.

Aber uns beachtete ohnehin niemand. Nackte Beine, Beine in Hosen und in Röcken flatterten am Rande meines Blickfelds weiter die Dawson Street hinunter. Menschen schrien *Oh mein Gott*. Riefen um Hilfe, so wie ich gerade. Ein Unglück, das geschehen war. Meines? Oder ein größeres?

„Lass los, Bitch", zischte der Mann im schwarzen Hoodie, rammte sein spitzes Knie in meine Seite. Kalte Finger schlossen sich um meine, die sich noch immer um Stellas Handy krallten. Drückten zu, mit aller Kraft. Die Bitch ließ nicht los. Schrie noch lauter, dem Mann direkt ins Gesicht. Bis der Mann zuschlug, so richtig mit Kraft und Knöcheln, und dann noch einmal.

Zwei dunkle Gongs dröhnten zwischen meinen Ohren. Meine Kopfhaut fing Feuer, als er mich an den Haaren nach oben riss, bevor es mit voller Wucht abwärts ging, mein Kopf auf Asphalt traf und der Film riss.

4

Ein verpasster Anruf von Sam Feurstein, um 20:25 Uhr

Sprachnachricht von Sam Feurstein an Patrizia Logan, hinterlassen um 20:28 Uhr

„Endlich, Frau KHK! Ich hab die Novotnys im Hotel abgeliefert. Die längste Fahrt meines Lebens, ich schwöre. Jetzt weiß ich jede Meinung von denen, auch über die ganzen Ausländer. Zum Glück bin ich keiner, haha! Na gut, es ist vorbei. Danke für deine Nachricht wegen Stella. Dopamin-Detox ... spinnt die? Kann die nicht vorher Bescheid geben? Da stimmt doch was hinten und vorne nicht, oder was meinst du? Aber gut, Lino ist trotzdem erleichtert, und ich auch. Dir jedenfalls tausendmal danke für alles. Wo bist du eigentlich? Unterwegs zu Stella mit ihrem Handy, wahrscheinlich. Du hast Recht, das alles klingt unglaubwürdig, aber wir können ihr ihr Eigentum nicht weiter vorenthalten. Sag mir Bescheid, wenn das über die Bühne ist. Martin Foley von den Guards weiß auch Bescheid. Hat sich der überhaupt mal bei dir gemeldet? Aber das ist jetzt auch schon egal. Ich will nur eins wissen, nämlich wo man sich nach einem wunderschönen Tag wie heute einen Drink genehmigen kann. Diesmal mit Alkohol, darauf besteh ich. Die Republik Österreich zahlt die Rechnung. In 20 Minuten bin ich im Zentrum. Sag mir, wo du bist, ich hol dich ab. Ciao."

Nachricht von @KitCat an @Nutter97, 20:56 Uhr

Und?

Nachricht von @Nutter97 an @KitCat, 20:59 Uhr

Alles cool. Ein paar Kratzer wegen dieser crazy bitch, aber schlussendlich kein Problem. Bin schon auf dem Weg nach Dun Laoghaire damit. East Pier, schön tief. (Welle)

Nachricht von @KitCat an @Nutter97, 21:00 Uhr

Gute Arbeit

Nachricht von @Nutter97 an @KitCat, 21:07 Uhr

Grüße an BigG. Wie ist es mit Stella gelaufen?

Nachricht von @Nutter97 an @KitCat, 21:17 Uhr

Hallo? Noch da? Was war los bei euch?

Nachricht von @KitCat an @Nutter97, 21:21 Uhr

Viel. Reden wir später. Der Staub muss sich erst legen. Melde mich bald. Bleib unauffällig, falls du das schaffst.

Nachricht von @Nutter97 an @KitCat, 21:22 Uhr

Kein Problem (Grimasse)

Dienstag,
15. September

All comfortable
Under the corporate god
All remotely done
All function one
All so vulnerable
We are a fading shape
Under a dying sun
All function one

Distorted quality
Swallowed easily
Format the colour sky
Fake beautify
Slowly come undone
All function one

What is real?
What is real?
What is real?

BirdPen „Function"

1

Mein erstes Bild nach der Dunkelheit: ein Gesicht aus dem neuen Dublin. Ein junger Schwarzer im glänzend grünen Seidenblouson, der mir gegenüber hockte, ganz ohne sich abstützen zu müssen, und in sein Smartphone sprach. Astreiner Norddubliner Akzent. Um seinen Hals sein kabelloser Kopfhörer. Es habe einen Überfall auf eine Frau mittleren Alters gegeben, erzählte er jemandem am anderen Ende der Leitung. Sie stehe unter Schock und sei auch verletzt, möglicherweise habe man sie ausgeraubt. Ob man noch einen Rettungs-wagen in die Dawson Street schicken könne? Ja, hier herrsche ein ziemliches Tohuwabohu, aber trotzdem. Ausgeraubt? Sprach der etwa von mir? Die Turnschuhe an seinen Füßen waren weiß wie Verbände, mit neon-gelben Sohlen.

Erinnerungen peitschten hoch, schlugen mir sofort auf den Magen. Zum Glück hatte ich kaum etwas geges-sen. Ich würgte ohne Ergebnis, schluckte, versuchte aufzustehen. Die Dawson Street hatte Seegang, warf mich zurück auf den Asphalt. Ich blieb sitzen. Fragte nach Stella und ihrem Telefon. Nach meiner Tasche und meinem Telefon. Erntete Fragezeichen. Kopfschütteln. Weg. Alles weg. Sogar der Boden unter meinen Füßen.

Mein Weg in die Notaufnahme des St.-Vincent's-Kran-kenhauses war eine Reihe ineinander verlaufender Bilder. Eine Welt unter Wasser, in der Einsatzlichter blinkten. Ein Sanitäter mit Igelschnitt und osteuropäi-schem Akzent, der mir mit seinem Taschenlämpchen in die Augen leuchtete, zuerst in das offene und danach in das halb zugeschwollene. Er fragte, wie schlimm von eins bis zehn meine Kopfschmerzen seien. Ich zeigte auf das traurige Gesicht mit den hängenden Mundwinkeln unter der Sieben. Mit seinem Kugelschreiber zog der Sanitäter einen Kreis darum, während sich in seinem Rücken säuberlich aufgerollte Schläuche an der Innenwand des Krankenwagens wiegten, der mal um diese, mal um jene Ecke bog. Mein Gehirn legte sich in jede Kurve, jedes Schlagloch ein Leberhaken.

Dazu das freischwebende Gefühl, das einen überkommt, wenn keine Handtasche mehr greifbar ist und kein Smartphone. Wenn man nur eine vage Ahnung von den ersten drei Zahlen der Telefonnummer der eigenen Cousine hat, von Ben und Sam gar nicht zu sprechen. Abgekoppelt, ohne Bodenhaftung. Meine Tränen die letzte verbliebene Verbindung, der einzige Beweis, dass ich überhaupt noch in diese Welt gehörte.

2

Kurz nach Mitternacht. Ein neuer Tag. Hoffte ich zumindest. Die Sesselreihen in der Notaufnahme von St. Vincent's waren noch zu 60 Prozent besetzt. Zehn Prozent der Wartenden waren inzwischen auf einer der Stationen aufgenommen worden, 20 versorgt, und zehn hatten beschlossen, lieber daheim zu sterben, als noch eine Minute länger hier auszuharren.

Mich hatte man direkt aus dem Krankenwagen in einen Rollstuhl und auf ein von einem blauen Trennvorhang umgebenes Krankenbett verfrachtet. Ich solle hier bitte warten, wurde mir geraten, *demnächst* würde man sich um mich kümmern.

Shortly. Einer der beliebtesten Begriffe in Irland, weil er sich so schön dehnen ließ. Und so lag ich da. Zu wenig Energie zum Aufstehen, zu viel zum Einschlafen. Lauschte dem allnächtlichen Drama der Notaufnahme einer Stadt in der medizinischen Dauerkrise. Links von mir eine vor Schmerzen immer wieder aufschreiende Stimme unbestimmten Geschlechts, rechts eine wechselnde Besetzung aus Alkoholisierten und Überdosierten.

Stunden vergingen. Die Zeit löste sich auf, wurde zu zwei Zeigern hinter dem gesprungenen Ziffernblatt meiner Armbanduhr. Kurz vor halb neun Uhr war sie stehengeblieben.

Irgendwann trat schließlich eine Assistenzärztin vor den Vorhang. So jung, als wäre sie zum Doktorspielen hier. Die Hälfte ihrer Schicht sei krank oder in Isolation, verriet sie mir freundlich, aber ohne den Hauch von Empathie. Plauderte in ihrem singenden Corker Akzent über irgendwas Belangloses, dem ich nicht folgen konnte, während sie mich und alle angerichteten Schäden begutachtete. Gehirnerschütterung. Hämatome am Jochbein, geprellter Ellenbogen links, Verdacht auf leichte Rippenprellung rechts. Keine neurologischen Alarmzeichen, keine Hinweise auf eine Blutung oder Brüche, alle Zähne noch an ihrem Platz.

Glück im Unglück, so ihre Diagnose. Ich bekam einen Stützverband um den Brustkorb und drei Ratschläge mit auf den Weg: viel Wasser, viel Ruhe und handelsübliche Schmerzmittel. Dann sei ich in zwei Wochen wiederhergestellt. Spätestens. Es sei denn, ich hätte eine subkutane Hirnblutung. Die könne man zwar von außen nicht sehen, sie könne mich aber je nach Intensität theoretisch noch in ein paar Stunden umbringen, und das innerhalb von Sekunden. Das klinge beunruhigend, ja, sei aber unwahrscheinlich. Immerhin sei ich noch bei ungetrübtem Bewusstsein, und die Kopfschmerzen waren auch nur noch eine solide Fünf. Trotzdem riet sie mir zu einem Schädel-CT, man wisse ja nie. Die Radiologie für nicht lebensbedrohliche Fälle sei ab neun Uhr morgens wieder besetzt, dann würde ich bald drankommen. Shortly. Ob ich so lange warten wolle?

Wollte ich nicht. Ich wollte nach Hause.

Durfte ich, aber nur mit Begleitperson. Ob man jemanden für mich kontaktieren könne? Einen nächsten Verwandten vielleicht?

Ich konnte keine einzige vollständige Nummer nennen. Alleine gehen ließen sie mich nicht. Also bat ich um einen Anruf bei der Hotline der Österreichischen Botschaft. Setzte mich in die einzige verfügbare Sitzreihe ohne Nachbarn. Wartete weiter.

Zuerst versuchte ich es mit sinnvollen Gedanken. Drängte mein erschüttertes Gehirn dazu, weiter nach Erinnerungen an die Minuten vor dem Überfall zu suchen. Forderte mehr Details, sinnvollere Zusammenhänge. Vor allem die Bestätigung, dass ich auch wirklich gesehen hatte, was ich gesehen zu haben glaubte:

Stella Schatz auf der Dawson Street, die ihre Hand überrascht zum Gruß hob. Und wie war nochmal der Name dieses angeblichen Detectives, der mich angerufen hatte? Givens? McGovern? Gilmore? Mein Gehirn verweigerte. Zeigte mir stur dieselben Bilder, drehte sich mit mir im Kreis, von einer halbgaren Theorie zur nächsten.

Die erste: Stella hatte mir eine Falle gestellt. Mich mit ihrem Bullshit von wegen Dopamin-Detox eingewickelt und zu einem Treffpunkt gelockt. Ihrem Freund in Schwarz hatte sie Bescheid gegeben, damit er mich überfallen konnte. Aber wer war dieser Freund? Arbeitete er mit Stella zusammen, oder gab es da noch mehrere? Warum hatte er mich nicht früher überfallen? Schon heute Vormittag hatte ich ihn vor unserem Haus gesehen, er wusste also, wo ich wohnte. Warum überhaupt das Risiko eines Überfalls in einer so belebten Straße eingehen, wenn das Smartphone schon so gut wie in Stellas Hand lag? Was für einen Sinn sollte das haben?

Na ja. Nächste Theorie, bitte.

Der Angriff auf mich war so gezielt und aggressiv verlaufen, er konnte nur ein klares Ziel verfolgt haben. Die Vernichtung von Beweismitteln. Hatte das nicht auch dieser Detective am Telefon behauptet? Gillies? Gilford? Gray? Egal, wie er hieß, warum hatte mich der ausgerechnet zu dem Zeitpunkt angerufen? Aus Zufall? Oder war er Teil einer größeren Verschwörung, die sich hinter Stellas Rücken zusammenbraute?

Fuck. Das war keine Theorie, sondern eine Horde von Fragezeichen. Fest stand: Stella war nicht die Einzige, der dieses Handy viel bedeutete. Und jetzt war es endgültig verloren. Ich hatte es nicht verhindern können, schlimmer noch: Auf mir unerklärliche Weise schien ich an seinem Verlust sogar beteiligt gewesen zu sein. Ein Instrument, eine Marionette in einem Plan, ferngesteuert von irgendwelchen Unbekannten im Hintergrund.

Zu deprimierend. Die nächste, bitte.

Der Fall Stella war eine weitere schmerzhafte Stufe, die ich abwärts polterte, meinem persönlichen Tiefpunkt entgegen. Auf der Verrücktheits-Skala von eins bis zehn lag ich inzwischen nur noch knapp abgeschlagen hinter Robbie. Der einen direkten Draht zu meinem Dad hatte.

Fuck!

Am besten dachte ich gar nicht mehr nach. Also studierte ich die Wasserflecken über mir an der Zimmerdecke. Atmete rippenschonend. Versuchte, die Schlagzeilen des 24-Stunden-Nachrichtensenders am Fernseher zu entziffern, und scheiterte. Bemerkte, wie verdreckt meine Kleidung von meinem Sturz war. Die Khakihose mit einem Riss am Knie, getrocknetes Blut am Ärmel meiner Bluse. Betrachtete den Schaden ohne Emotion, verlegte mich dann darauf, die Sommersprossen auf meinen Handrücken zu zählen. Wartete, bis mich endlich jemand holen kam.

3

20 Minuten später. Die Schiebetüren zwischen Wartesaal und allgemeinem Krankenhausbereich öffneten sich und wie ein Stoß frischer Luft wehte Sinéad herein. Alles an ihr besprenkelt mit Regentropfen: der bis zum Kinn geschlossene Hoodie, die Jeans, die Umhängetasche aus Stoff, auf der in Großbuchstaben QUEEN OF FUCKING EVERYTHING stand. Ihre Wangen glühten, ihre Stirn gezeichnet von stundenlanger Sorge. Sie ließ sich auf den Stuhl neben mir fallen. Wie sie mich ansah. Da brauchte ich gar keinen Spiegel mehr.

„Hey", sagte sie und umarmte mich ohne weiteren Kommentar. Das konnte meine Cousine schon immer. Nichts sagen, wenn es gefragt war. Schon gar nicht, dass sie es immer schon gewusst hatte. Kraft geben ohne Rücksicht darauf, ob sie selbst noch welche hatte. Und

Kraft hatte sie. Zu viel für meine angeschlagenen Rippen. Trotzdem ließ ich sie lange nicht los. Dann lief noch Sam im Wartebereich auf.

In der einen Hand hielt er seinen Autoschlüssel, in der anderen sein Smartphone, so als hätte er gerade ein Telefonat beendet und rechnete jederzeit mit dem nächsten.

„Seid ihr gemeinsam hier?"

„Na klar, schon den ganzen Abend hängen wir zusammen", knurrte Sinéad. „Glaubst du, ich lass euch noch miteinander alleine, nach allem, was passiert ist?"

Nach allem, was passiert war. Natürlich. Sinéad wusste Bescheid. Über Stella Schatz, die Ereignisse der letzten zwei Tage, und vor allem über die letzten Stunden. Wahrscheinlich sogar bei weitem besser als ich. Sie machte Sam mit einem Handzeichen auf uns aufmerksam.

Er trug noch immer seinen Anzug von gestern Vormittag. Krawatte und Jackett fehlten, dafür kreisrunde Schatten in der Armbeuge. Seine Gesichtsfarbe so kränklich gelb, wie er es sonst gerne im Scherz über sich behauptete. Und doch. Er verdrehte so einige Köpfe. Wahrscheinlich auch wegen seiner beschlagenen Schuhsohlen. Klack, klack, klackediklack.

„Kann dem Mann jemand erklären, dass die 80er vorbei sind?", murmelte Sinéad hinreißend giftig hinter der Maske hervor.

„Freiwillige vor, Sinners."

Sie schnaufte bloß.

Dann stand Sam schon vor uns.

„Frau KHK." Er nahm mich in eine vorsichtige Umarmung, trat wieder einen Schritt zurück.

„Herr Attaché. Willst du dich nicht setzen?"

„Lieber nicht. Wie gehts dir?"

„Hervorragend."

„So siehst du auch aus. Violett steht dir."

Ich lächelte, bereute es wieder. Aber immerhin. Schon das zweite Mal innerhalb einer Minute. Nicht schlecht.

„Ich seh schon, ich werde hier nicht mehr gebraucht." Sinéad erhob sich aus ihrem Sessel und grub ihre E-Zigarette aus ihrem Königinnenbeutel. „Keine Ahnung, wies euch geht, aber ich brauch erstmal eine ordentliche Dosis CBD. Also lasst euch ruhig Zeit."

Sie strich mit den Fingerspitzen über meine Schulter und zwinkerte mir zu, erübrigte sogar etwas Wohlwollen für Sam. Ein stummer Mikrodialog zwischen ihnen, den ich nicht verstand, weil ich im Augenblick gar nichts verstand. Dann verschwand meine Cousine nach draußen, mit dem aufrechten Gang der fucking Queen, die sie nun mal war. Sams Blick folgte ihr. Ein bisschen bewundernd, ein bisschen ratlos. Keine Ahnung, wer da wem einen Zacken aus der Krone gebrochen hatte, und was ging es mich auch an?

„Ihr redet also wieder miteinander. Schön."

„War schwer zu verhindern." Er schniefte, kam wieder aus seinen Gedanken zurück zu mir. „Den ganzen Abend lang hatten wir Angst um dich. Sowas verbindet", sagte er mit gesenkten Lidern. „Zumindest bist du okay."

„Ich bin nicht tot, das ist schon was."

Zugegeben, nicht mein bester Witz. Sams Augen wurden glasig.

„Alles andere hätte ich mir auch nie verzeihen können", sagte er. Jeder andere hätte sich mit so einem Satz lächerlich gemacht. Nur nicht Sam. Sein Todernst machte mir plötzlich Angst. Davor, dass der Fall Stella Schatz noch mehr für uns bereithielt als nur ein blaues Auge. Davor, was alles in den letzten drei Stunden passiert war, von dem ich noch nicht wusste. Lieber nichts wissen wollte.

„Keine Sorge, meine geschmacklosen Kommentare bleiben dir erhalten. Der Typ hat mich ziemlich erwischt. Sieht aber schlimmer aus, als es ist." Sam beobachtete mein Gesicht wie einen Autounfall. Vielleicht doch lieber Selbstvorwürfe? „Stellas Smartphone müssen wir endgültig abschreiben, befürchte ich, aber zumindest –"

„Scheiß auf das Smartphone, Patsy!", unterbrach er mich heftig. Kurze Pause, dann noch heftiger. „Drauf geschissen, okay? Das Handy ist das kleinste unserer Probleme."

Blicke zuckten in unsere Richtung, müde Augen glommen auf. Nichts war tröstlicher als die Gegenwart von Menschen, die an noch mehr Fronten zu kämpfen hatten als man selbst. Aber die diplomatische Krise war schon wieder vorüber. Zornig rechte sich Sam mit den Fingern durch die Haare, rieb sich den Bart, als wollte er einen Fleck daraus entfernen.

„Verstehe." Ich kam auf die Beine. Funktionierte erstaunlich gut. Genau wie meine Stimme. Klar und kontrolliert, so wie immer. Eine Stimme, die absolut nichts zu tun hatte mit meinem Herz, das unkoordiniert in meinem Brustkorb herumstolperte. „Warum genehmigen wir uns nicht erstmal einen Drink, dann erzählst du mir alles?"

Ich zeigte auf den Wasserspender gleich am Eingang, aber Sam schüttelte den Kopf, sah mit in die Hüfte gestemmten Händen zu Boden. Ein Leichtathlet nach einem verlorenen Sprint. Dann hob er ruckartig den Kopf. Riss sich zusammen. „Ich will, dass du sitzt, wenn ich es dir erzähle."

„Aha", sagte ich. Und setzte mich.

Ein Krönchen glitzert in den frisch zurechtgemachten Haaren der jungen Frau. Sie steht am Gang zwischen den Sitzplätzen, dreht sich und wendet sich, legt den Zeigefinger an die gespitzten Lippen. Tanzt um die gelben Haltestangen, als wäre sie auf der Bühne eines Stripclubs und nicht in einem öffentlichen Verkehrsmittel.

Hinter ihr starren andere Fahrgäste bemüht aus dem Fenster, werfen verstohlene Blicke, schmunzeln.

Birthday Girl, steht auf der champagnerfarben glänzenden, quer über ihren schwarzen Jumpsuit gelegten Schärpe, darauf ein großer Button mit einer 21 drauf.

„Go, go, Cliona", feuert eine Männerstimme aus dem Off an, und ein gemischter Chor aus hohen und tiefen Stimmen johlt dazu, eine Hand mit einer in braunes Papier gewickelten Flasche schießt ins Bild und zieht sich wieder zurück.

Ein gewaltiger Ruck geht durch die Aufnahme, Fahrgäste stolpern umher, schleudern hin und her in ihren Sitzen, es quietscht und poltert und der Chor löst sich auf in eine Kakophonie. Die junge Frau im Jumpsuit fliegt in den Schoß eines älteren sitzenden Fahrgastes, das Krönchen fliegt ihr vom Kopf und ins Off.

Ein Augenblick benommener Ruhe.

Erschrockenes Wispern, Fragen, ob sich jemand verletzt hat, ob alle okay sind. Nein. Ein Wimmern von ferne. Keine Durchsage des Fahrers.

„Oh mein Gott, das arme Mädchen!", kräht eine Kopfstimme. „Oh mein Gott, oh mein Gott!"

Ein dystopisches Zischen, dann öffnen sich die Türen nach draußen und die Menschen strömen auf den Gehsteig, auch der unsichtbare Kameramann. Er passiert eine asiatische Frau mittleren Alters. Sie hält die Hand vor den Mund in ihrem Schock.

Das Video läuft weiter, zeichnet ein wackeliges Bild von der Dawson Street, ein Wust an Menschen, die sich sammeln, anstatt weiterzugehen, den Kopf schütteln, die Hälse recken, um einen Blick auf etwas zu erhaschen.

Der Fahrer taumelt durchs Bild, sein Gesicht eine weiße Maske über dem grellen Gelb seiner Schutzweste.

Nach einem Arzt wird gerufen, nach der Polizei, nach Jesus dem Allmächtigen. Das Video läuft weiter. Schwenkt zur Seite und zum Boden, wo zwei ausgestreckte nackte Beine aus weiten Jeans ragen, nur noch ein Fuß mit weißem Turnschuh, der andere ist verloren gegangen, und ein blutverschmiertes graues Sweatshirt, das unter dem unteren Teil der Tram –

„Was machen Sie? Schalten Sie das gefälligst aus!" Eine zornige Männerstimme kommt näher. „Sie sollten sich was schämen!"

Wieder ein Ruck und das Bild springt weg von den Beinen, als würde der Filmer von jemandem weggezerrt. Die Reihen der Schaulustigen schließen sich, dann bricht das Video ab.

***

Eine Nachricht von unserem Sicherheits-Team:
Ihr Beitrag verstößt gegen die Richtlinien unserer Plattform bezüglich der Darstellung von Gewalt sowie verstörender Inhalte und wurde daher entfernt. Mehr zu unseren Richtlinien erfahren Sie hier.

Ungute Entwicklungen

1

Gestern Abend kurz vor halb neun Uhr, fast zeitgleich mit dem Überfall auf mich, war Stella Schatz auf der Dawson Street von einer LUAS-Garnitur erfasst und getötet worden.

Weil sie unaufmerksam gewesen war und ohne auf den Verkehr zu achten die Gleise betreten hatte.

Weil sie unglücklich gestolpert und direkt vor dem Triebwagen gelandet war.

Weil sie jemand mit voller Absicht auf die Gleise geschubst hatte, gerade, als die LUAS, aus der Nassau Street einbiegend, die Dawson Street heraufgefahren kam.

Weil sie sich mit voller Absicht selbst der Straßenbahn in den Weg gestellt hatte.

Weil sie von einem Fußgänger angerempelt worden war, der versucht hatte, einen abfahrenden Bus zu erreichen.

Tragischer Unfall, Suizid, fahrlässige Tötung, Mord. Zu jeder Variante gab es die passenden Zeugenaussagen. Wohlmeinende Passanten, die beteuerten, es genau so und nicht anders beobachtet zu haben, mit eigenen Augen. Die eilig herbeigerufene Fahrradstreife hatte jeden der Hinweise dokumentiert. Was wirklich geschehen war, mussten jetzt die Kollegen vom irischen CID feststellen. Derzeit wurde das Material der Sicherheitskameras von den Läden und Cafés rund um die Unfallstelle gesammelt. Davon gab es eine Menge. Ob sie funktionierten, im richtigen Winkel standen oder den passenden Straßenabschnitt abdeckten, stand auf einem anderen Blatt.

Zumindest in einem Punkt waren sich alle Augenzeugen einig: Die junge Frau hatte keine Chance gehabt. Jede Hilfe für sie kam zu spät. Ein schockierender Tod, tragisch und unverständlich früh, aber zumindest rasch. Er hatte Stella Schatz hinterrücks getroffen, noch bevor ihr klar werden konnte, was ihr gerade passierte.

So hatte es Sam Feurstein zumindest Lino Schatz versichert. Per Videocall, direkt ins Homeoffice in Singapur, mit dem zugeschalteten österreichischen Konsul in Singapur als Zeugen.

Jetzt stand der Polizeiattaché von Österreich mit hängenden Schultern vor dem Wasserspender gleich neben den Schiebetüren zur Notaufnahme, und versuchte die Erinnerungen an die schlimmste aller seiner bisherigen Pflichten zu verdünnen.

Linos verständnisloses Lächeln. Wie quälend lange es gedauert hatte, bis der Groschen fiel. Seine Schwester habe doch gerade noch vorhin mit ihm telefoniert. Ihm den Kopf gewaschen für die künstliche Aufregung, die er in Irland verursacht habe. Sie hatten einander angegiftet, sich dann beieinander entschuldigt und anschließend miteinander gelacht vor dem Abschied. Wie könne sie auf einmal tot sein? Wie war das passiert? Und warum?

„Keine einzige Antwort konnte ich ihm geben. Nur diesen Müll von wegen ‚nicht gelitten' hab ich erzählt. Das ist doch eigentlich das Zynischste überhaupt, wenn man mal drüber nachdenkt. Ich möchte jetzt noch im Erdboden versinken." Sam schüttelte den Kopf, kippte sich den Rest seines Wassers rein. Reichte immer noch nicht. Er füllte den Becher erneut auf, zum wer weiß wievielten Mal. „Aber was hätte ich sonst sagen sollen?", fragte er ins Gurgeln der im Wassertank aufsteigenden Blasen.

Nichts. Gar nichts hätte er sagen sollen. Weil es in Situationen wie diesen nichts zu sagen gab. Keinen Trost. Nur Vernichtung. Sowas gemeinsam auszuhalten, ohne Worte, das war die Kunst.

„Sei nicht so streng mit dir", sagte ich. Als hätte ich eine Ahnung, wie das ginge. „Todesnachrichten sind die Hölle. An sowas gewöhnt man sich nie, das sagen auch Leute mit Erfahrung."

„Leute wie du?"

Leute wie ich.

„Als Frau eignet man sich besonders für emotional heikle Einsätze, musst du wissen."

„Wer behauptet sowas?"

„Mein Vorgesetzter bei den Uniformierten."

Sam machte ein so ironisches Gesicht, es war schon fast beleidigend. Aber der Mann ließ sich eben nicht täuschen von Körbchengröße D, langen Haaren und einer Vorliebe für teures Make-up. Er kannte meine Stärken, und Seelsorge war keine von ihnen. Trotzdem war ich während meiner Jahre bei der uniformierten Truppe immer wieder an die Türschwelle unbekannter Menschen beordert worden. Zuerst als stumme Nummer zwei, danach in der ersten Reihe. Ich hatte mich an die Fakten gehalten und dabei mein Herz auszuhärten versucht, so lange, bis ich endlich den Sprung in die Kripo schaffte.

Mit den Toten kann die Logan halt besser umgehen als mit den Lebenden. Den Spruch hatte der Kollege Reitsamer einmal beim Sommerfest der Fachdezernate losgelassen, gleich nach meiner Beförderung zur Kriminalhauptkommissarin. Alle hatte es zerfetzt vor Lachen, auch Konstantin.

Gratuliere, Herr Kollege. Die erste richtige Schluss-folgerung deiner Karriere. Mein Konter war dem Reit-samer eine Lehre gewesen. Seitdem verschoss er seine Giftpfeile nur noch hinter meinem Rücken. Lange hatte ich das für einen Sieg gehalten.

„Seit ich bei der Kripo bin, muss ich das zum Glück nicht mehr machen. Wir kommen erst später." Außer vor drei Jahren in Dublin. Nachdem ich den Selbst-mord eines Verdächtigen nicht hatte verhindern kön-nen, hatte ich obendrein noch der elfjährigen Tochter des Toten die Tür öffnen müssen, die gerade zurück aus der Schule kam. Keine Anekdote, die Sam aufheitern würde. Also volle Konzentration auf die Gegenwart. Tatsachen, Abläufe, Zuständigkeiten. Das half meistens.

„Und was weiß Sinéad von alldem?", fragte ich.

Alles, wie sich herausstellte.

„Dich konnte ich nicht erreichen, also habe ich sie angerufen. Da war sie schon auf dem Weg in die Daw-son Street. Sie hatte Angst um dich, weil im Radio von einem schweren Unfall die Rede war, also bin ich sofort hingefahren, und wir haben uns gemeinsam durch-gefragt."

„Glück für dich."

„Kann man wohl sagen."

Sinéad kam aus dem Lokaljournalismus und hatte absolut keine Hemmungen, wenn es um das Aufspü-ren von Informationen ging. Sie hielt den Sicherheits-kräften so lange ein Foto von mir vor die Nase, bis sich jemand erbarmte und ihr bestätigte, dass die Tote nicht ich war. Hellere Haare und vor allem jünger. Aber es habe einen Überfall auf eine weitere Frau gegeben, nur ein paar Meter weiter die Straße runter, weil die ganze Welt verrückt geworden sei, und Dublin ganz besonders.

„Also haben wir uns quer durch die Krankenhäuser telefoniert." Sam schenkte sich noch einmal nach. Erzählte von tröstenden Worten, Frust und seinem frisch entwickelten Hass auf Warteschleifenmusik, weil in den diversen Notaufnahmen kaum mal jemand ans Telefon ging. Unterbesetzt, was sollte man machen? Kaum saßen sie im Auto, um die Krankenhäuser persönlich abzuklappern, traf schließlich ein Anruf über die Botschaftshotline ein. Die Garda Station in der Pearse Street. Eine österreichische Staatsbürgerin sei zu Tode gekommen, und es falle der Botschaft zu, die Angehörigen zu informieren. Der Name der Toten: Stella Schatz.

Eine emotionale Fahrt durch Berg und Tal, also. Kein Wunder, dass Sinéad eine Pause brauchte. Sie war noch immer nicht wieder bei uns im Wartesaal aufgetaucht. Viel zu glücklich da draußen im Regen, alleine mit ihrer E-Zigarette. Vielleicht hatte sie Sam auch darum gebeten.

Denn der Fall Stella Schatz war noch nicht fertig mit uns, das spürte sie genauso wie ich.

„Es gibt da ein paar ungute Entwicklungen." Sam zerquetschte seinen Pappbecher und entsorgte ihn im Mülleimer, während ich mich schon wieder nach einer Sitzgelegenheit sehnte.

Ungut. Eine dieser österreichischen Untertreibungen, in der alles drin war. Von schlecht geschlafen bis zur Zombie-Apokalypse.

Sam warf einen Blick über meine Schulter in den

Warteraum. Niemand schien uns zu beachten. Man scrollte, dämmerte vor sich hin. Aber die Antennen waren auf Empfang.

„Durch den Unfall ist Stellas Name im irischen Polizeicomputer gelandet, und da gab es wohl eine Querverbindung zu einer anderen Ermittlung." Mit jedem Wort wurde er ein bisschen leiser. „Stella war möglicherweise in verschiedene ... Dinge involviert, und ich musste ein paar sehr unangenehme Fragen beantworten."

„Wem? Was für Dinge? Meinst du die Sache mit dem toten Belgier in den Docklands? Bernard Petit?"

Es war selten, dass Sam Feurstein mal stillhielt. Jetzt rührte sich nichts an ihm. Nicht ein Haar.

„Reden wir lieber woanders weiter", murmelte er. „Fehlt noch, dass hier jemand Deutsch versteht."

2

Wir wechselten durch die Schiebetüren in den allgemeinen Empfangsbereich des Krankenhauses. Es war kühl, es war zugig. Überall Plastikpflanzen in Plastiktrögen, energiesparendes Licht, Notausgangsschilder, das leise Summen von Getränke- und Snackautomaten. Hin und wieder klappten Türen auf und zu, surrten Lifte. Eine dystopische Welt der Gegenstände. Nur manchmal watschelten Menschen in OP-Kleidung auf ihren Crocs vorüber.

Sam hob uns zwei Stühle von einem Tisch der geschlossenen Cafeteria und bot mir an, mich zu setzen. Gar nicht so einfach.

Er runzelte die Stirn über mein langsames Manöver, meine Nebengeräusche, wenn ich mal wieder zu tief einatmete. Fuck, tat das weh. „Sollen wir lieber nach Hause fahren und da reden? Du siehst fertig aus."

Nach Hause. Wo sollte das sein?

„Mir gehts blendend." Ich lächelte, so breit es meine geschwollene Wange zuließ. „Erzähl mir lieber von Stella und Bernard. Die zwei haben bei StrategiCo zusammengearbeitet, wusstest du das?"

Nein. Das verrieten mir schon Sams Augenbrauen.

„Woher hast du die Information?"

„Zuerst von ihrem Mitbewohner, dann von ihr selbst."

„Derek? Dieser Kiffer?"

„Der ist mehr auf Zack, als man ihm zutraut. Er wusste übrigens auch, dass Stella und Katharina was miteinander hatten."

„Echt jetzt? Das sind Lesben?" Sam Feurstein war ein Mann seiner Generation.

„Eher offen für beides. Zumindest Stella."

Ihm fehlten die Worte. Er schüttelte nur den Kopf. Über sich, die jungen Leute heutzutage. Und vor allem über mich. „Und warum erzählst du mir das jetzt erst? Auf deiner Sprachnachricht hörte sich alles so einfach an."

„Du hattest genug um die Ohren, Sam. Sollte ich dir da noch von Stellas sexuellen Vorlieben berichten?"

„Die sexuellen Vorlieben von Petit hätten mir schon gereicht. Wie ich dich kenne, hat Stella dir davon auch brühwarm erzählt."

Sein stummer Vorwurf, ich hätte ihm das absichtlich verschwiegen, war unüberhörbar.

„Hat sie. Und woher hast dus? Aus der Zeitung?"

Vorsicht, warnte Sams Lächeln. *Gleich geht hier was hoch.*

„Schlimmer. Vom Ermittlungsleiter im Mordfall

Bernard Petit", sagte er, stützte die Ellbogen auf seine gespreizten Oberschenkel, als er sich mir entgegenbeugte. „Der hat mich vorhin angerufen. Ein äußerst unangenehmes Gespräch, kann ich dir versichern." Er strich sich über den Bart, die Bartstoppeln am Hals. Es knisterte. Wie eine Lunte. „Stella wurde dringend als Zeugin in diesem Fall gesucht. Genauso wie ihr Mobiltelefon, übrigens. Laut den Chatprotokollen von Bernard Petit war Stella sein letzter Kontakt, bevor er überfallen wurde. Am selben Abend, an dem sie ihre letzte Nachricht an Lino gelöscht hat und verschwunden ist."

Bumm.

„Was ist mit Petits Telefon?"

Sam verscheuchte die Frage mit der Hand.

„Nirgendwo aufzufinden. Nicht mal per GPS, also haben sie es wahrscheinlich ganz zerstört. Chatverläufe sind heutzutage bis zum Gehtnichtmehr verschlüsselt, wenn überhaupt möglich, braucht das Monate, bis sie die Inhalte der Nachrichten zwischen Bernard und Stella von den Betreibern rauskriegen. Der oder die Täter kannten sich aus mit Technologie und haben vorgebaut. Deshalb interessieren sich die Guards auch so sehr für Stellas Telefon."

Ein sehr schwerwiegendes Verbrechen, Frau Logan.

Griffin. Plötzlich war der Name wieder zurück in meinem Kopf. So selbstverständlich durch die Hintertür hereinspaziert, wie eine verloren geglaubte Katze.

„Detective Griffin hat sowas Ähnliches gesagt."

„Wer soll das sein?"

„Sags du mir. Einer der Laufburschen deines Ermittlungsleiters, nehme ich an. Er wollte jedenfalls, dass ich Stellas Telefon an ihn übergebe, und nicht an sie selbst."

Sam ließ sich das durch den Kopf gehen.

„Wie kam der Detective dazu, dich anzurufen?"

„Nicht mich. Stella. Ich war schon fast in der Dawson Street. Am Anfang klang er so, als wäre er ein Freund von Stella, aber dann ..."

Stella ... spreche ich mit Stella Schatz? Ein Widerhäkchen in meinen verfilzten Gedanken.

Sam interessierte das null. Er war zu verärgert.

„Du hast ein Gespräch auf Stellas Telefon angenommen, als du schon auf dem Weg zu ihr warst? Das heißt, du hattest es in der Hand, als du überfallen wurdest?"

Diese selbstgerechte Strenge. Genauso wie Oberstudienrat Vilsmair, wenn ich mal wieder in seinem Büro im Bad Reichenhaller Gymnasium vorgeladen war. *Gute Noten alleine reichen nicht aus, Patrizia.*

„War ein Reflex, okay?" Auch mein Ton war so patzig wie damals. „Was willst du mir damit sagen, Sam? Dass alles nicht passiert wäre, wenn ich Stellas Telefon nicht in der Hand gehalten hätte?

Vielsagendes Schweigen.

„Dann kann ich dich beruhigen. Meine Tasche ist auch weg, und alles, was drin war. Mein Mobiltelefon, alles."

„Also doch ein normaler Überfall? Wäre nicht das erste Mal, dass jemand unachtsam ..."

„Unachtsam?" Ich bezahlte mein abfälliges Lachen sofort. Ein Messerstich, direkt zwischen die Rippen. Noch einer beim Luftholen. „Meine Visage wäre nicht so schön bunt, wenn mir irgendein Gelegenheitsdieb mal eben schnell was aus der Hand geschnappt hätte."

Kein Kommentar. Nur Abwehr. Vor der Brust verschränkte Arme.

„Die wussten, dass ich das Telefon habe, Sam. Vielleicht schon seit Sonntag. Stella hat die Dawson Street deswegen vorgeschlagen, weil sie dort auf mich gewartet haben."

Sam war absolut unüberzeugt.

„Und Detective Griffin? War der auch Teil dieser großen Verschwörung?" Machte er sich jetzt noch lustig über mich? „Und warum hat Stella das Telefon nicht einfach von dir entgegengenommen und dann selbst vernichtet? Das passt nicht zusammen."

Das stimmte allerdings. Irgendetwas übersahen wir, schon die ganze Zeit über. Unübersehbar, hingegen: die selbstgerechte Haltung von Sam Feurstein. Das Hemd zu eng, die Knopfleiste zu weit offen. Ein bisschen Manspreading obendrauf, sure why not?

Ich atmete ein, atmete aus. Lass gut sein, Patsy. Ihr seid beide gestresst. Eine junge Frau ist tot. Er fühlt sich schuldig, du auch. Wozu jetzt noch übereinander herfallen? Bleib vernünftig.

„Bei einem Überfall auf mich wäre Stella zumindest nicht im Verdacht gewesen, ein Beweismittel vernichten zu wollen."

Ein säuerliches Lächeln vom Herrn Attaché.

„Na, über den Verdacht ist sie ja jetzt endgültig erhaben."

Die Vernunft konnte mich mal.

„Was ist dein Problem, Feurstein? Du warst den ganzen Nachmittag nicht erreichbar. Ich hatte das Ding alleine an der Backe, und jetzt bist du unzufrieden mit den Entscheidungen, die ich auf die Schnelle getroffen habe? Dann heul bitte leiser, ja?"

Sams Gesicht so bitter und dunkel, wie der Kaffee, den er immer trank. Ich lachte und es schmeckte ihm kein bisschen. Kurz sah es aus, als wolle er vom Stuhl aufspringen oder sonst was Melodramatisches tun. Aber er beugte sich mir nur entgegen. So heftig, sein Stuhl rutschte nach hinten. Sesselbeine knatterten.

„Mein Problem ist, dass du heimlich in Stellas Zimmer warst und ihr Mobiltelefon nicht nur dort aufgefunden, sondern auch noch an dich genommen hast. Wer dran schuld ist, ist nicht das Problem. Sondern, dass es jetzt verloren ist."

„Aha. Gut zu wissen, Herr Kommissar, dass ich hier das einzige Problem bin. Dass du mich in eine private Sache von dir reinziehst, um die sich von Anfang an die Guards hätten kümmern sollen, ist keines mehr?"

Stille. Sam war anzusehen, was er gerade von mir hielt. Behielt es für sich. Das Los des Diplomaten. So saßen wir einander gegenüber auf dem Schutthaufen unserer Erschöpfung, sahen aneinander vorbei ins Leere, schwiegen. Eine Ewigkeit, vielleicht auch keine Minute. Dann endlich, die weiße Flagge.

„Oh ja, Frau KHK. Das ist sehr wohl ein Problem. Für uns beide und vor allem auch für unseren neuen besten Freund bei den Guards."

„Ach ja. Dein Ermittlungsleiter."

„Es ist nicht *mein* Ermittlungsleiter, Patsy."

Wieder schwiegen wir. Verhandelten die nächsten Schritte zur Versöhnung, während sich irgendwo Schiebetüren öffneten, schlossen. Vielleicht Sinéad, die nach uns suchte.

„Deiner, meiner, unserer. Wen interessierts? Der ist sicher stinksauer auf uns. Wenn mir jemand so in meine Ermittlung pfuscht, nagle ich den dafür ans Kreuz."

Sam lachte durch die Nase. „DI Flanagan hat sich da etwas diplomatischer ausgedrückt", sagte er. „Überrascht, besorgt, enttäuscht, solche Sachen. Du kennst ja die Iren."

Ja, ich kannte sie. Sie neigten zur Untertreibung,

zum Hinterhalt aus Worten. Kein Worst-Case-Szenario, das sie nicht in ein paar schöne, ironische Worte drechselten. Genau wie die Österreicher.

Ich lehnte mich in meinen Sessel zurück. Holte mir ein paar Messerstiche voll Atem. Dann fiel der Groschen.

„DI Flanagan? Paul Flanagan? Heißt so unser Ermittlungsleiter?"

„Genau", sagte Sam Feurstein, als habe er das schon erwähnt und ich hätte nur nicht richtig zugehört. „Unser alter Bekannter vom Vergiftungs-Fall in der Botschaft."

Eine Sekunde lang erfreute er sich an dem Gesicht, das ich machte. Dann fiel ihm wieder ein, dass mein Unglück auch sein eigenes war. Rieb sich mit geschlossenen Augen die Nasenwurzel.

„Er lässt dir übrigens schöne Grüße ausrichten und freut sich auf morgen Vormittag. Da sind wir im Garda-Hauptquartier vorgeladen. Zum freundlichen Gespräch."

Der Herr Attaché grinste mich an. So einen Humor konnte auch nur ein Wiener haben.

3

Paul Flanagan, um die 60 Jahre und sichtbar älter, war einer dieser ewigen Detective Inspectors, die ein paarmal falsch abgebogen und nun in der Sackgasse gelandet waren. Unverdrossen wateten sie durch den Treibsand ihrer Karriere. Weil sie ein dickeres Fell hatten als die anderen, weil sie besonders gut waren, Freunde an den richtigen Stellen hatten, oder etwas Kompromittierendes über Feinde an den richtigen Stellen wussten. Weil sie sich selbst und die Menschen um sich herum zu sehr hassten, um ihnen ein Leben ohne einander zu gönnen. So wie ich DI Flanagan kannte, war es eine Mischung aus allen diesen Gründen.

Vor allem kannte ich ihn als Ermittlungsleiter. Ein Dinner in der Residenz des österreichischen Botschafters hatte mit dem Vergiftungstod einer jungen Deutschen geendet. Mittendrin: der frisch bestellte Polizeiattaché Sam Feurstein und ich.

DI Flanagan hatte sich unter dem freundlichen Druck der österreichischen und deutschen Diplomatie bereit erklärt, uns in beobachtender Funktion mit in die Ermittlungen zu holen. Bereut hatte er das schon bei der ersten Fallbesprechung.

Beobachten kann ich zwar, aber mit dem Raushalten wird es schwieriger. Sehe ich eine Spur, gehe ich ihr nach. Habe ich eine Meinung, spreche ich sie aus. Kommt mir jemand dann blöd, ist mir das egal. Außerdem lächle ich zu wenig. Und wenn, dann auf die falsche Weise.

Das kam schlecht an bei einem wie Flanagan, der es gewohnt war, dass man Respekt vor seiner Vergangenheit zeigte, oder noch besser: Angst.

Seine ersten 20 Jahre bei der irischen Polizei hatte er in einer als Special Branch bekannten Abteilung der irischen Polizei verbracht. Im BKA nannte man sie Staatsschutz. Im Irland der 80er und 90er beschäftigte sich der Special Branch vor allem mit dem Nordirland-Konflikt. In der Republik gab es zwar im Gegensatz zum britischen Norden kaum Anschläge, doch suchten vor allem die pro-irischen Paramilitärs immer wieder Zuflucht und Geldquellen über der Grenze. Schmuggel, Schutzgelderpressung, Waffenhandel – ein ganzer Kosmos illegaler Umtriebe, den der Special Branch bekämpfte. Eine geheime Gesellschaft, der Mittel und Wege zur Verfügung standen, von denen man in der modernen Kriminalpolizei nicht mal mehr laut träumen durfte. Bis mit dem Karfreitagsabkommen von 1998 die heiße Phase des Konflikts vorbei war.

Die Zeiten änderten sich, und der Special Branch war schließlich in Special Detective Unit umbenannt worden. Die alte Garde und ihre Wildwest-Einstellung konnte man nicht mehr brauchen, versetzte sie in andere Funktionen. Seitdem saß DI Flanagan wie ein Stachel im Fleisch seiner Organisation, den sich niemand zu ziehen traute. Ein alter Fecker mit neuem Namen.

Ben Fergusons Worte, nicht meine. Alles, was ich über DI Flanagan wusste, hatte ich von ihm erfahren, und das zu spät. Flanagans Meinung über mich stand da bereits fest.

Woher Ben Ferguson und DI Flanagan einander kannten, hatte mir noch keiner von beiden erzählt. Fest stand, sie trauten einander keinen Millimeter über den Weg. Vielleicht, weil sie beide aus derselben Welt stammten. Flanagan hatte 20 Jahre im Sumpf des Nordirlandkonflikts und der Terrorbekämpfung verbracht. Ben seine ersten 18 Jahre.

Eine Welt, in der man lernte, nichts von sich preiszugeben. Im Auge zu behalten. Zu manipulieren.

DI Flanagan hatte es schon einmal bei mir versucht, nachdem der Hintergrund des Vergiftungsfalles aufgeklärt war.

Unter dem Deckmantel eines *kollegialen Rats* hatte er mich vor Ben und einer eigenen Agenda gewarnt, die er mit unserer Beziehung angeblich verfolgte. Hatte sogar funktioniert. Eine Nacht lang hatte ich nicht gewusst, wo mir der Kopf stand. Hatte ihn schließlich einfach ausgeschaltet, Ben mein wankelmütiges Vertrauen geschenkt und Flanagans Kommentar verdrängt, genauso wie Flanagan selbst. Mein Plan war simpel gewesen: Ich würde diesem Mann einfach nie mehr begegnen.

So viel dazu.

4

Kurz vor halb zwei. Am Cambridge Park in den Dubliner Docklands herrschte Nachtruhe. Soweit möglich, denn der Dubliner Hafen tat kaum einmal ein Auge zu. Er lag nur wenige 100 Meter Luftlinie entfernt, nördlich der Mündung der Liffey in die Dublin Bay. Von hier aus konnte man ihn riechen, ihn atmen hören. Vor allem nachts und bei Nordwestwind, so wie jetzt.

Die feuchtkalte Luft brachte das Versprechen auf den nächsten Regenschauer mit sich, und das zweitaktige Grollen einer Kolonne an LKWs, die von einer Spätfähre rollten. Das *Pa-damm, pa-damm, pa-damm, pa-damm,* von Zwillingsrädern auf Rampen aus Metall.

Hier drüben, südlich des Hafens, reihten sich niedrige Häuschen aneinander, daneben dreistöckige Wohnblocks aus einer Zeit, bevor Irland die Verantwortung für seinen Wohnraum an internationale Pensionsfonds ausgelagert hatte. Viel Backstein, weiß umrandete Fenster und Türen, alles in einer Reihe, wie mit dem Keksausstecher produziert. Dahinter die Bürogebäude der Multinationals, die Beleuchtung aufs Notwendigste gedimmt. Wie Kriegsbräute warteten sie auf die Rückkehr der Arbeitskräfte aus dem Homeoffice. Irgendwann.

Im Fenster neben dem Eingang zu Bens Haus brannte nachts immer eine kleine Schirmlampe. Seltsam, wie oft ich bei Dunkelheit hierherkam. Wie sehr mich das Licht neben dem Eingang tröstete. Jemand war zu Hause. Heute auch im Schlafzimmer, oben im ersten Stock.

„Sollen wir nicht doch mit reinkommen, Liebes?", fragte Sinéad. Sie sah fast wie ein Kind aus am Beifahrersitz von Sams BMW, das Fenster halb heruntergelassen.

Nein, das wollte ich nicht. Sie wollte es auch nicht so recht, das war ihr anzusehen. Und Sam? Keine Ahnung, ob er noch dachte, geschweige denn, was. Sein Gesicht starr wie eine Maske im Halbdunkel. Auf der Fahrt vom St.-Vincent's-Krankenhaus hierher hatten wir beide kein Wort gesprochen, das Feld Sinéad und ihrer Energie überlassen. Zu viele schlechte Nachrichten an einem Abend, zu viele ungute Entwicklungen. Und dann noch – Überraschung! – eine gute. Vielleicht.

Sinéad und Sam warteten, bis sich die Tür für mich öffnete und ich ihnen winkte, dann fuhren sie davon. Nach Hause, wo immer das war. Für mich war es 18 Cambridge Park, zumindest für heute Nacht. Empfangen von einer offenen Tür ohne Sicherheitskette. Von einem stupsnasigen Gesicht, das so viel öfter strahlte als das ihres Bruders. Wenn auch nicht im Augenblick.

„Oh my Gooood, Patsy, was ist dir denn passiert? Ich hab mich schon gewundert, weil ich nichts mehr gehört hab von dir."

„Sorry. Bin aufgehalten worden", nuschelte ich, meine Wange noch ein bisschen praller als im Krankenhaus. Mein Kopf forderte seine nächste Dosis Schmerzmittel. Wollte endlich seine Ruhe. „Mein Telefon wurde mir auch gestohlen. Beide Telefone."

„Holy shit." Sie winkte mich zu sich ins Haus wie auf ein Rettungsboot, zog mich nach drinnen und legte die Kette vor, wahrscheinlich um keinen Ärger mit Ben zu kriegen. Sie machte Anstalten, mich in den Arm zu nehmen.

„Lieber nicht, Aoife. Meinen Rippen gehts nicht so besonders." Das war ein Teil des Problems. Der andere war das Übermaß ihrer menschlichen Wärme. Eine Umarmung würde wenig bringen außer Tränen. Noch gab es anderes zu tun.

„Okay." Wie immer, wenn es ein Schweigen zu überbrücken galt, nestelte Aoife an ihren Haaren. Eine steißbeinlange Pracht, die sie abends immer in einen riesigen Dutt steckte. Sie war barfuß, in Shorts, auf ihrem T-Shirt eine Katze beim Gitarrensolo. Bereit fürs Bett. „Ben ist nicht hier. Der kommt erst um acht Uhr aus dem Dienst. Soll ich ihn anrufen? Vielleicht kann er früher ..."

„Nein, danke." Wegen Ben war ich nicht hier. „Hast du vielleicht Tee und Toast?"

„Ihr seid beide so old school." Aoife glückste über mich und ihren Bruder, aber nur einmal, dann wurde sie ernst. Weil sie genauso schlau war, wie ich sie eingeschätzt hatte. Wenn ich um diese Uhrzeit hier auf der Matte stand, dann nicht für Tee und Toast. Jedenfalls nicht nur.

„Gehts um die Daten? Brauchst du sie jetzt schon?"

„Ja. Ziemlich dringend."

„Okay. Du hast Glück." Den Satz hatte ich schon lange nicht mehr gehört. Ich schloss die Augen, atmete aus, und aus, und aus, egal, was meine Rippen dagegen einzuwenden hatten.

„Ich hab zwei Kopien gemacht, wie du wolltest. Eine ist in meiner Schublade im Laden, die lässt sich absperren. Die andere hab ich oben in meiner Tasche. Warte." Sie verschwand über die Treppe ins Obergeschoss. Es polterte, es rumpelte, dann kam sie zurück und reichte mir einen kleinen schwarzen Kubus inklusive Übertragungskabel.

„Mein Kollege Mick hat mir die externe Festplatte geliehen. Falls wir was auswerten wollen, dann am besten damit."

Aoife ging vor mir in die Küche, knipste das Licht an. Tätschelte im Vorübergehen Ted, der auf einem der Stühle am Esstisch geschlafen hatte und murrend den Kopf hob. Sah mich dann an.

„Du willst doch was auswerten, oder?"

Ich dachte an das Gespräch morgen mit DI Flanagan. Wie oft er Sam und mich zusammenfalten würde, wenn wir nicht vorbereitet waren. Das Machtgefälle zwischen uns, und wie es sich verschieben ließ.

„Im Idealfall möchte ich eine unberührte Version für die Guards. Auf die andere würde ich gerne mal kurz einen Blick werfen."

„Mal kurz. Hab ich mir fast gedacht."

Aoife, das Miststück, grinste und brachte mich doch noch in Versuchung, sie zu umarmen. Für ihren Grips, für ihre Frechheit und dafür, dass sie sich einen Dreck um die autoritären Anwandlungen ihres Bruders scherte, der ihr verboten hatte, Stellas Handy anzurühren.

Nur einen langen Atemzug lang hatte sie gezögert, als ich sie nach meinem Telefonat mit Stella um Hilfe gebeten hatte. Dann hatte sie mir die Adresse des *ClickFix*-Computershops gesendet, in dem sie noch arbeitete, hatte Stellas Handy mit Einweghandschuhen entgegengenommen und mir eine Stunde später wieder übergeben. Alle Inhalte von der SIM-Karte und dem lokalen Speicher gesichert.

Du wirst deine Gründe haben, hatte sie gesagt.

Hatte ich. Vor allem meine Vorsicht. Vielleicht auch meine Paranoia. Eine Rückversicherung, falls Stella Schatz' naive Unschuld doch nur Fassade war. Falls noch mehr schiefgehen sollte als bisher schon.

„Wenn Ben nach Hause kommt und das erfährt, dann killt er uns, das ist dir schon klar, oder?" Aoife ging vor mir her in die Küche, knipste das Licht an und entleerte den Wasserkocher, befüllte ihn neu.

„Dir verzeiht er das schon, Aoife. Und mir vielleicht auch, irgendwann."

Sie lachte. *Sei dir da nicht so sicher.*

War ich mir auch nicht. Es war Ben ernst gewesen mit seiner Bitte, Aoife da nicht mit reinzuziehen. Ausgerechnet die Aufmerksamkeit von DI Flanagan auf sie zu lenken würde ihn nicht glücklicher machen.

Sie holte das Toastbrot und die Butter aus dem Kühlschrank, hob fragend eine Packung Chips in die Höhe. Cheddarkäse und Zwiebel.

Ich nickte. Kartoffelchip-Sandwich, ein Highlight der irischen Küche. Nichts war so schwammig und knusprig zugleich, spendete so viel fett-salzigen Trost. Gut gegen Kater und Schmerzen aller Arten, also gut für mich.

Ich setzte mich an den Tisch, beobachtete Aoife, die vier Toastscheiben butterte, auf zwei von ihnen Kegel aus Chips aufschüttete. Kraulte Ted auf dem Stuhl neben mir unterm Kinn. Der gähnte großmäulig, blinzelte mir zu. *Alles wird gut, Sister. Und wenn nicht, dann wirds eben ungut.*

„Vielleicht gibts noch eine andere Option", sagte

Aoife, ohne mich anzusehen, so als führe sie nur ein Selbstgespräch. „Wir könnten uns die wichtigsten Daten auch jetzt gleich ansehen." Mit der flachen Hand presste sie die Toastscheiben aufeinander, bis es knisterte. Schien zufrieden. „Bevor Ben nach Hause kommt, könntest du schon wieder weg sein. Dann musst du auch dein Gesicht nicht erklären, und wir erzählen ihm einfach alles hinterher. Wenn er ausgeschlafen ist." Sie hob den Blick, teilte ein listiges Lächeln mit mir. Eine vielversprechende junge Frau, diese Aoife Ferguson.

Aus der Chathistorie von Stella Schatz

Nachricht von @FeeltheBern an @LaStella, vom
6. August, 20:48 Uhr

Hey Stella, lang nichts gehört. Wie ist dein Sommer so? Sorry, dass ich so schnell verschwunden bin aus Stra-tegiCo, aber irgendein feiges Aas hat sich anonym bei der Molin über mich beschwert. Angeblich habe ich die Leute bei der Qualitätskontrolle zu sehr unter Druck gesetzt und mehrere Fehlentscheidungen bei der Miss-brauchs-Queue getroffen.

Haben mich sofort fristlos entlassen, dabei hab ich drei Jahre lang drei Jobs gleichzeitig gestemmt für die. 🖕 🖕 🖕

Könnte mich beschweren, aber hab Besseres zu tun.

Weiter zu den good news – bin nach oben gefallen! Habe schon einen neuen Job. Leitung des Qualitätsteams bei PLC. Mehr Verantwortung und Freiheit, könnte also schlimmer sein.

Wir suchen übrigens dringend Leute, auch als Schichtleiter und so. Falls du dich von StrategiCo nicht weiter ausbeuten lassen willst, sag mir Bescheid, okay? Es geht auch besser.

Weitergeleitet von @LaStella an @KitCat,
am 6. August, 21:03 Uhr

Lies das mal. Von Bernard. Das ist unfassbar!!! Der macht doch bei PLC genauso weiter wie bei uns. Warum wurde der nicht schon lange bei der Polizei gemeldet, ich fass es nicht! Sag mir nicht, dass man dagegen nichts tun kann, Cat.

Nachricht von @KitCat an @LaStella, vom
6. August, 21:22 Uhr

Shit. Hab es geahnt. Solche Typen kommen immer irgendwie durch.
Aber ich mag es, wenn du Cat zu mir sagst xx

Nachricht von @LaStella an @KitCat, vom
6. August, 21:28 Uhr

NOT Funny, Katharina! Du musst nochmal mit dem Management reden. Gary O'Keefe, oder keine Ahnung, wer dafür zuständig ist, dass die Polizei aktiv wird. Es kann nicht sein, dass so einer zwar gefeuert wird, aber nichts geht an die Behörden. Da muss man doch was tun können!

Nachricht von @KitCat an @LaStella, vom
6. August, 21:37 Uhr

Liebes, jetzt komm mal runter. Seh das wie du, und Gary auch, aber die letzte Entscheidung liegt beim Kunden, und die wollen den Dreck bloß von ihren eigenen Fingern haben, egal wie. Wohin er dann fliegt, ist nicht so wichtig.

Nachricht von @LaStella an @KitCat, vom
6. August, 21:42 Uhr

Ich hab dir schonmal gesagt, es gibt möglicherweise noch eine andere Option. Ich kümmer mich jedenfalls drum, ich versprechs. Warum kommst du nicht rüber zu mir, dann erzähl ich dir in Ruhe, was ich meine. Ich hab auch G&Ts da.

Ein freundliches Gespräch

1

Dienstagfrüh. Die Sonne wollte nichts mehr zu tun haben mit ihren Exzessen des Vortages, der Morgen ein Grauen in mehreren Akten. Feuchte Straßen, erste Blätter, die sich der Herbst über Nacht von den Bäumen geholt hatte.

Dublin funktionierte auf einer anderen Zeitachse als Wien oder München. Um sieben Uhr morgens kam die Stadt erst zu sich.

Als Sams BMW kurz nach sieben vor dem Haus der Fergusons auffuhr, war das Tageslicht noch nicht so richtig in die Gänge gekommen, brannte in der Küche der Cambridge Road 18 noch immer das Licht.

Sam ließ mich einsteigen, winkte Aoife zu, die zurückwinkte und dann ins Haus verschwand. Nahm mich kurz ins Visier, ersparte uns aber beiden einen Kommentar über mein Aussehen. Meine verdreckte Hose und die zerrissene Bluse von gestern hatte ich in einer Plastiktüte aus dem Supermarkt mit dabei. Trug einen Hoodie in Übergröße und eine Cargohose aus Aoifes Beständen. Kleidergrößen spielten derzeit keine Rolle. Alles überweit, alles offenbar wieder modern, meinetwegen. Sam Feurstein hingegen: eine Mischung aus Hemdstärke und Aftershave. Nur sein Gesicht der zerknüllte Überrest einer zu kurzen Nacht. Als er sich für die Begrüßung zu mir beugte, lag ein Hauch von Sinéad auf seinen Wangen.

Deshalb also die Opfergaben, die er mir vor dem Losfahren überreicht hatte. Einen Thermosbecher Tee und ein Mandelcroissant, mit dem ich heute ausnahmsweise auf seine Ledersitze krümeln durfte. Außerdem erwartete mich in der Synge Street Sinéad angeblich mit einem Frühstück für Champions, bevor wir den ganzen Rest besprachen. Was zum Teufel? Das war eine Menge schlechtes Gewissen. Aber mit Mandelcroissants kannte er sich wirklich aus.

„Konntest du überhaupt schlafen, Frau KHK?"

„Ein paar Minuten, glaube ich. Ab dem vierten Kaffee gings aber wieder."

„Deine Kondition möchte ich haben."

„Bedank dich bei Aoife. Die hat genug Energie für uns beide."

Die halbe Wahrheit. Nicht nur Aoife, auch die Inhalte von Stellas Telefon hatten mich wachgehalten. Wie sich Stellas Leben vor uns entfaltete, in Nachrichten, in Bildern, in kurzen Clips, nur um dann innerhalb von Sekunden über eine Klippe zu fallen, an die sie sich zu nahe herangewagt hatte. Mein Magen war noch zu flau, um darüber zu reden. Das wusste auch Sam.

Er fuhr. Ich sah der Stadt beim Aufwachen zu. Die vielen Rollläden geschlossen wie Augenlider, oder halb geöffnet, nur die Systemerhalter liefen schon auf vollen Touren. Menschen mit Helmen und reflektierenden Schutzwesten, ihren Kaffee in Pappbechern dabei, Arbeitshandschuhe aus ihren Gesäßtaschen winkend. Lieferwägen vor Supermärkten, Kehrwägen, die den Weg freiräumten für den neuen Tag. Eine neue Realität. Der Herbst ein Schicksal, in dem man sich einrichtete, so wie man sich in allem einrichtete in Irland, auch in den eigenen Missständen. Moving on. Nicht beschweren, weitermachen. So lange, bis es nicht mehr ging.

„Wie gehts dir sonst?"

„Besser als gestern Abend." Meine Wange war nicht mehr ganz so geschwollen, mein Kopfschmerz eine schwache Drei. Nur die Rippen. „Tu mir den Gefallen und bring mich nicht zum Lachen."

„Kein Problem. Ich hab eh nichts zu lachen. Aber wie machen wir das mit DI Flanagan?"

„Haha, du Mistkerl. Hör mir auf mit deiner guten Laune."

Verdammt nochmal, Sinéad. Während ich versuchte, Sam und mir den Hintern zu retten, kriegte sie den Sex. Und ich ziemlich sicher Ärger mit Ben. Etwas machte ich falsch im Leben.

Auch das, ein Thema für später. Jetzt war da noch Barry's Gold Blend, stark, ohne Zucker, extra viel Milch. Und die Aussicht auf ein freundliches Gespräch mit DI Flanagan.

„Fahr lieber, Herr Attaché, wir haben noch genug zu tun bis zehn Uhr."

2

Drei Stunden später. Es sah noch immer nach Regen aus, ohne dass ein Tropfen gefallen wäre. Eine Drohkulisse aus Wolken, wie gemacht als Hintergrund für das Garda-Hauptquartier in der Harcourt Street. Sechs Stockwerke aus schmutzig braunem Backstein, Fenster schmal wie Dominosteine, enge Treppenaufgänge, Neonröhren und muffige Industrieteppiche, in jeder Türklinke statische Energie. Sogar Tageslicht wurde wie ein Verbrechen behandelt, das es abzuwehren galt.

Das letzte Projekt eines depressiven Architekten. Sams Worte, nicht meine. Er hatte seinen Humor endgültig wiedergefunden, trotz des vielleicht kleinsten und stickigsten Besprechungsraumes des gesamten Hauptquartiers, in den man uns gesteckt hatte. Nicht einmal der widerwärtige Kaffee schien ihm etwas aus-zumachen. Kein Wunder. Er hatte nicht nur Sinéad zurückerobert, sondern auch noch Glück im Beruf: Seine morgendliche Videokonferenz mit dem öster-reichischen Botschafter war gut gelaufen. Martin Ackermann hatte seinen Polizeiattaché zwar für sein kompetenzüberschreitendes Verhalten gerügt, von einer offiziellen disziplinarischen Meldung ans Minis-terium in Wien aber abgesehen.

Hier am Rande Europas mache man so etwas unter sich aus. Außerdem habe Sam seit seiner Ankunft in Dublin schon so viel gute Arbeit geleistet, da könne man einen Fehltritt schon einmal nachsehen, das große Ganze im Blick behalten.

„Hat er das nicht schon beim letzten Fehltritt ge-sagt?"

Sam überwand sich zu einem weiteren Schluck aus seiner Tasse. Irgendeine Strafe musste schließlich sein.

„Der Martin will sich das Leben nicht unnötig schwer machen. Ende des Jahres ist seine Entsen-dung hier in Dublin vorbei, was hat der dann von einer Beschwerde? Der ganze Papierkrieg, und dann glau-ben die in Wien bloß, dass er sein Steuer nicht einmal in einer kleinen Botschaft in der Hand behalten kann. Sowas ist schlecht für seine Karriere."

Mein ungläubiges Gesicht erheiterte ihn, er hob die Schultern. *Was kann ich dafür?*

Manchmal musste man sie wirklich beneiden um ihren Sumpf, diese Österreicher.

Exakt sieben Minuten lang ließ DI Flanagan auf sich warten. Öffnete die Tür wie einen Bühnenvorhang. Kam ohne Begleitung oder Notizbuch, verlor ein paar Flos-keln über seine bedauerliche Verspätung und unsere wertvolle Zeit. Die Botschaft zwischen den Zeilen: Wir kosteten Paul Flanagan Zeit, die er nicht hatte.

Eine Naturgewalt von einem Händedruck, dann verwies er uns auf die beiden Stühle, aus denen wir uns gerade erst erhoben hatten, während er uns ein paar Sekunden begutachtete. Zuerst Sam, dann mich. Meine Wange.

„Immer wieder eine Freude, Detective Inspector Logan", behauptete er. „Mister Feirstin meinte, Sie wären bei einem Überfall verletzt worden, und Sie? Sitzen hier wie ein Schluck Quellwasser. Was ist Ihr Geheimnis?"

„Viel heißes Wasser und ein Topf voll Farbe." Stimmte nicht ganz. Es brauchte auch eine Menge Schmerzmittel. Und ein Outfit weit über meiner Gehaltsklasse. Aber hier ging es nicht um Wahrheiten. Hier ging es um falsche Komplimente. Davon hatte ich auch eins. „Sie sehen aber auch gut aus, Detective Inspector."

Im Gegenteil. Flanagan sah krank aus. Sein Gesicht noch hagerer als im Januar, sein Haarkranz noch grauer, seine Haut welk und bläulich im Neonlicht. Der schwere, dunkle Rahmen seiner Brille wirkte zu groß in seinem Gesicht.

Nur seine Krawatte strahlte. Ein psychedelischer Traum aus den 70ern, in Gelb und Orange. Er strich sie sich mit der Hand glatt, hustete sich zweimal in die Hand. Hörte sich an wie ein Todesurteil.

„Danke. Man kämpft weiter. Sie kennen das ja."

Kannte ich unbedingt. Aber jetzt war keine Zeit für Vertraulichkeiten wie diese. Flanagan schenkte mir seine Version eines wohlwollenden Lächelns, schüttelte sich dann seine Armbanduhr aus dem Ärmel.

„Gerne würde ich noch mehr plaudern. Aber in

einer knappen Stunde beginnt meine nächste Fallbesprechung. Wenn es Ihnen also nichts ausmacht, werde ich zur Sache kommen."

3

Die Sache, das war Bernard Petit und das Kopfzerbrechen, das sein Tod DI Flanagan machte.

Über den Toten selbst wusste man bereits eine Menge. Gerade mal 32 Jahre, geboren und aufgewachsen in Brüssel, gestorben vor über einer Woche. Erschlagen in seiner Dubliner Mietwohnung. Die Details wolle er Sam und mir ersparen, nur so viel könne uns DI Flanagan verraten: Der Mann war kaum noch zu erkennen gewesen. Getötet hatte ihn schließlich ein Genickbruch.

Wahrscheinlich eine Gnade, denn laut Einschätzung der obduzierenden Gerichtsmedizinerin wäre von Petit nicht viel mehr als Gemüse übriggeblieben, auch wenn er überlebt hätte.

Was ebenfalls bereits klar war: Bernard Petit war mehr gewesen als der charmante und arbeitsame junge Mann, für den ihn ein Großteil seines Umfeldes gehalten hatte.

„Derzeit befinden sich sein Computer und alle greifbaren elektronischen Geräte bei unseren Datenforensikern zur Analyse." Flanagan sah aus, als wäre ihm gerade eine Fliege in den Mund geraten. „Bisher konnten sie nur einen ersten Blick drauf werfen, aber wir sprechen hier von tausenden, wenn nicht zehntausenden Bildern sexuell missbräuchlichen Inhaltes, die auf Mister Petits Datenträgern gespeichert sind. Nicht nur zum privaten Vergnügen, davon müssen wir ausge

hen. Und da sind wir schon bei meinem Kopfzerbrechen." Er gab uns eine Sekunde, um uns sein schweres
Leben vorzustellen, durchleuchtete uns dabei mit seinem Geheimpolizisten-Blick. „Wir wissen eine Menge
über Mister Petit und seinen Tod, aber leider noch viel
zu wenig darüber, wer dafür verantwortlich ist, worum
es genau ging, und wie die Sache ablief. Von den beleg-
baren Beweisen mal ganz abgesehen." Vielsagender
Blick in meine Richtung. Neben mir räusperte sich
Sam, rückte seinen Stuhl zurecht. Guter Mann. Wer
DI Flanagan unterbrach, hatte schon halb verloren.
„Nach dem, was uns die Spurensicherung sagen kann,
waren an der Tat mehrere Personen beteiligt", sprach
er weiter. „Mindestens drei, noch wahrscheinlicher
vier. Sie alle haben Mister Petits Haus und Wohnung
wahrscheinlich normal über den Haupteingang und
die Vordertür betreten. Nirgendwo die Spur eines Ein-
bruchs. Und sie waren vorbereitet. Spuren wurden aktiv
verwischt, Mister Petits Mobiltelefon ist verschwunden, er wurde von all seinen Computerapps abgemel-
det. Da wusste jemand, was er tut, auch wenn es auf
den ersten Blick nach einem Hassverbrechen aussieht."

„Was ist mit den Sicherheitskameras?" Sam. Er
konnte es doch nicht lassen. „In Irland sind die doch
überall. Sicher auch da, wo Petit gewohnt hat."

Er kassierte sofort einen zurechtweisenden Blick.
„Das mag sein, Mister Feirstin. Wir haben die Daten
der Sicherheitskameras im Sea-Lock-Komplex schon
angefordert. Nur sind die Aufnahmen leider wertlos,
weil sie alle drei Tage automatisch gelöscht und neu
überspielt werden. Wir waren genau sechs Tage zu
spät dran. Natürlich haben wir unser Netz bereits auf
die Kameras in der Nachbarschaft ausgeweitet. Aber
das alles durchzusehen ist, wie Sie sich wahrschein-

lich vorstellen können, die berühmte Suche nach der Nadel im Heuhaufen. Vor allem, wenn noch nicht klar ist, wie die Nadel genau aussieht. Sie verstehen?"

Noch ein klumpiges Husten, dann blickte er in die Runde. Ein müder Professor mit seinen schlecht vorbereiteten Prüflingen.

„Fest steht, Bernard Petit blieb gerne für sich. Er hatte kaum Freunde in Irland, nur Kollegen. Seit Anfang Juli war er arbeitslos. Seine neue Stelle sollte er erst in ein paar Tagen antreten. Trotzdem hat er am Abend des 5. September gleich einer ganzen Gruppe von Menschen die Tür geöffnet, die später zu seinen Mördern wurden."

Er machte noch eine Pause. Diesmal mit Platz zum Einhaken.

„Es sei denn, Bernard Petit hat nur einer Person die Tür geöffnet", sagte ich. Wartete auf ein Zeichen seines Ärgers, doch er strich sich nur gedankenverloren die Krawatte, schien mir das Wort erteilt zu haben. „Einer Person, die er gut kannte. Mit der er eine Verabredung hatte und der er vertraute."

„Sprechen Sie von der jungen Frau, nach der wir beide gesucht haben, Detective?" Eine dieser typischen Freud'schen Degradierungen, die mich schon durch meine gesamte Karriere begleiteten. Der eigene Dienstrang ein Territorium, das ständig aufs Neue verteidigt werden musste. Ermüdend, aber im Augenblick zu unwichtig, um mit DI Flanagan zu streiten. Viel wichtiger war die Lücke, die sich in seinem Monolog aufgetan hatte. Die Tatsache, dass Flanagan gerade klar wurde, dass sein Wissensvorsprung die Seiten gewechselt hatte. Zu Sam und mir. Er lächelte sparsam. Irgendetwas zwischen Genugtuung und Unruhe. Als würde sich gerade ein Verdacht über mich bestätigen, den er schon immer gehabt, aber zur Seite geschoben hatte.

„Wir sprechen von Stella Schatz, ja."

„Interessant." Er kratzte sich mit dem Zeigefingernagel einen unsichtbaren Fleck von der Krawatte. „Und woher kommt diese Information?"

„Von ihrem Mobiltelefon."

„Das werden Sie mir erklären müssen. Soweit ich weiß, haben Sie das gestern verloren."

„Im Gegenteil, es wurde mir gestohlen. Und zwar von denselben Leuten, die für Bernard Petits Tod verantwortlich sind."

Er machte einen verächtlichen Laut, so wie es meine unfundierte Anschuldigung offenbar verdiente.

„Auch Sie waren nicht im rechtmäßigen Besitz dieses Smartphones. Egal, mit welcher Absicht es Ihnen geraubt wurde, es ist jetzt für uns verloren. Der zuständige Ermittler hat die Mobilfunkdaten angefordert und mir das bestätigt. Der letzte Login in ein öffentliches Netz war irgendwo südlich der Stadt an der Küste. Sie können sich ja selbst denken, was das heißt. Byebye, Beweismittel." Er machte eine Geste, als würde er einem davonfahrenden Schiff hinterherwinken.

„Heißt dieser zuständige Ermittler zufällig Griffin?"

Wieder machte Flanagan diesen Laut. Wie ein Hund, der keine Lust hatte auf die eingeschlagene Richtung.

„Keine Ahnung. Ich habe viele Ermittler in meinem Team."

Bullshit. Er wusste genau, von wem ich sprach.

„Hat Ihnen Detective Griffin auch erzählt, dass er mich just in dem Augenblick kontaktiert hat, als ich Stella ihr Telefon wieder zurückgeben wollte?"

Es wurde sehr still. Nichts bewegte sich im Raum. Nicht einmal Sam. Eine Sekunde lang, zwei Sekunden.

„Von so etwas habe ich nichts gehört." Trotzdem schien es DI Flanagan zu denken zu geben. „Vielleicht hat Detective Griffin den Umstand als nicht relevant erachtet."

„Vielleicht", sagte ich. „Vielleicht enthält Ihnen der Detective aber auch ein paar Details vor, die für Sie unwichtig scheinen, ihm aber nützen."

Jetzt hatte ich sie, DI Flanagans Aufmerksamkeit. Und zwar voll und ganz. Er lächelte, als würde sich erneut seine schlechte Meinung über mich bestätigen. Fixierte mich über den Rand seines Wasserglases hinweg, während er trank.

„Warum habe ich das Gefühl, dass Sie mir bald eine Theorie andrehen werden, DI Logan?"

„Die habe ich tatsächlich", sagte ich. „Wollen Sie die denn hören?"

Aus der Chathistorie von Stella Schatz

Zwischen @LaStella und @FeeltheBern, vom 5. September

16:02 Uhr

LaStella: *Hey, wie gehts? Ich wollte nur nochmal fragen, ob es bei heute Abend bleibt? Gegen halb neun bei dir?*

FeeltheBern: *Klar, es bleibt dabei. Ich bin schon ziemlich aufgeregt, muss ich sagen. Mein erstes Interview.*

LaStella: *Musst du nicht sein.*

FeeltheBern: *Und es bleibt auch wirklich anonym, ja? Sonst treten mir die von StrategiCo noch nachträglich in den Arsch. Geheimhaltungsvereinbarung und so, du weißt schon.*

LaStella: *Mach dir keine Sorgen. Ich hab auch andere Leute schon interviewt. Die sind alle anonym.*

FeeltheBern: *Geil. Das erste Buch, in dem ich vorkomme. Und sehr geil, dass du eins schreibst. Danke, dass du an mich gedacht hast.* 🤙

LaStella: *Na klar. Ich brauche Experten, die richtig nah dran sind am Alltag, und die auch was zu sagen haben. Wer wäre da besser als du? Also dann, bis später!*

Feelthe Bern: *Willst du noch auf ein Glas Wein bleiben, danach? Oder wird Katharina dann eifersüchtig?*

LaStella: *Haha, ja, die ist sicher eifersüchtig. Aber ich bleib trotzdem auf ein Glas.*

FeeltheBern: *Na dann, alles klar. Bis später!*

Zwischen @LaStella und @KitCat, vom 5. September

16:28 Uhr

LaStella: *Alles geht klar. Heute um 20:30 bei ihm.*
KitCat: *Liebes, ich bin stolz auf dich. Du tust das Richtige.*
LaStella: *Ja, ich denke auch.*
KitCat: *Komm nach der Arbeit einfach zu mir rüber mit deinen Sachen. Wenn es vorbei ist, dann feiern wir. Und jetzt kriegst du noch ein paar Einladungen zu den Gruppen von mir. Die benutzt du nur, wenn du den Jungs Updates gibst.*
LaStella: *Okay.*
KitCat: *Willkommen im Squad, Liebes!*
LaStella: ☺

Nachricht von @LaStella an @KitCat, @nutter1997, @theDash, @Griff, vom 5. September

20:28 Uhr

LaStella: *Ich bin vor dem Sea-Lock-Gebäude.*
TheDash: *Alles klar, wir sind bereit.*
Griff: 👍
Nutter1997: *Lieber früher als später, Herzchen ... Wir stehen hier im Regen.*
TheDash: *Lass dich nicht hetzen @LaStella, der tut nur so. Wichtig ist der richtige Zeitpunkt.*
LaStella: *Gebt mir eine halbe Stunde.*
Griff: 👍

21:13 Uhr

LaStella: *Jetzt*

22:18 Uhr, @KitCat an @LaStella

Liebes, wo bist du? Wir wollten uns doch bei mir tref-fen? Dein Rucksack, dein Laptop, alles ist noch hier, wo bist du? Die Jungs sagen, du bist abgehauen. Bitte sag Bescheid, was wirklich ist. Und nicht vergessen, Gruppe löschen, Handy zurück auf Werkseinstellungen, wie ver-einbart. Mach das sofort, wenn du die Nachricht kriegst, und dann komm nach Hause! Mach mir keine Angst, ja?

22:59 Uhr, @KitCat an @LaStella

Liebes – warum hör ich nichts von dir? Melde dich bitte asap. Keine Angst, wir werden alles regeln. Okay?

Nachricht von Stella Schatz an Lino Schatz,
am 5. September, 23:02 Uhr

„Lino, ich bins. Ich bin gerade zuhause in meinem Zim-
mer, aber nicht mehr lange. Ich muss weg, weil … ich hab
einen riesigen Fuck-up produziert. Ich hab was Schreck-
liches getan, nicht ich selbst, aber ich war dabei, und
jetzt weiß ich nicht, was ich machen soll. Ich … ich hab
da einen Kollegen, den hab ich gemeldet, weil er Pädo ist,
aber die Leute vom Management hats nicht interessiert,
und da … ich weiß nicht, wo ich anfangen soll, ich … ich
bin mit schuld, dass er tot ist. Das hätte nicht passieren
sollen, aber jetzt häng ich mit drin, und Bernard ist tot.
Kennst du vielleicht jemanden, der mir helfen kann? Du
kennst doch immer alle, oder? Ich weiß, du bist in Singa-
pur und kannst da nicht weg, aber anrufen kannst du ja
trotzdem, oder? Ruf mich zurück, Lino, ich brauch dich
wirklich, ganz ganz dringend, es tut mir so leid!"

(Diese Nachricht wurde gelöscht am 5. September, 23:03
Uhr)

Die schnelle Eingreiftruppe

1

Zwei Minuten, 16 Sekunden. So lang war das Video, das am Abend des 5. September mit Bernard Petits Smartphone gefilmt und anschließend per Chat an Stella Schatz und vier weitere Mitglieder einer Chatgruppe mit dem Namen „The Squad" versandt wurde. Hauptdarsteller war Bernard Petit selbst, mutmaßlich gefilmt von Stella Schatz. 142 chaotische, laute, quälend lange Sekunden, in denen er von drei Männern in Schwarz und mit Sturmhauben überwältigt worden war, bevor man ihn, einen Sack über dem Kopf, verprügelte. Und nicht mehr damit aufhörte, da mochte die panische Stimme im Off so lange „Aufhören" schreien, wie sie wollte. Eine Stimme wie eine Nadel, die über eine Schallplatte kratzte. Doch Stella Schatz richtete nichts aus gegen die Wut, die durch alle Schleusen brach und sich über Bernard Petit ergoss. Weiter und weiter, bis er tot war.

DI Flanagan sah sich alles an. Ohne ein Wort. Ohne ein Blinzeln, was laut Naturgesetz gar nicht möglich war. Aber auch meinen Augen war nicht mehr zu trauen. Ich hatte seit bald 30 Stunden kaum geschlafen. In meinem Blickfeld trieb ein Schwarm flimmernder Pünktchen wie Zierfische. Zu viel gesehen. Gedacht. Geredet. Zu viele Schläge kassiert für einen Impuls, dem ich gefolgt war, als ich in Stella Schatz' Zimmer nach einer Spur von ihr gesucht und ihr Handy gefunden hatte.

Unüberlegt vielleicht, aber zumindest nicht so katastrophal wie die Folgen, die Stella Schatz' spontaner Wunsch nach einer Strafe für ihren ehemaligen Kollegen ausgelöst hatte.

„Stella war sich nicht im Klaren, worauf sie sich mit der Aktion einließ", redete ich noch ein bisschen weiter, hinein ins Schweigen von DI Flanagan. Der war inzwischen schon ziemlich spät dran für seine Besprechung. „Als die Aktion aus dem Ruder lief, geriet Stella in Panik. Wollte nur noch weg, zuerst vom Tatort und dann von dem, was sie getan hatte, und vor allem vor der Realität. Sie hat sich in die leerstehende Wohnung einer Studienkollegin geflüchtet, von der niemand wusste. Nicht Lino und auch nicht Stellas Freundin."

Katharina Molin, alias KitCat. Die rothaarige Frau auf der Dawson Street. Dreh- und Angelpunkt dieser selbsternannten Bürgerwehr der Sozialen Medien. Sie hatte weiß Gott versucht, ihr verirrtes Schäfchen Stella wieder zurück und auf Schiene zu bringen. Über 20 Nachrichten waren in den Tagen ihrer Abwesenheit auf Stellas Smartphone eingetroffen.

Mit Drohszenarien. Mit Engelszungen. Mit der Versicherung, dass der Squad exzellente Kontakte zur Polizei habe. Wegen ihrem Boss. Und *Griff* sei ja selbst aktiver Polizist, der würde schon wissen, was zu tun sei.

Irgendwann hatte Molin wohl geahnt, dass ihre Kontaktversuche ins Leere liefen. Wie gefährlich diese Nachrichten ihr und dem Squad werden konnten, sollte Stellas Smartphone in die falschen Hände fallen. Deshalb hatte sie sämtliche Nachrichten wieder gelöscht. Pech, nicht nur für Katharina, sondern auch für den restlichen Squad: Stellas kluges Telefon sicherte alle paar Stunden automatisch sämtliche Chats und ihre Verläufe auf dem internen Speicher. Dort hatte sie Aoife Ferguson aufgespürt und ausgelesen.

Genauso wie die Telefonnummern, die sich hinter der Chatgruppe namens The Squad versteckten.

2

TheDash. Nutter1997. BigG. Und Griff, wie Griffin. Alle nannten ihn Ed. Ein Detective mit guten Verbindungen zu den Mobilfunkanbietern. Einer, der seine ganze Karriere lang dafür bekannt gewesen war, das Herz am rechten Fleck zu haben. Einen starken moralischen Kompass. Eine Eigenschaft, die ihm wie schon vielen Polizisten vor ihm zum Verhängnis geworden war.

Vor einigen Jahren hatte Ed Griffin gemeinsam mit einem Kollegen mit Nachdruck ein Betretungsverbot durchgesetzt, das der gewalttätige Ehemann bereits mehrfach verletzt hatte. Der Mann hatte daraufhin all seine Blutergüsse und das gebrochene Handgelenk dokumentiert und eine Beschwerde wegen polizeilicher Übergriffe eingeleitet, mit Konsequenzen für beide Detectives. Seitdem arbeitete Griffin als Springer in wechselnden Ermittlungen. Auch für die von DI Flanagan.

„Ich kenne Ed Griffins Hintergrund, vielen Dank." Flanagans von Natur aus säuerliches Gesicht verzog sich noch weiter. „Aber wer hat denn Ihnen diese Interna verraten, DI Logan? Ihr persönlicher Insider-Kontakt zur irischen Polizei etwa?" Seine Zähne zeigten sich kurz. Ein Scherbengericht von einem Lächeln, ganz ohne Humor. So wie üblich, wenn er eine Anspielung auf Ben Ferguson machte. Er schien bloß auf einen Grund zu warten, um etwas gegen ihn in die Hand zu bekommen. Von mir jedenfalls nicht.

„Die Information kam von Martin Foley", schaltete Sam sich ein, flankiert von einem höflichen Räuspern. Er hatte bisher vor allem mir das Feld überlassen. „Er ist der zentrale Ansprechpartner für alle Polizeiattachés. Kennen Sie ihn?"

Flanagan seufzte bloß über diese rhetorische Frage, ließ seinen Blick über den Tisch wandern und zur externen Festplatte, die ich gleich anfangs sicher in ihrer Box verstaut auf den Tisch gelegt hatte.

„Martin ist hervorragend vernetzt", ließ Sam sich die Laune nicht verderben. „Ich war ihm sehr dankbar, dass er sich so kurzfristig für mich Zeit genommen hat und mir mehr Informationen über Detective Griffins Hintergrund geben konnte."

DI Flanagan schmatzte ungeduldig. Verständlich, aber ausnahmsweise liebte ich Sams Diplomatengeschwätz. Seine Art, letzten Endes doch immer zum Punkt zu kommen.

„Bei dem Gespräch mit Martin hat sich außerdem noch ein interessantes Detail ergeben." Er legte seine Fingerspitzen zu einer Pyramide aneinander. Eine österreichische Kopie der deutschen Bundeskanzlerin.

„Spannend", sagte DI Flanagan gelangweilt, hustete noch einmal. „Bitte, klären Sie mich auf."

„Ed Griffins Kollege, der ebenfalls verwarnt wurde. Es hat sich herausgestellt, dass wir ihm auf der Suche nach Stella schon einmal begegnet sind, und zwar gestern. Zumindest virtuell."

„Ach?" Die Information war DI Flanagan zwei gehobene Augenbrauen wert.

„Gary O'Keefe ist seit drei Jahren Manager bei StrategiCo, und außerdem Katharina Molins Vorgesetzter."

3

Es war Mittag, als wir endlich den Besprechungsraum verließen. Die Festplatte, die wir vor den Augen von DI Flanagan an einen jungen Detective übergeben hatten, lag jetzt eingetütet in der Datenforensik. Eine Chance. Mehr waren die von Stellas Telefon gesicherten Daten noch immer nicht. Das hatte auch Flanagan immer wieder betont. Ein Richter konnte die Art der Sicherung der Daten anzweifeln. Die Daten als Beweismittel nicht zulassen. Ein Anwalt von potenziellen Angeklagten könnte dagegen Beschwerde einreichen, und würde letzten Endes vielleicht sogar damit durchkommen. Alles schon passiert. Alles nur wegen des Datenschutzes.

„Aber es ist besser als nichts", zitierte Flanagan einmal mehr sich selbst. „Ein Ansatzpunkt, auf dem wir aufbauen können." Mehr Anerkennung konnte man von ihm nicht erwarten.

Er bestand darauf, uns zum Ausgang zu begleiten. Nicht aus Höflichkeit, sondern weil er uns noch etwas zu sagen hatte. Das erkannte ich schon an seinem Schweigen. Wie er jeden Gruß der Kollegen im Treppenhaus unerwidert ließ. Wie er an seinen Worten feilte, auf die passende Gelegenheit wartete.

Die bot sich, als wir es fast zum Ausgang geschafft hatten. Sams Smartphone, natürlich. Erleichtert machte er sich damit aus dem Staub, bedeutete mir mit hochgerecktem Zeigefinger, auf ihn zu warten. Verschwand durch die Drehtür wie in eine andere Dimension.

„DI Logan." Mit einem sanften Griff vereitelte Flanagan meine Flucht, musterte mein Gesicht lange und beinahe väterlich. „Ihre Wange sieht nicht gut aus." Noch eine Pause. Die Botschaft, die er vorbereitet hatte. Sie war, so wie ich, schon auf dem Weg nach draußen. Im letzten Augenblick hielt er sie zurück, entschied sich für eine andere.

„Haben Sie schon eine Anzeige wegen des Überfalls auf Sie aufgegeben?"

„Nein."

„Dann sollten Sie das dringendst tun. Sie werden als Zeugin unbrauchbar, wenn der Vorfall schon so lange her ist."

„Ich weiß. Noch dringender muss ich leider ins Bett."

Ein Lächeln. Das erste, das einen Blick gewährte auf Detective Inspector Paul Flanagan, wie er wirklich war. Wie er sein konnte, wenn man ihm am Herzen lag.

„Hoffentlich in Ihr eigenes", sagte er. Einer seiner Klassiker. Und ich war zu müde, um nicht darüber die Augen zu verdrehen. Das schien ihm zu gefallen.

„Wollen Sie mich wieder vor meinem nicht standesgemäßen Umgang warnen, DI Flanagan?"

Mein Sarkasmus gefiel ihm nicht ganz so sehr.

„Sie wissen, ich habe nichts gegen Ben Ferguson persönlich."

„Tatsächlich nicht? Da habe ich aber anderes gehört."

„Natürlich haben Sie das", sagte er. Lächelte wieder. So nachsichtig, ich verwandelte mich umgehend zurück in eine 17-Jährige.

„Was ist das eigentlich mit Ihnen, Detective Inspector? Diese ganze väterliche Kiste, die Sie am Laufen haben, sobald wir einander begegnen. Wahrscheinlich ist das nett gemeint, aber dummerweise habe ich schon einen Vater. Oder hatte einen, zumindest."

Bedauern huschte über DI Flanagans Gesicht.

„Ich weiß. Das tut mir leid", sagte er steif.

„Ist ja nicht Ihre Schuld." Moment mal. „Woher wissen Sie eigentlich von meinem Dad?"

„Von Ihnen. Sie haben es mir erzählt."

Hatte ich das?

„Schon im Januar", half er mir weiter. „Als wir zusammen an dem Fall in der Botschaft gearbeitet haben."

Mist. Ben hatte mich nicht umsonst gewarnt, Flanagan etwas Persönliches von mir zu erzählen. Offenbar zu spät.

Flanagan zog schon wieder dieses Gesicht. Bitter? Müde? Besorgt? Im Gewissenskonflikt? Meinetwegen alle drei gleichzeitig. Für heute konnte ich nur noch mit Klartext umgehen.

„Es tut mir leid, DI Logan. Es war ein langer Tag für Sie. Es war nicht der richtige Zeitpunkt für so ein Gespräch."

Was für ein Gespräch? Worum ging es hier gerade? Um meinen Dad? Wusste er vielleicht wirklich etwas über ihn, so wie ich schon einmal vermutet hatte?

Alles gute Fragen. Die Frau der Stunde hätte sie auch gestellt, und das ohne Umschweife. Wenn sie nicht gerade abgetaucht wäre. Verschollen in einer schwarzen, kalten Tiefe aus Übermüdung.

„Wahrscheinlich nicht. Ich gehöre wirklich ins Bett. In welches, ist mir gerade ziemlich egal."

Das ließ DI Flanagan zumindest gelten.

„Es war schön, Sie wiederzusehen. Trotz ...", er

verquirlte die Luft mit der Hand, „... der tragischen Umstände." Er schien sich kein Gegenkompliment zu erwarten. Und er kriegte auch keines.

Als ich durch die Drehtür nach draußen kam, wartete Sam schon in seinem BMW auf mich. Natürlich halb auf dem Bürgersteig geparkt. Wofür sonst hatte man ein Kennzeichen des diplomatischen Korps?

Mir war es recht. Noch spürte ich jeden meiner Schritte überall dort, wo ich es nicht sollte. Die Wolkendecke hatte sich inzwischen verflüssigt, überzog mich mit einem Schleier aus Nieselregen. Überall feine, warme Tröpfchen, die letzte Grüße ausrichteten vom vergangenen Sommer.

„Und?", fragte Sam, nachdem ich endlich neben ihm saß und mir den Schmerz wegatmete. „Was wollte Flanagan noch von dir?"

„Ich hab nicht die geringste Ahnung."

Sam sagte nichts, sichtlich dankbar für meine kleine Notlüge. Eine Weile beobachteten wir, wie sich die Windschutzscheibe immer weiter mit Tröpfchen füllte.

„Und was machen wir jetzt, Frau KHK?"

Da musste ich nicht lange überlegen.

„Fahren wir an den Strand."

„Nicht nach Hause?"

„Keine Ahnung. Wo ist das?"

Da grinste er, der Herr Attaché.

„Okay. Und an welchen Strand fahren wir?"

„Lass dir was einfallen. Irgendeinen. Hauptsache, Meer."

Sam schien das für keine schlechte Idee zu halten. Er nickte und wir fuhren los. Hinter uns die Stadt und ihre Endzeit-Melancholie. Hinter uns Stella Schatz und der Fall, DI Flanagan, mein Ex und Sams Ex. Hinter uns sogar seine verlorene Tochter und mein ungeborenes Kind, Sinéad und Ben. Zumindest für den Augenblick. Und vor uns nichts als die gleichgültige, jeden Schmerz betäubende Irische See. Sie nahm uns mit offenen Armen auf.

Auszug aus der Vernehmung von Katharina Molin, aufgezeichnet am 23. September, 14:00 Uhr (GMT) in Dublin, An Garda Síochána Station Ringsend, Dublin 4

Teilnehmende Ermittelnde: Garda Detective Sergeant P. McKenna, Garda Detective I. Shaw

„Ich hab noch nie etwas mit Kolleginnen angefangen, wissen Sie? Aus Prinzip nicht. Das bringt nur Probleme. Aber Stella hat mich sofort umgehauen, schon beim Einstellungsgespräch. Sie war so witzig, wusste so viel und, ich gebe zu, für den Wiener Akzent hab ich auch eine Schwäche. (lacht)

Besonders mochte ich, dass sie sich von niemandem in ihr Leben reinreden hat lassen. Bei mir war das immer anders, wissen Sie? Das brave Mädchen, kein Aufmucken, keine Widerrede. Hat mir nichts gebracht. Stella war da viel freier. Die hat ihre Meinung gesagt und sich nicht einschüchtern lassen, wenn das jemandem nicht passte. Ich dachte immer, sie sei stark. Dabei war sie vielleicht nur verwöhnt und vollgestopft mit Privilegien. (Pause)

Trotzdem. Stella war was Besonderes für mich, wird es immer sein. Ja, obwohl sie mein Vertrauen so missbraucht hat. (Pause, weint) Aber so ist das mit der Liebe, nicht wahr? Man wird unzurechnungsfähig und taub und blind. (Pause, lacht)

Das Buch, das sie geschrieben hat? Keine Ahnung. Davon hat sie mir nie erzählt. Ich dachte, dieses Interview war nur der Vorwand, den sie für Bernard brauchte. Ich habe das Dokument erst entdeckt, da war sie schon mehrere Tage verschwunden.

Ein dünnes Machwerk, wenn Sie mich fragen, nicht mit ordentlichen Daten unterfüttert. Kann schon sein, dass es ihre Erfahrung war, aber ich denke, es hatte einen Grund, warum sie die Arbeit daran unterbrochen hat. Die letzte Version des Dokuments ist Monate alt, das spricht doch Bände. (längere Pause)

Und auch wenn sie es fertiggestellt hätte? Wer würde denn so ein Buch überhaupt lesen wollen? Über die Müllabfuhr will doch auch keiner lesen. Außerdem stand es ja auch schon oft genug in der Zeitung. Aber es geht den Leuten eben am Arsch vorbei, solange sie nur ihre schöne Ablenkung haben, und ein paar sprechende Tiere. Genauso wie ihnen das Leid der Tiere egal ist, solange sie es selbst nicht sehen müssen und nur essen. Na, vielleicht ist es ihnen nicht egal, sie wollen nur nicht daran erinnert werden, was andere für ihren Spaß opfern müssen.

Ja, das macht einen wütend. Die meisten belassen es beim Wütendsein, und dann gibt es andere, die tun auch was.

Deshalb gab es ja den Squad.

Wir wollten mehr sein als entsetzt. Wir wollten diesen Leuten, die keine Empathie haben für ihre Mitmenschen, oder auch die Tiere, mal zeigen, wie das ist, wenn man zur Unterhaltung für die Massen wird. Dabei gings uns nicht nur um so krasse Fälle wie diesen Petit. Angefangen haben wir mit Teenagerkids, die ihre Klassenkameradinnen gemobbt haben. Die konnte man schnell rausfinden, weil sie nicht weit genug denken, um ihre Spuren zu verwischen. Und vielleicht hilft bei denen ja ein Schuss vor den Bug noch was, wenn Sie wissen, was ich meine. Da gibt es noch Hoffnung, dass sie klüger werden. Ein paar Tierquäler haben wir auch besucht und sie mal ihren eigenen Dreck fressen lassen. Ein Tropfen auf dem heißen Stein, könnte man jetzt sagen. Aber wer zeigt diesen Leuten sonst Grenzen auf, frage ich Sie?

Stella hat das auch so gesehen. Sie war eine von uns, habe ich gedacht. Ich war mir wahrscheinlich zu sicher, nachdem sie bei der Sache mit Bernard so schrecklich wütend war. Ich hab gedacht, sie ist die Richtige für uns. Das war ein Fehler.

Ja, ich war sehr enttäuscht von ihr. Und die Frau da auf der Videoaufnahme bin auch ich. Aber ich habe Stella nicht geschubst. Sie hat *mich* geschubst. Dabei hat *sie* doch alles verdorben, indem sie abgehauen ist. Ich hab nur zurückgeschubst. Weil ich so wütend war in dem Augenblick, weil sie verschwunden ist und uns alle verraten hat. Ich hatte mich einfach nicht mehr in der Hand. Und dann ist sie gestolpert. Das mit dem Zug war nicht geplant, wer könnte etwas so genau planen? Das war keine Absicht, verstehen Sie? Oder haben Sie da irgendeinen Beweis auf Video? Sie hat mich zuerst geschubst, das ist die Wahrheit, auch wenn Sie mir noch zwanzigmal was anderes einreden wollen." (weint)

*

Auszug aus der Vernehmung mit Tobias Leigh, aufgezeichnet am 23. September, 14:00 Uhr (GMT) in Dublin, An Garda Síochána Station Ringsend, Dublin 4

Teilnehmende Ermittelnde: Garda Detective A. Woods, Garda Detective Sergeant C. Brennan

„Warum ich mich online @nutter97 nenne? Na, raten Sie mal. (lacht) Weil ich manchmal durchdrehe, sagen wir es, wie es ist. Ich bin da auch nicht stolz drauf, das können Sie mir glauben. Überhaupt nicht. Aber wenn mir jemand auf den Sack geht, oder es verdient hat, dann ... (Pause) Das ging mir schon als Kind manchmal so, aber es wurde nicht besser, seit der Sache mit meiner Schwester.

Die hat sich umgebracht wegen Typen in ihrer Klasse, die sie online gemobbt haben. Haben sie mit Bildern erpresst und solche Sachen. Sie hat sich umgebracht, aber diese Arschlöcher sind ungeschoren geblieben, weil sie minderjährig waren. Als wäre das nicht noch schlimmer, ha! Wer in dem Alter schon solche Sachen macht, der tuts auch wieder, und noch viel Schlimmeres, das wisst ihr Bullen doch selbst am besten.

Wie viele Mädels wie Nina die inzwischen auf dem Gewissen haben, das weiß man ja gar nicht. Statistik, mehr sind die nicht, und Arschlöchern wie dem sind die keinen zweiten Gedanken wert, was das mit den Mädels macht, wenn er ihre Videos ins Netz stellt. Am Anfang dachten wir uns, es sind halt die Hormone oder was, sie hat Liebeskummer oder so. Na ja. Wir drei haben uns immer gut verstanden. Dash (Anm. Darragh Leigh, Bruder des Verdächtigen), ich und Nina, die war das Sandwichkind. Hätten sie sehen sollen, wie sie verfallen ist, ganz langsam. Nina war immer so cool, und dann nur noch traurig und irgendwann konntest du sie kaum wiedererkennen. Wir dachten, Liebeskummer, eben, aber sie hat nie den Mund aufgemacht. Wir haben das alle nicht gecheckt, dass sie da jemand mit irgendwelchen Nacktbildern erpresst. Wie hätten wir ahnen können, dass sie sich gleich umbringt deswegen? (weint, längere Pause)

Nein, vergessen Sie's.

Das war genauso ein Schwein wie dieser Petit, aber nur eben an einem anderen Computer. Sie glauben, irgendwo drüben auf dem Kontinent, Frankreich oder Deutschland. Die Bullen haben sicher was getan, aber ob sie sich wirklich bemüht haben? Keine Ahnung. Alles ist im Sand verlaufen. Das war vor sieben Jahren. Meine Eltern sind Wracks. So ist das, wenn man nie Gerechtigkeit kriegt. Und ich wollte Gerechtigkeit, und Dash auch. Zumindest ein bisschen.

Sorry übrigens, Sie sind ja auch Bullen, ich wollte Sie nicht beleidigen.

Ich weiß nicht, von wem die Idee zum Squad kam. Ich kannte nur Dash, natürlich, der hat schon eine Weile bei StrategiCo gearbeitet, und dann Cat. Ja, Katharina (Anm.: Molin). Sie hat die Aktionen koordiniert. Sie hat sich um uns gekümmert, auf die konnte man sich echt verlassen. Ich glaub, da gabs noch jemand anderen. Der war noch über Cat, irgendein höheres Tier im Management, der auch Zugriff hatte zu Daten, wenn wir welche brauchten. Was weiß ich, das hat mich nie interessiert, und das wollten wir auch getrennt halten. So zellenmäßig. Eine schnelle Eingreiftruppe. Meine Kontakte waren jedenfalls immer nur Cat und Dash.

Im Squad haben wir nie jemanden umgebracht. Es ging um eine verdiente Abreibung. Etwas, was diese Schweine nicht umbringt, sie sollen es nur nicht vergessen. Eine Abreibung, und nach der sagen wir ihnen, dass wir sie im Auge behalten und wiederkommen, wenn wir das nochmal mitkriegen, dass sie Scheiße bauen. Diese Typen sind Feiglinge. Die gehen nicht zu den Bullen. Sorry ... zur Polizei. Natürlich nicht, denn sonst würden sie ja selbst auffliegen. Das war ein gutes

Prinzip, das hat mir gefallen. Wenn wir sie schon nicht über die Polizei schnappen, dann sollen sie ihr Leben lang Angst haben. Das war es, was wir wollten.

Wir haben immer mal wieder Aktionen gemacht, so seit einem Jahr ungefähr. Nicht zu viele, eine Handvoll, weiß nicht mehr genau. Wer die Kandidaten ausgesucht hat? Keine Ahnung. Ich nehme an, Cat, oder ihr Boss. Meine Aufgabe war nur, an einer Adresse aufzutauchen, gemeinsam mit Dash, da ein bisschen Staub aufzuwirbeln und wieder abzuhauen.

Dieser Bernard war auf jeden Fall auch so einer, der sich einen Tritt in den Arsch verdient hat. Sie haben sich doch sicher den Computer von dem angesehen. Dass der stirbt, war nicht geplant, das schwöre ich Ihnen beim Leben meiner Schwester. Es war eher so wie ein Blackout. Ich hab nichts mehr gedacht, nur noch an Nina, und dann hab ich zugetreten, verstehen Sie, und dann war der auf einmal tot.

Diese Stella hat Cat uns aufgeschwatzt. So ein Püppchen mit ihren blütenweißen Schuhen, die hat keine Nerven, wenn es hart auf hart kommt. Das war mir klar, als wir sie gesehen haben, aber da war es schon zu spät, weil da ging die Sache schon los und wir wollten sie nicht abblasen. Und irgendjemand musste ja auch filmen. Dash war das nicht geheuer, von Anfang an nicht, und Dash hat da meistens einen guten Riecher. Aber weil Cat so sicher war, haben wir eben darauf vertraut. Vertrauen am Arsch. (lacht)

Sie hatte nicht mal viel zu tun. Keine Drecksarbeit. Sie hat sich mit ihm verabredet, angeblich für ein Interview oder was weiß ich. Dann hat sie uns Bescheid gegeben, und die Tür für uns aufgemacht, als der Augenblick günstig war.

Und sie sollte das mit seinem Phone filmen und

hochladen, damit ihm der Arsch noch mehr auf Grund-
eis geht.

Als die Sache schiefgelaufen ist, hat Dash ihr das
Phone abgenommen, aber ihr eigenes hatte sie ja trotzdem noch, aber der Gedanke kam uns dann erst später. Na, jedenfalls, als ich mich wieder unter Kontrolle
hatte, war sie weg. Einfach abgehauen. Dash hat das
auch nicht so richtig mitgekriegt, wir waren ja beschäftigt, und später ziemlich in Panik. Wie gesagt, er hätte
ja nicht sterben sollen. Das war keine Absicht. (längere Pause)

Und wo wir gerade von Absicht sprechen. Diese
Lady mit Stellas Telefon. Ist die okay? Ich schlag eigentlich grundsätzlich keine Frauen. Aber sie hat das Handy
nicht losgelassen. Cat sagte, das müssen wir uns holen,
egal wie, weil wir Stella nicht mehr vertrauen können. Ich sollte der Frau folgen, aber dann abwarten.
Griff sollte sie im richtigen Moment anrufen, auf Stellas
Handy. Und dann, wenn sie abgelenkt ist, holst dus dir.
Das hat Cat mir gesagt, und das hab ich getan. Woher
hätte ich wissen sollen, dass die nicht loslässt? (Pause)
Also, sorry, da ist sie dann wirklich selbst schuld.“

*

Auszug aus der Vernehmung mit Gary O'Keefe, aufgezeichnet am 23. September, 16:00 Uhr (GMT) in Dublin, An Garda Síochána Station Ringsend, Dublin 4

Teilnehmende Ermittelnde: Garda Detective M. Mc-
Inerney, Garda Detective C. Breen

„Detectives. Da Sie es offenbar noch immer nicht verstanden haben, wiederhole ich mich gerne noch einmal. Von den Aktivitäten eines sogenannten Squad bei StrategiCo habe ich noch nie gehört. Es ist höchst bedauerlich zu hören, dass meine Mitarbeiterin Katharina Molin sich in solche Umtriebe involviert hat, und offenbar auch eine weniger erfahrene Kollegin dazu angestiftet hat. Stella Schatz kannte ich nur als einen Namen in Dokumenten. Wir verfolgen ja eine strikte Homeoffice-Politik, um die Gesundheit unserer Mitarbeitenden zu schützen. In deren Privatleben mische ich mich nicht ein, und darüber steht mir auch kein Urteil zu.

Von diesem sogenannten Squad, von dem Sie da sprechen, höre ich, das will ich noch einmal betonen, zum allerersten Mal. Natürlich, als höherrangiges Mitglied des StrategiCo-Managements habe ich Zugriff auf die privaten Daten von einzelnen Usern und könnte diese – theoretisch – weitergeben. Das ist uns jedoch strengstens untersagt und daran habe ich mich in den drei Jahren, die ich in dieser Position arbeite, stets gehalten.

Und jetzt würde ich gerne mein Recht als Zeuge in Anspruch nehmen und dieses Gespräch beenden. Vielen Dank, Detectives, und Ihnen einen schönen Nachmittag noch."

*

Auszug aus der Vernehmung mit Edward Griffin, aufgezeichnet am 23. September, 17:00 Uhr (GMT) in Dublin, An Garda Síochána Station Ringsend, Dublin 4

Teilnehmende Ermittelnde: Detective Sergeant B. Mohan, Garda Detective C. Breen

„Haha, der gute alte Gary. Natürlich war er Teil des Ganzen. Was sag ich, er war viel mehr. Die Idee mit dem Squad kam doch von ihm! (lacht) Sowas Schlaues hätte ich mir doch nicht ausdenken können. Ich weiß das, wir haben ja schon früher immer zusammengearbeitet. Häusliche Gewalt. Euch muss ich darüber nichts erzählen, Jungs. Dass einem bei diesem Abschaum mal die Hand ausrutscht, oder der Taser, das ist doch kein Wunder, oder? Dass sie Gary dabei erwischt haben, war Pech, und dass sie ihn dafür noch rausgeschmissen haben, war eine Schande. Da hätte eine Verwarnung doch gereicht. Das ist meine Meinung und zu der stehe ich.

Deshalb hab ich Gary auch geholfen. Kleine Gefälligkeiten, und manchmal eine größere, je nachdem, was er brauchte, meistens waren es die Kontaktdaten und Adressen. Er war ein hohes Tier bei StrategiCo. *Head of Escalations.* Klingt cool, oder? Mit dem Posten saß er am Drücker. Er konnte alle Kontodaten der Leute ansehen. Den Tipp dazu hat er immer aus dem Team bekommen. Also von dem Team, um das sich Katharina gekümmert hat, zumindest. Das waren alle möglichen Leute. Da waren auch Tierquäler dabei, oder auch nur so kleine Teufel, die ihre Klassenkameraden zur Sau gemacht haben. Die haben wir natürlich nicht angerührt. Nur verwarnt. Die größeren Fische kamen erst später. Frauenschläger. Und natürlich auch Pädos, wenn wir mal einen erwischt haben. Natürlich war das nicht legal, die Daten zu verwenden, aber was diese Schweine machen, ist doch viel schlimmer. An welche Gesetze halten die sich denn? Wir haben uns eben um die gekümmert, für die ihr Kollegen keine Zeit habt. Zumindest ein paar von denen haben wir drangekriegt. Haben sie eben mal selbst den Knüppel geschluckt, was ist daran so schlecht? (lacht) Darauf werde ich immer stolz sein. Und wenn es einen Prozess gibt, dann erfahren wenigstens ein paar mehr Leute von uns.

Dann fühlt sich hoffentlich jemand mit dem Herzen am richtigen Fleck ermutigt, auch was Ähnliches auf die Beine zu stellen. (längere Pause)

Aber dass Gary jetzt nichts mehr mit uns zu tun haben will, find ich ziemlich daneben. Wir haben uns alle für seine Vision starkgemacht. Passt nicht zu ihm, dass er uns jetzt fallenlässt. Nicht zu dem Gary, den ich kenne. Andererseits. Für was Besseres gehalten hat er sich ja schon immer."

Epilog: Moving on

1

Die Frau ist nicht mehr jung, noch nicht alt. Sie kniet am Boden. Ihre Haut milchig, der Lippenstift blutrot. Über ihrem Gesicht liegt ein Filter aus Müdigkeit. Nur ihr Blick scheint zu allem entschlossen. Aus ihrer Haarklammer sprießen dunkle Strähnen, die auf und ab wippen, während sie Blumenzwiebeln in eine Mulde in einem Topf drückt, sie wieder mit Erde zudeckt. Dann sieht sie zur Kamera auf. Verzieht das Gesicht wie über einen geschmacklosen Witz, wedelt mit der Hand. Weg damit!

Drei Dinge, die ALLE Frauen von meiner Cousine lernen können: *behauptet die Einblendung, während im Hintergrund „Therefore I am" von Billie Eilish läuft.*

Erstens: Lächeln wird überschätzt.

Schnitt.

Dieselbe Frau, aber jetzt mit offenen Haaren. Sie packt mit beiden Händen den Kopf eines Corgis, der schläfrig neben ihr auf der Couch liegt. Küsst ihn auf den Kopf und erwidert sein breites Hundelächeln.

Zweitens: Moving on. Weitermachen. Weiter lieben.

Schnitt.

Die Frau im Badeanzug, ihre Haare am Hinterkopf zum Knoten gebunden. Im Vorübergehen zeigt sie der Kamera die Zunge und drückt sie zur Seite, bevor sie zielstrebig auf eine vom Meer schiefgeschmirgelte Steintreppe zugeht. Einmal kurz nach Luft schnappt, aber nicht langsamer wird auf dem Weg in das kalte Wasser. Dann lässt sie die Reling los, stößt sich ab und springt kopfüber ins Wasser. Taucht wieder auf und prustet, ihr

Lachen laut, ihre Zähne ein grellweißer Kontrast zum bräunlichen Wasser.

Drittens: Ein Bad in der Irischen See ist die Lösung für fast alles.

2

Irgendwann, als ich zwischen zehn und elf Jahre alt war, fiel mir zum ersten Mal auf, dass etwas nicht stimmte mit meinem Dad. Bis dahin war er immer unser Star gewesen. Stets für uns da, wenn unsere Mama arbeiten musste, immer eine Melodie auf den Lippen, wenn sie nervös war. Zauberte uns Kirschen aus der Nase, anstatt über die Bauchschmerzen zu reden, die wir von ihnen bekamen. Alle Nachbarskinder beneideten uns um ihn. Kicherten endlos über seine Scherze und darüber, wie komisch sein Deutsch klang.

Bis sich der Spaß eines Sonntags aufhörte. Während die Freilassinger Gemeinde in der Stadtkirche St. Rupert saß und der Predigt lauschte, erhob sich Arthur Logan. Ein einsamer Kopf, der sich aus der manierlich homogenen Menge an gesenkten Häuptern erhob, den Arm ausstreckte und mit dem Zeigefinger auf Pfarrer Reisinger in seiner Kanzel zeigte. Denselben Mann, mit dem er immer ein paar freundliche Worte wechselte, wenn er ihn in der Fußgängerzone oder beim Café Vogg traf, beschimpfte er jetzt als Dreckskerl. Als Agenten des katholischen Klerus, dieser Seuche in Irland, der er eigentlich in Deutschland hatte entkommen wollen. Dass sie sich an ihren Ministranten vergriffen, und dass er aus beeideter Quelle wüsste, dass der Pfarrer Reisinger unter dem Talar gar nichts trug.

Er, Arthur Logan, würde den Beweis persönlich erbringen, wenn notwendig vor allen Freilassinger Gläubigen. Und zwar sofort. Auf dem Weg zur Kanzel fingen ihn ein paar der beherzteren Kirchgänger ab. Trieben das verirrte Schaf nach draußen, während der Rest der Gemeinde nur starrte und flüsterte, sich das Spektakel schon einmal für den Frühschoppen, den Stammtisch oder das Mittagessen abspeicherte. Kinder kicherten. Kev, mein jüngster Bruder, kicherte mit.

Daran, wie meine Mutter ausgesehen hatte, erinnere ich mich nicht mehr. Alle Augen und Antennen waren auf Dad gerichtet, so wie immer. Der originelle Mann von der Insel, jetzt auch in geisteskrank. Die schillernde Galionsfigur eines Schiffes, das nur meine Mutter halbwegs auf Kurs hielt, indem sie jeden verfügbaren Finger in die Lecks stopfte. Unter Deck, unsichtbar, nur dieser eine, mühsam unterdrückte Satz von ihr, heute noch so glasklar wie damals:

Jetzt hat er, was er will.

Sie war dem Pulk rund um meinen Dad hinterhergeeilt, nicht ohne einen in ihrem typischen Wieland-Stakkato geflüsterten Befehl an mich auszugeben.

Brav sein. Sitzen bleiben. Nach der Messe nach Hause. Dort würden sie und unser Dad dann auf uns warten. Taten sie nicht, aber ich hatte einen Schlüssel. Ich hatte ihr gehorcht. Nicht verstanden, was Dad sich denn so sehr gewünscht und jetzt bekommen hatte. Keine Fragen gestellt. Das hatte ich erst später gelernt. Aber nicht von meiner Mutter. Fragen waren Möglichkeiten. Eine Wahl. Ruth Wieland hingegen hatte in einer Welt des Müssens gelebt. Eingekeilt zwischen den nicht verhandelbaren Rahmenbedingungen und Zwängen von vier Kindern, einem exzentrischen Mann, einem kranken

Mann, einem vermissten Mann, einem verschollenen Mann, einem maroden Unternehmen, einem bankrotten Unternehmen, von vier Teenagern, zwei davon schwierig, der eine ziel- und uferlos wie der Vater, die andere noch härter und sturer als sie selbst, die ständig Kontra gab, um beachtet und gesehen zu werden. Ruth Wieland hatte Befehle ausgegeben, solange ich mich erinnern konnte. Bis sie es schließlich nicht mehr tat. Ihre Finger aus den Lecks nahm und das Schiff mit Mann und Maus sinken ließ. Wer wusste, warum.

3

„Patsy. So eine Überraschung." Sie atmete etwas schwerer, als wäre sie aus dem Garten gekommen.

„Hallo Mama." Ich setzte mich in Sinéads Bistrostuhl zurecht, wickelte mich fester in meine Decke. Warf einen Blick nach oben in den ersten Stock. Die Vorhänge in meinem Schlafzimmerfenster waren noch zugezogen. „Woher weißt du, dass ich es bin?"

Ein leises Rauschen in der Leitung, das amüsiert sein konnte oder genervt. Die Emotionen meiner Mutter waren oft schwer voneinander zu unterscheiden. Außerdem telefonierte sie ungern. Vor meinem inneren Auge sah ich sie in ihrem Vorzimmer stehen, umgeben von Zierkürbissen und auf ihre alte Holztruhe gestützt, seufzend über ihre Große, die ihr zu wenig zutraute.

„Von meinem Smartphone", sagte sie beinahe schon amüsiert. „Mikey hat mir eins geschenkt, letzte Weihnachten."

Oh. An letzte Weihnachten erinnerte ich mich nur noch schemenhaft. Zu viel Rotwein. Zu viel Krise. Im Job, in der Ehe. Das war bald zehn Monate her. Und was hatte sich seitdem geändert?

Ein Glück, dass meine Mutter keine Fragen stellte.

„Ich hab dieses Video von dir gesehen. Auf meiner App." *Epp.*

„Das hat Sinéad gedreht."

„Aha. Ich versteh nicht ...", sie verlor irgendeinen Faden, nahm ihn wieder auf. „Ich versteh nicht, warum man sowas macht. Das ist doch deine Privatsphäre, die da breitgetreten wird."

So ähnlich hatte ich es auch formuliert, bevor mich meine Cousine einen Dino genannt hatte, so wie Stella Schatz damals ihren Bruder.

„Ich hab es ihr erlaubt. Ist doch schön, wenn mal jemand was Nettes über mich sagt."

Meine Mutter schien nicht überzeugt.

„Keine Sorge, es haben nicht viele Leute meine Privatsphäre gestört. Es ist einer der unbeliebtesten Posts ihrer Karriere. Der Algorithmus bestraft sie schon. Das wird ihr eine Lehre sein."

Ruth Wieland verstand Bahnhof, aber machte einen zustimmenden Laut. Das mit dem Post war kaum übertrieben. Sinéad hatte mir vorhin am Telefon davon berichtet. Live aus Wien. Klar, dass ich keine Chance hatte gegen ihre Stories von Hofburg, Schnitzel und Liebesglück, das sie täglich in ihren Videos präsentierte. Sinéad schiss mal wieder auf alles. Hatte beschlossen, Sam zu ignorieren, wenn er wieder mal behauptete, er könne ihr keine Versprechungen machen bezüglich einer gemeinsamen Zukunft. Sollte sie ihn eben genießen. Solange sie wusste, wie es endete.

„Schon lustig, dass du gerade heute anrufst. Am Abend kommt der Robbie zu mir." Kein Wunder, dass meine Mutter nicht lachte.

„Ist er jetzt länger bei dir in Freilassing?"

„Fürs Erste. Du weißt ja, wie er ist."

Oh ja, das wusste ich. Seit dem Anruf bei Sinéad hatte Robbie sich nicht mehr gemeldet. Konnte ruhig noch ein Weilchen so bleiben.

„Er wird dich sicher in München besuchen kommen", seufzte sie.

„Ich bin in Dublin."

„Ach ja. Dann arbeitest du also immer noch nichts." Ich seufzte.

„Ich bin noch auf Auszeit, Mama. Außerdem komme ich wahrscheinlich nicht ins K11 in München zurück."

„Hat er dich rausgeschmissen, der Arsch! Diesem Stani konnte man noch nie trauen. Kleiner-Mann-Syndrom auf Beinen, hab ich schon früher gesagt."

„Niemand schmeißt mich raus. Ich tausche wahrscheinlich einen Posten mit einem Mann vom BKA in Wiesbaden. Aber das ist ein längerer Prozess. Bis Ende des Jahres bin ich sicher noch in Dublin. So lange habe ich Urlaub."

Oder besser: Ich war bis dahin beurlaubt. Konstantins Worte, nicht meine. Aber ich hatte ihnen nichts entgegengesetzt.

„Er schiebt dich also ab."

Ich schloss die Augen. Wie waren wir nur wieder in dieser Ecke gelandet? Zur Beruhigung kraulte ich Fritz, der sich neben mich auf die neuen Terrassenfliesen plumpsen ließ. Imitierte die Fratzen der beiden Kürbisse, die Ben und ich gestern Abend für Halloween geschnitzt hatten. Nach unserem ziemlich epischen Streit um das Smartphone von Stella Schatz und die Tatsache, dass Aoife es für mich ausgelesen hatte, ein erstes Zeichen der Versöhnung. Genauso wie der zugezogene Vorhang da oben im ersten Stock, wo Ben Ferguson noch schlief. In Sachen Männer war mir ebenso wenig zu helfen wie meiner Cousine. Das gleiche Blut.

Apropos Blut.

„Wie war das eigentlich damals für dich so, Mama?"

„Wie war was?"

Ihre erste Frage. Seit wer weiß wie lange. Einen Augenblick hielten wir beide inne.

Unser Atem für ein paar Sekunden im Gleichklang. Der meiner Mutter etwas zu laut. Nicht so schlimm wie bei DI Flanagan, aber auch nicht normal. Sie wurde alt, Ruth Wieland. Unsere Gespräche würden irgendwann zu Ende sein. So oder so.

„Die Sache mit Dad", sagte ich. „Nie haben wir darüber gesprochen, was damals passiert ist."

„Haben wir doch, Patrizia."

„Da war ich aber 13."

„Dann hat Robbie doch Recht", sagte sie. Ermüdet oder erleichtert? Bei meiner Mutter wusste man nie so genau. „Er sagte mir, du willst die alten Geschichten wieder ausgraben."

Aber nur, weil das mit dem Begraben nicht geklappt hat. Und das mit dem Deckeldraufhalten auch nicht. Dabei hab ichs weiß Gott versucht.

Um ein Haar hätte ich all das gebeichtet. Hielt mich im letzten Augenblick zurück. Ruth Wieland hatte es nicht so mit Gnade und Absolution, weder für sich selbst, noch für andere.

„Ich will die Geschichte nicht ausgraben", sagte ich, „aber ich will sie zu Ende erzählen. Das kann ich nur, wenn ich auch deine Version kenne. Erzählst du sie mir?"

Totenstille am Ende der Leitung. Grabesstille. Dann ein einziger, mächtiger Atemstoß. Der Druck von Jahrzehnten, der sich aus seinem Kessel befreite.

„Ach, Patsy", sagte meine Mutter in einem Tonfall, den ich schon lange nicht mehr von ihr gehört hatte, vielleicht sogar 25 Jahre lang. „Ich hab schon gedacht, du fragst mich nie."

Danke, Thank you

Dem Team vom Haymon Verlag; meinen Lektorinnen Linda Müller und Veronika Schuchter für ihre Ermutigung und ihren Widerspruch.

Josef Treml, Angelika Hablé und Cathal Brennan für die bereitwillig und oft kurzfristig zur Verfügung gestellten Connections, Infos, Fingerzeige und Anekdoten.

Erika Bernath, Charly Gortano, Kerstin Schneider und Günther Sablattnig für ihre Geduld und Hilfsbereitschaft bei meinen Fragen zu Polizeiattachés, Verbindungsbeamten und Botschaften.

Martin Stummvoll für seine Einblicke in die Welt der Content-Moderation; Chris Gray, Autor des Buches „The Moderator", der gegen eine Übermacht für die Rechte von Content-Moderator*innen kämpft und so offen über Details spricht, wie es meinen anonym bleiben wollenden Quellen nicht möglich war.

Nadine Rapp, Dolo Puxbaumer, Christina Klösch, Wolfgang Oberauer fürs Betalesen.

Julia Richter, Betaleserin und Austriazismen-Radar.

Elisabeth Katzensteiner fürs strahlende Cheerleading für Patsy und auch für mich.

Anna Schneider und Gudrun Lerchbaum fürs immer offene, freundschaftlich kollegiale Ohr.

Martina Parker fürs Anspornen und die Unterstützung. You're an inspiration.

Dem Tyrone Guthrie Centre und der Dalkey Library, zwei große Geschenke an Autorinnen unter Zeitdruck.

Petra Müller für die deutsche Übersetzung von Jean-Paul Sartre.

Wolfgang fürs Mitfahren im Rollercoaster, jedes Mal wieder.

Inhaltsverzeichnis

MIX
Papier | Fördert
gute Waldnutzung
FSC® C083411
FSC
www.fsc.org

4   3   2
2026 2025 2024 2023

HAYMON tb 314

Originalausgabe
© Haymon Krimi, Innsbruck-Wien 2023
www.haymonverlag.at

ISBN 978-3-7099-7965-5

Inhaltliche Betreuung: Haymon Krimi / Linda Müller
Lektorat: Veronika Schuchter; Haymon Krimi / Linda Müller
Projektleitung: Haymon Krimi / Danijela Pavic
Buchinnengestaltung nach Entwürfen von himmel. Studio für Design und
Kommunikation, Innsbruck/Scheffau – www.himmel.co.at
Umschlaggestaltung: Miriam Bröckel Visual Design, unter Verwendung
von: mauritius images / Gary L'Estrange / Alamy / Alamy Stock Photos
Satz: Da-TeX Gerd Blumenstein, Leipzig
Autorinnenfoto: Orla Connolly

Gedruckt auf umweltfreundlichem,
chlor- und säurefrei gebleichtem Papier.